KB077751

요 동 치 는 세 계

개벽

박모은
장편소설

개벽

박모은
장편소설

開

요 동 치 는 세 계

闢

2
上

맑은샘

일러두기

민간에 널리 퍼져 있는 선인과 도통한 스님들의 구전 설화와 세계 예언자들의 예언을
한국 중심의 판타지로 재구성한 것입니다.

이야기 구성은 창작이므로 특정 종교와는 무관합니다.

차례

조상신과의 재회

가느다란 빛줄기를 따라 몸이 빨려 들어가듯 끌려 들어간다. 중력을 거스르면서 허공에 떠오른 몸이 이렇게 움직일 수 있다는 게 신기했다. 빛의 속도로 공간을 가르며 이동하는 것은 색다른 경험이고 짜릿한 전율과 두려움을 동시에 느끼게 했다. 신비로운 느낌도 잠시, 잔잔한 바람이 흐르는 곳에 이르렀다. 어슴푸레한 빛이 있고 바닥이 보였다. 빛에 약한 신의 특성상 강렬한 태양 빛에 노출되면 짧은 시간 안에 소멸되므로 신계(神界)의 하늘에는 보이지 않는 막이 쳐져 있다.

바닥은 기단(氣團)으로 이루어져 밟으면 딱딱하지만 실질적으로 얇은 기(氣)의 덩어리에 불과했다. 먼저 도착한 신들이 모여 있는 곳에 이르러서 보니 거미줄 같은 실타래가 끝없이 주렁주렁 매달린 거대한 기록관 앞이었다.

보일 듯 말 듯 가느다란 실 하나에 한 생명에 대한 기록이 전생, 전전생… 아득히 먼 옛날부터 계속 기록된 모든 생명의 역사관 같은 곳이었고 앞으로도 계속 기록될 곳이었다. 이승에서 죽으면 혼줄이 활성화되어 빛나면서 자신의 본체로 돌아오도록 기록관이 끌어당긴다. 몇백억, 몇천억일지 가늠조차 어려울 정도로 빼곡히 들어찬 실들은 질서

정연하게 늘어져 있었고, 가까이 가 보면 실 주인공의 이승에서의 기록을 자세히 들여다볼 수 있었다.

이생에서 사람이든 동물이든 하는 말과 행동이 혼줄과 연결되어 찍히고 울려서 기록관으로 전송되어 저장되는 것이다. 수만 년에 걸쳐 수십 번, 수백 번에 이르는 이승과 저승의 삶이 기록되어 있다. 신들은 언제든 열람할 수 있지만 인간은 특별한 영(靈) 능력자인 예언자를 통해서 어쩌다 한마디씩 들을 뿐이다. 만약 예정된 기록을 뒤집을 경우, 그에 상응하는 대가를 치러야만 했고 이승에서 쌓았던 공덕을 그만큼 까먹었으며 공을 까먹는 만큼 영의 크기는 줄어들었다.

사람이든 동물이든 신계에 오면 먼저 기록관 앞에 서게 된다. 기록관 앞에서 이승에서 자신이 했던 일을 몇 초 사이에 훑어보고 잘못한 기록을 따라 천 개의 방으로 들어간다. 방마다 붙여진 죄목을 따라 들어가서 자기가 한 만큼의 벌을 받는다. 사소하면 사소한 대로, 크면 큰 대로… 천 개의 방은 말이 천 개일 뿐 수만 개가 넘었다. 영들이 이생에서 지었던 헤아릴 수 없이 많은 죄에 따라서 벌을 받는데 한 번에 지은 죄의 대가를 다 받는 것이 아니었다. 죄의 종류와 경중에 따라서 벌을 받았는데, 백 개의 죄를 지었으면 백 개의 방에 가서 벌을 받았고, 천 개의 죄를 지었으면 천 번의 벌을 천 개의 방을 드나들며 받았다.

천 개의 방을 지나면 다시 기록관으로 나와 자신의 혼줄, 본체(本體)와 마주한다. 사고방식과 문화, 관습에 익숙한 파장을 따라 찾아간 영역에서 각 신들은 나름의 삶을 살아간다. 드물게 하고 싶은 일도 하지만 대개의 신들은 하는 일 없이 시간을 보냈다. 그렇게 얼마간의 기간을 신계에서 짧게 머무는 신도 있었고 길게 머무는 신도 있었다. 그러다 인과(因果)법에 의해 이승의 인연을 만날 시기가 정해지면 '정화의 숲'에서 데려갔다. 정화의 숲에 들어오는 신은 얇은 막(膜)으로 된 주머니로 싸여 마치 물방울처럼 나무에 매달려 그 안에서 깊은 잠에 빠져 모든 기억을 지운다.

기록관, 천 개의 방, 정화의 숲은 신계를 존재하게 하는 성역(聖域)이다. 사람이든 동물이든 이승과 저승을 이어 주며 들어오고 나가는 관문인 것이다. 사람들은 모르지만 모든 신들이 알고 있는 '3대 성소'는 이 세상을 움직이게 해 주는 특별한 장소였다. 그곳에는 24신장과 각 신장들을 돕는 신관들이 있었고, 그들은 성소를 실질적으로 유지하는 일꾼이었다. 이 세 개의 성소는 모든 영들이 거쳐야만 하는 곳이었고, 그 어떤 경우에도 예외는 없었다.

무영은 줄줄이 나오는 죄목 개수를 보며 놀랐다.

"뭐 이렇게 많아. 내가 그렇게 나쁜 애였나?"

주위에서 같이 투명 종이를 기다리고 있던 신들이 무영을 힐끗거리며 쳐다보았다. 회색의 세계에서 희끄무레하게 떠다니는 신들과 달리 몸에서 빛이 나는 무영의 존재는 단연 눈길을 끌었고 무영 자신도 그걸 느끼고 있었다.

고개도 들지 않은 채 기록관 앞에서 자신이 이생에서 지은 죄의 용지를 살펴보았다. 어릴 때 장난치다가 그릇 깬 것을 고양이 짓이라고 엄마에게 거짓말을 했거나, 친구들과 놀다가 험하게 욕한 것도 포함되어 있었다. 초등학교 1학년 때 짝꿍 미래의 지우개를 슬쩍 가져다 쓰고 미래에게 말도 안 한 채 지우개를 반토막 내어 슬며시 미래의 자리에 밀어 놓은 것도 적혀 있었다.

'별게 다 적혀 있네. 이게 몇 개야. 하나, 둘, 셋, 넷…… 백다섯 개네. 큰 죄는 없지만 내가 언제 이렇게 많은 죄를 지었나.'

죄목이 적힌 용지를 받아 들면 천 개의 방을 지나며 차례로 자신이 저지른 죄에 해당하는 방으로 들어가서 벌을 받는다. 벌을 받고 나면 벌을 받은 만큼의 죄목이 한 칸씩 지워져 가는데, 무영도 자신이 저지른 죄의 개수만큼 '천 개의 방'을 드나들며 벌을 받았다. 주로 어린 시절 장난치며 지었던 사소한 것들이었다. '천 개의 방'을 백다섯 번을 드나들며 들어가는 방마다 다른 가벼운 벌을 받았다. 체벌의 방을 지나올 때마다 다른 방에서 들려오는 고통의 비명이 들려서 빨리 '천 개의 방'을 벗어나고 싶은 마음이었다.

무영의 손에 있던 죄의 목록이 사라지고 '천 개의 방'이 끝날 무렵이었다. 지금까지와는 다른 처절한 비명 소리가 들렸다. 그곳은 살인자들이 가는 방이라고 쓰여 있었는데, 그곳을 보는 순간 무영은 깜짝 놀랐다. 생각보다 너무 많은 사람들이 방마다 꽉 차서 벌을 받고 있던 것이다. 방마다 투명한 막으로 되어 있어 어떤 벌을 받는지도 훤히 들여다보였다.

칼로 사람을 찔러 죽인 신들은 칼 든 귀신들이 쫓아다니며 칼로 찌르고 있어서 피를 줄줄 흘리며 비명을 지르고 도망 다녔지만, 곧 붙잡혀 무자비하게 칼에 찔리고 있었다. 고통에 비명을 질러도 찌르는 것을 멈추지 않아서 처절한 비명이 방 밖으로 새어 나오고 있었다. 수천 명이 귀신들에게 쫓기는 걸 보니 지상에서 살인이 얼마나 많이 자행되고 있는지 소름 끼칠 정도였다.

바로 옆방에서는 사람을 목 졸라 죽인 신들이 귀신들에게 목을 잡힌 채 캑캑거리며 숨을 못 쉬어 괴로워하고 있었다. 버둥거리며 귀신에게 애원의 눈빛을 보내기도 하며 귀신에게 대항하는 신도 있었다. 허예졌다 검어지기를 반복하면서도 그들은 결코 소멸되지 않았고 자신의 죄에 대한 벌을 다 받아야만 풀려날 수 있었다.

그 옆방은 몽둥이를 든 귀신들이 신들을 쫓아다니며 마구 두들겨 패고 있었다. 사람을 패 죽인 신들이 벌을 받는 중이었다. 맞을 때마다 비명 소리가 밖까지 들려왔다.

이어진 방에서는 배를 움켜잡고 피를 토하며 데굴데굴 구르는 신들이 보였다. 독살한 신들에게 똑같은 고통을 겪게 하는 중이었다. 무섭게 일그러져 눈이 뒤집힐 정도의 고통과 혀를 빼물고, 몸을 뒤틀면서 무언가를 찾으려 손을 뻗고 있었다.

'여긴 지옥인가 보다. 내 손에 쥐어졌던 죄의 목록표가 다 지워진 걸 보니 난 끝난 것 같은데, 내가 왜 지옥을 구경하고 있지?'

계속 들려오는 비명 소리가 난무하는 가운데 서 있자니 절로 미간이 찌푸려졌다.

고개를 돌리니 바로 앞이 '천 개의 방'의 끝이었다. 짙은 회색의 세계에서 음울한 공기를 타고 비명이 가득한 곳 앞에는 전혀 다른 환한 밖이 보였다.

무영의 머리 위로 긴 행렬이 지나가고 있었다. '천 개의 방'을 들어서면서부터 보던 행렬이었는데 그것들은 어떤 방도 거치지 않고 그대로 '천 개의 방'을 통과해 기록관으로 나갔다. 소, 양, 토끼, 개, 닭, 돼지와 같이 주로 사람들 손에 사육된 가축들이었다. 식자재로 길러져 죽임을 당해 사람들의 피와 살이 되는 영양분을 제공하고 신계로 들어

온 가축들은 죄지을 기회조차 주어지지 않았기 때문에 '천 개의 방'을 그대로 통과하고 있는 것이다.

'천 개의 방'을 거친 영들은 '기록관' 앞으로 다시 나왔다. 천 개의 방 끝자락과 연결된 기록관 앞에는 자기 자손들을 맞기 위해 각 영역의 수많은 조상신들이 모여서 기다리고 있었다. 이승에서 잘 지냈든 못 지냈든 조상과 자손이라는 연결 끈으로 이어진 신들의 만남의 광장 같은 곳이었다. 이곳에서 조상신들과 만나서 조상신들과 함께 원래의 영역으로 가는 것이다.

무영을 기다리는 한 무리의 조상신들이 있었다. 백여 명이 족히 넘는 그들은 어설픈 미소와 어정쩡한 태도로 맞아 주었다. 비록 자신을 죽게 한 이들이지만 자신의 실수로 팔다리가 사라진 조상신들에게 무영은 죄책감을 가지고 있었다. 그들 맨 앞에 멀쩡한 조상신이 엎드려 있었다.

무영은 그 조상신을 알아보았다. 무영의 심장을 조이고 죽게 해 신계로 오게 만든 장본인이었다.

"어? 아깐 다리가 없었는데 다리가 온전히 있네요?"

무영의 질문에 머리를 바닥에 댄 조상신이 쩔쩔매며 대답했다.

"예! 조카님의 도력이 모든 것을 재생시켰습니다. 정말 죽을 죄를 지었습니다."

무영의 얼굴이 놀라움으로 눈이 커졌다.

"정말요? 정말이에요?"

"아까 저릿저릿해서 전 제가 소멸되는 과정인 줄 알았거든요. 그런데 몸이 돌아나는 과정이었던 거죠. 정말 죄송해요."

"아뇨, 죄송해할 거 없어요. 제가 그랬으니, 제가 고쳐 드리는 게 당연하지요. 여러분들이 제 말을 듣지 않으셔서 안타까웠는데, 정말 잘됐어요. 이젠 여러 조상님들도 고쳐 드릴 수 있게 되었어요. 이젠 믿으시겠죠, 조상님들?"

"그럼, 치료할 수 있는 능력이 있다는 걸 알고 있었다는 건가요?"

엎드린 조상신의 뒤에 서 있던 조상신 한 명이 물었다.

"아뇨. 아까 제가 다가갔을 때 제 빛에 닿은 분이 조금 변화가 있는 걸 보고 혹시나, 했어요. 그래서 고쳐 보려고 했던 거구요. 일어나세요. 처음부터 제가 잘못한 일인 걸요. 저를 도우려고 와 주셨었잖아요."

무영의 말에 조상신들이 미안해서 쩔쩔맸다.

"하지만, 설마 신계로 오실 줄 몰랐습니다. 저를 뿌리치고 벗어나실 수 있었잖아요. 그 능력으로 왜 귀신 따위에게 죽습니까? 왜?"

고개를 들고 무영을 쳐다보는 얼굴에는 아까 분노로 무영의 몸통을 힘껏 조르던 패기는 간데없고 난감한 표정으로 열심히 용서를 구하고 있었다.

무릎 꿇고 앉은 조상 뒤에 병풍처럼 서 있던 조상신들이 한마디씩 했다.

"그래, 넌 우리 가문에 다시 없을 훌륭한 인물을 해친 살인귀야."

"미친놈. 귀신이 되어서도 더러운 성질 못 버리고 기어이 사고를 또 쳤네. 그것도 대형 사고를 말이다."

"그러게요. 저 빛을 보세요. 왕신에게서나 볼 수 있는 빛이잖아요. 저놈을 우리 가문에서 빼 버렸으면 좋겠어요."

"정말 도움이라고는 눈곱만큼도 안 되는 놈이요."

"도움은커녕 가문에 먹칠만 하고 있어요."

"손주님, 저놈을 징벌해 주세요."

조상신들이 한목소리로 무영의 앞에 무릎 꿇고 앉아 있는 신에게 비난을 퍼부었다. 그러자 앉아 있던 신이 뒤를 돌아보더니 버럭 소리를 질렀다.

"에이~ 시끄러워! 이 무지렁이 귀신들아, 내가 너희에게 용서를 비는 게 아니야. 혼쭐나기 전에 가만히 있어 줄래. 씨발."

"저, 저 버르장머리 없는 놈. 귀신이 되어서도 더러운 성질머리 그대로야. 어이구."

"죽어서도 제 버릇 개 안 주는군요."

조상신들이 탄식하자 듣고만 있던 무영이 말했다.

"외삼촌하고 저는 전생에 별로 안 좋은 사이였네요. 비리에 대해 제가 바른말 하는 바람에 곤란을 겪다가 사망해서 외삼촌이 억하심정을 가지고 있거든요. 별로 안 좋은 결말이었지만 외삼촌은 또 하나의 업을 크게 지었으니 다음 생에는 가축으로 환생할 거예요. 한 번이 아니라 여러 번 축생으로 사람에게 봉사하고 잡아 먹히면서 어느 정도 죄가 감해지면 다시 사람의 자리로 올 겁니다."

무영의 입에서 외삼촌의 다음 생에 대해서 술술 나오자 듣는 신들도 놀라고 무영 자신도 속으로 놀랐다. 가장 놀란 것은 두말할 것도 없이 외삼촌이었다. 무릎 꿇고 있던 그가 벌떡 일어났다.

"이 새끼가……. 야! 너 나한테 저주 거냐?"

"저주가 아니라 인과법에 따라 그리된다는 겁니다."

무영의 감정 없는 목소리에 외삼촌이 벌컥 화를 냈다.

"이런 씨발 새끼, 내가 무릎까지 꿇고 엄청 공손하게 빌었는데 다 쓰잘데기 없단 말이지? 네가 뭔데…… 네가 뭔데 내가 축생계로 갈 거라고 하냐? 네가 신장 나부랭이라도 되냐? 빛 좀 난다고 대접을 해 줬더니 지랄하고 자빠졌네, 씨발새끼가."

나이가 있어 보이는 조상신이 엄한 목소리로 호통쳤다.

"어허, 이놈이 어디서 행패야. 자중하지 못할까?"

"개소리 짖지 마라. 이 잡귀신 새끼들아!"

할아버지의 만류에 화가 뻗친 외삼촌이 주먹을 들고 휘둘렀다. 외삼촌이 조상신들을 향해 막무가내로 덤비자 무영이 손을 뻗었다. 약한 빛이 닿자 외삼촌이 경련을 일으키며 뒤를 돌아보았다.

"이 새끼가……."

무영이 매섭게 쏘아보았다.

"그만 하세요. 귀신이 되어서까지 이렇게 해야 돼요?"

"너, 새끼야! 나한테 저주 걸었지? 축생으로 환생하라고. 너도 같이 가자."

외삼촌이 이번에는 무영에게 덤벼들었다. 무영이 두 손으로 앞을 막았다. 외삼촌은 빛에 닿자 진저리를 치며 물러섰다.

"씨발놈이 수 쓰고 있네."

보다 못한 조상신 한 명이 튀어나와 외삼촌의 머리를 후려쳤다.

"주둥이 닥쳐라. 욕먹을 놈은 네놈이지 저분이 아냐."

그러자 눈살을 찌푸리고 바라보던 조상신들도 달려들어 외삼촌을 마구 때리기 시작했다. 무영이 깜짝 놀라 말리려고 해도 가까이 가면 빛에 놀랄까 봐 다가갈 수 없었다.

"그만두세요. 그만둬요."

안타까운 마음에 소리쳤지만, 조상신들은 외삼촌에게 쌓인 게 많았는지 쉽사리 떨어지지 않고 몰매를 주고 있었다.

"말리지 마세요. 이놈은 누구에게 동정받을 만한 놈이 못돼요. 워낙 막돼먹었거든요."

"이런 놈은 맞아도 싸요. 하여튼 이승에서 망나니처럼 굴더니 제 버릇 저승에서도 못 버리는군요."

"조카님 같은 인재를 저승으로 보냈으니, 이놈은 가문의 죄인이에요."

모두 한마디씩 하면서 무영의 말을 무시하고 외삼촌에게 화풀이했다.

"제발… 그만두세요. 제발요."

무영의 간절한 외침에 조상신들이 하나둘씩 떨어지기 시작했고 그 안에 잔뜩 찌그러져 있는 외삼촌이 보였다.

얼굴을 천천히 든 그의 눈에 핏발이 서 있었다. 그는 입가에 섬뜩한 미소를 흘리며 사납게 소리쳤다.

"내가 다시 너희들을 만난다면 다 죽여 버리겠다. 죽여서 잘근잘근 씹어 먹어 주지. 흐흐흐……."

조상신들은 기가 막힌 지 한마디씩 했다.

"저놈이 실성했군. 정말 지랄하고 자빠졌네."

"아까 우리 조카님이 넌 몇 번의 생을 축생으로 환생한댔어. 우린 사람으로 태어날 거고 넌 돼지로 태어나서 내 뱃속으로 들어갈 거야. 닭으로 태어나든가 염소로 태어나든가 내 몸 보양하는 데 먹어 주마."

"저러니 축생계로 가지. 뉘우치는 게 전혀 없네."

"어떻게 저런 망나니가 우리 집안에 있었을까."

조상신들의 손가락질에 외삼촌이 눈에 핏대를 세우고 고개를 들었다.

"쌍놈 새끼. 지가 뭔데 나를 축생으로 환생시켜. 저 개새끼가."

외삼촌이 몸을 일으키더니 다시 무영에게로 덤벼들었다. 무영이 깜짝 놀라 무의식적으로 팔을 뻗어 외삼촌을 밀었는데 멀리 훌쩍 날아가 버렸다. 무영도 조상신들도 놀라서 외삼촌이 날아간 쪽을 보았다.

"야, 이 개새끼 놈들아! 내가 나중에 몇 배로 이 원수를 갚아 주겠다. 씨발 새끼들."

꽤 먼 곳까지 날아간 외삼촌은 몸을 추스르더니 큰소리로 욕을 해대며 사라졌다.

"어이구! 정신 사나워라. 우리 문중에 우째 저런 망나니가 있노."

"잘 꺼져 버렸다. 정말 정나미 떨어지는 놈이제."

"아주 욕을 입에 달고 사누만."

"아유, 조카님! 저런 놈은 봐주지 말고 그냥 일찌감치 '정화의 숲'으로 보내는 것도 다른 이들을 위해 좋은 일하는 거예요. 봐줄 놈을 봐줘야지요."

조상신들이 한결같이 진저리를 쳤다.

무영이 가만히 있다가 고개를 저었다.

"아직 여기에 머물 이유가 있을 텐데 억지로 '정화의 숲'으로 가는 건 안 되죠."

"안 될 거 없어요. 어떤 신은 자기가 스스로 찾아가기도 해요."

"아! 그래요? 그렇게 할 수도 있어요?"

무영이 반문했다.

"그렇다고 '정화의 숲'이 다 받아 주는 건 아니고요. 대부분은 돌려보내죠. 극히 일부분만 통과되어 '정화의 숲'에 들어가요. 뭐 나머지는 사신이 데리러 올 때까지 기다리고 있어야죠."

"사신이요?"

"때가 되면 '정화의 숲'에서 사신이 나와서 신들을 데려가요."

"아, 예."

이때 어디선가 근엄하고도 장중한 목소리가 울려 퍼졌다.

"떠나지 않고 무엇 하는 것이냐?"

"신관님이다!"

누군가가 외치자 일제히 한곳으로 시선이 쏠렸다.

하얀 머리카락을 휘날리며 하얀 드레스를 입은 신이 은은한 빛을 내며 서 있었다. 신관의 시선은 무영 일행을 향해 있었고 그중에서도 무영에게 고정되어 있었다.

모든 신들이 신관에게 예를 표하고 서둘러 자리를 정돈했다.

"갈 길을 가지 않고 여기서 뭐 하는 것이냐?"

할아버지가 말했다.

"갈 겁니다. 손주 환영을 좀 하느라고요."

그들은 아직 '기록관' 앞에 있었던 것이다.

"어서 가거라. 이곳은 오래 머무는 곳이 아니다. 그대는 잠시 남아라."

신관은 무영을 지목했다.

"그럼, 조카님! 우리 영역에서 봅시다. 우리는 이제 가자."

하얀 옷을 입은 신관이 무영에게 말을 건넸다.

"그대는 한국의 신이구나. 수도를 어떻게 얼마나 했길래……. 이런, 어쩌다가 이렇게 큰…… 미안하오. 아니 죄송합니다. 지금부터 이곳을 나가면 신을 해하려는 신들이 무수히 많을 것이요. 부디 그러한 잡신들로부터 신을 지키십시오. 하찮은 일에 목숨 걸지 마시고 부디 살아남아 주시오."

무영이 어리둥절해서 신관을 빤히 쳐다보았다.

"무슨 소리를 하시는지요? 나를 왜 남으라고 한 거죠?"

"저는 일개 신관입니다. 신계에는 빛이 나는 신들이 많지요. 3대 성소를 관장하는 24신장과 신관을 제외하고요. 그중에서 가장 빛이 나는 왕신이 있습니다. 3대 종교신인 태양왕, 백호왕, 미르왕과 나라신인 천왕과 자연왕, 이렇게 다섯 왕신이 있습니다. 다섯 왕신들은 각기 다른 특기와 엄청난 힘을 가지고 있지요. 왕신들은 머리에만 빛이 나는데 신은 왕신들의 빛과 견주어도 절대 뒤지지 않을뿐더러 온몸에서 빛이 납니다. 그래서 그 왕신들을 추종하는 무리들과 왕신들이 신을 제거하려 덤벼들 겁니다. 그러니 몸을 잘 지키시란 말입니다."

"제가 원해서 빛이 나는 것도 아닌데 그들이 왜 저를 제거한답니까?"

"신이 원하든 원치 않든, 그것은 별개의 문제입니다. 왕신의 재목이 신계에 등장했다는 것에 위협을 느끼는 것이니까요."

"제가 왕신이 될 수도 있다는 건가요?"

"빛의 크기로 보아 그들 눈에 그렇게 보일 겁니다."

"제가 아니라고 하면 되잖아요."

"신이 부정한다고 귀담아들을 신은 없습니다. 신계에서 빛의 의미는 곧 힘과 직결되니까요."

"단지 그것 때문에 내가 위험에 처하게 된다고요?"

"그 하나가 모든 게 될 수 있습니다."

"이 빛이 내 모든 게 될 수 있다구요? 말도 안 되는 소리를……."

"그 빛으로 모든 걸 가질 수도 있고, 반대로 모든 걸 잃을 수도 있습니다."

"나한테 이런 말씀을 하시는 이유는요?"

"늘 조심하시라고요. 언제, 누가, 어떻게 신을 노릴지 모르니까요."

"그럼, 다 물리쳐야겠군요."

"그러십시오. 수단, 방법을 가리지 말고 무조건 살아남으십시오."

"그래서 나에게 남는 건 뭐죠? 이승에 내려갈 때 좀 더 주어지는 게 많은가요?"

신관이 고개를 갸우뚱했다.

"아니요. 더 큰 보상이 기다리고 있을 겁니다."

"어떤 보상이죠?"

"제가 말할 수 있는 내용은 아니지만, 신이 이 신계에 있는 동안 대한민국은 계속 발전할 거예요. 그 빛의 힘으로요."

"내가 미래의 적들과 싸워야 하는 이유군요."

"그렇죠. 신이 왕신이 되면 한국에 더 좋은 일이고 더 크게 발전하겠지요."

"신관님은 지금의 왕신들을 좋아하지 않습니까?"

무영의 질문에 신관이 살짝 고개를 끄덕였다.

"지금의 왕신들은 매우 이기적이어서 자신의 세력을 키우기 위해 전쟁도 불사하고 속임수가 판치고 있어요. 모든 왕신이 그런 건 아니지만 적어도 신은 매우 따뜻한 신으로 느껴져서요."

"높은 자리에 있으면 교만해지기 쉽긴 하죠. 그렇더라도 신관님은 중립을 지키셔야 하는 거 아닌가요?"

"예! 우리는 신들과 이렇게 사적인 얘기를 하는 것도 금지되어 있습니다."

신관은 무영에게 해 주고 싶은 말이 많은 듯했지만, 꿀꺽 삼켰다.

"지금의 왕신들에게 폐해가 있군요."

신관이 고개를 끄덕였다.

"아주 많아요. 신계가 멍들고 있습니다."

"제가 다시 이승에 내려가면 한국의 발전은 멈추는 건가요?"

"신이 이승에 갈지 안 갈지는 신이 결정할 수 없을 겁니다. 왜냐면 그 빛의 힘이 신계에 계속 머물게 할 테니까요."

"어? 그럼, 사람으로 다시 환생하지 않는다구요?"

"아니, 아니지요. 윤회가 끊기는 거지요."

"윤회가 끊긴다고? 그럼, 아주 죽는 거잖아요?"

"아닙니다, 아니에요. 영원히 사는 거지요."

"영원히 산다고? 사람으로요, 신으로요?"

"사람은 육신의 몸집을 갖고 있기에 생로병사를 겪게 되고 반드시 신계로 옵니다. 그리하여 윤회라는 과정을 필수적으로 거치면서 살지만, 일부 신은 그렇지 않습니다. 특히 왕신은 윤회를 거부할 수 있는 특권이 있지요."

"무슨 소릴 하는 건지……. 내가 왕신이라도 된다는 건가요?"

"그건 알 수 없지요. 나라신이 될 때까지 어쨌든 조심하십시오."

"나라신이요?"

"나라신이 되면 왕신들도 어쩌지 못할 겁니다. 일반 신들은 말할 것도 없고요."

"그럼, 지금 있는 나라신은요?"

"지금의 나라신은 언젠가 '정화의 숲'에 가야 하지요. 그때까지 모든 신을 다 의심하고 경계하세요. 모든 신이 다 적이라고 생각하시면 될 것 같습니다. 그럼, 어서 이곳을 떠나 신이 갈 곳으로 가세요."

손을 흔들며 사라지는 신관에게 무영이 다가갔다.

"어, 여보세요. 신관님!"

무영이 다급하게 외치는 소리를 무시하고 신관은 사라졌다.

"아, 뭐야. 이렇게 잔뜩 의문점만 남겨 놓고 가 버리면 어떡해."

아무리 둘러보아도 신관은 보이지 않고 '천 개의 방'에서 막 나온 신들이 자신의 주위로 모여드는 중이었다. 유난히 빛이 나는 무영이 그들에게 좋은 구경거리였던 것이다.

무영은 짜증이 났다. 이곳에서 이렇게 주목받을 정도면 앞으로 계속 신들의 이목을 끌며 지내야 한다는 거였다.

"죽지 말고 살아남으라는 거네. 알려 주려면 확실히 알려 주지."

무영은 신관의 말을 한 번 더 생각해 본 후 자리를 떠나 한국 영역으로 왔다.

조상신들이 활짝 웃으며 반겨 주었지만, 멀리서 무영을 발견한 외삼촌은 잽싸게 사라졌다.

"놈, 볼 일 다 봤다는 거군. 손주님께 혼날 게 걱정됐나 보군요. 정말 싸가지없는 놈이요."

"전 괜찮습니다. 그것보다 한 분씩 오세요. 치료를 해야지요."

무영은 한 명씩 빛으로 감싸 주며 자신의 빛에 의해 사라진 팔다리를 재생시켰다. 한 조상신이 고개를 갸우뚱거렸다.

"빛으로 인해 팔이 사라졌는데, 빛으로 재생시킬 수도 있다는 게 신기해요."

무영이 웃었다.

"저도 제 능력이 신기합니다. 절 도와주셔서 고마워요."

"결과적으로 전혀 도움이 되지 못했어요. 오히려 일찍 신계로 오시게 되었으니 우리가 죄송스러울 따름이지요. 살아 있었으면 전무후무한 능력자가 되었을 것인데…… 아쉽습니다."

하지만 무영의 생각은 달랐다. 아마 조상신들이 구하러 오지 않았어도 무영은 아기신들에게 기를 빨려 죽었을 것이다. 그러면 지금의 빛마저 없을지도 몰랐다. 어떻게든 그 시간에 무영은 죽을 운명이었다고 생각하고 있었다.

무영의 손이 닿을 때마다 고통스러운 신음이 터졌지만, 무영의 빛에 의해 잘려 나갔던 팔다리와 몸통의 잘려진 부분이 다시 돋아나며 처음의 모습으로 돌아왔다.

"대단한 능력이에요. 이런 능력은 어디서도 본 적이 없어요."

"역시 우리 집안의 자손은 뭐가 달라도 달라. 정말 자랑스러워요."

조상신 중의 한 명이 말했다.

"그렇게 자랑스러운 자손을 신계에 불러들이고는 무슨 낯으로 고개를 들고 다닐까요?"

그 말에 대견하고 자랑스러워하던 조상들이 일제히 침묵했다.

"우리가 손주님을 계속 지켜보면서 많이 응원했고 얼마나 자랑스러워했는지 몰라요. 그런데 도와주려다 이런 참사가 나고 말았어요. 손주님, 정말 미안해요."

"그놈의 새끼만 아니었어도 손주님이 이승에서 큰일을 할 수 있었을 텐데 너무 안타까워요."

증조할머니의 말에 무영이 웃었다.

"그만 미안해하세요. 좋은 의도로 저를 도와주시려다 그렇게 된 거잖아요."

"과정이 중요한 건 결과가 중요하기 때문이지요. 결과가 안 좋은데 좋은 의도가 무슨 소용인가요. 그저 미안할 뿐이지요."

"정말 이렇게 굉장한 능력에, 훌륭한 외모까지 모든 걸 갖췄는데…… 차라리 우리한테 화를 내면 우리가 덜 미안하겠어요."

"화를 낸다고 제가 이승으로 다시 돌아갈 수 없잖아요. 이미 이렇게 된 걸요."

대화를 하는 사이 다친 조상신들은 다 치료가 되었다.

"도와준답시고 신세만 지고 못난 조상들이 되었어요."

무영이 고개를 흔들며 말했다.

"그런 말씀 하지 마시고요. 이제 다 치료가 되셨으니 이만 가 보셔도 됩니다. 전 기다리시는 분이 또 계셔서요."

무영은 멀찍이 떨어져서 자신을 지켜보고 있는 두 명의 그림자를 보고 있었다. 바로 윤검군과 서금화였다.

두 신은 보기에도 심각한 상태로 살아생전의 모습은 찾아볼 수 없을 만큼 처참하게 망가져 있었다. 조상신들이 둘을 발견하고 단번에 상황을 이해했다.

"아! 이승에서 손주님과 함께 다니던 일행이에요."

"어이구! 우리보다 손주님의 손이 더 필요하신 분들이군요. 어서 비켜 드립시다."

"아쉬운데……. 그럼, 다음에 봅시다. 손주님!"

"원래 집이 있던 곳에서 지내면 돼요."

조상신들이 밝은 표정으로 손을 흔들며 사라졌다.

무영이 손을 흔들며 조상신들을 보내고 돌아섰다.

떨어져서 무영을 지켜보던 두 명이 무영의 앞으로 다가왔다.

무영이 안타까운 얼굴로 쳐다보며 인사했다.

"아이고! 맙소사! 어서 오세요!"

"생각보다 빨리 왔군요."

한눈에 보기에도 소름이 끼칠 정도로 머리부터 피 칠갑을 한 두 신을 보며 무영은 가슴이 턱 막혔다. 온몸에 피가 엉겨 붙은 것도 모자라 골반과 다리가 골절되어 움직일 때마다 제멋대로 움직이며 괴상한 분위기를 자아내는 서금화가 고개를 살짝 숙였다.

"우리 몰골이 비참하지요?"

"세상에…… 이 의원님과 성진 스님은요?"

먼저 죽은 성진 스님이 보이지 않자 물어본 것인데 윤검군이 뛰어

나온 갈비뼈를 붙잡고 대답했다.

"성진 스님은 고문당할 것을 염려한 나머지 스스로 목숨을 끊었어요. 자살은 하늘의 순리를 임의대로 저버린 중죄라 그동안 닦은 도의 상당 부분을 깎아 먹고 그 죗값을 엄청나게 치르고 계시지요. 안타까운 노릇이요."

이미 알고 있는 사실이지만 새삼 죄의 무게가 다름에 무영이 놀라서 눈을 휘둥그레 뜨자 옆에서 서금화가 말을 이었다.

"이서경 님도 자살은 아니지만 일부 고의적인 부분이 인정된 심장 마비라고 가중된 벌 받느라 못 나오신 거예요."

무영은 '천 개의 방'에서 나오기 전 보았던 모습들이 떠올랐다.

"자살죄는 살인죄에 버금가요. 끔찍하군요. 일반적인 죄를 벌 받는 건 순식간인데…… 얼마나 더 벌을 받아야 하는지."

윤검군이 튀어나온 갈비뼈를 손가락으로 톡톡 치며 의문을 제기했다.

"자살죄와 살인죄가 왜 비슷해야 하는지 이유를 모르겠어요. 내 생각엔 살인죄가 더 무거워야 하지 않을까요? 남의 삶을 단절시켰으니까요. 자살은 내 삶을 내가 끊었으니까 좀 차이가 있어야 하지 않을까요?"

서금화가 윤검군을 돌아보았다.

"지금까지 그걸 몰랐단 말이에요?"

윤검군이 고개를 갸우뚱거리더니 다시 입을 열었다.

"아! 한 생명의 가치는 같으니까. 내가 나를 죽인 것도 살인죄, 남을 죽인 것과 같네."

서금화가 고개를 절레절레 흔들었다.

"벌 받는 걸 보니 사고사한 우리가 오히려 잘 됐다는 생각이 들 정도예요. 살인죄도 자살도 타고난 수명을 임의로 단절시킨 것이니까요. 정해진 하늘의 뜻을 어긴 죄지요."

무영이 한숨을 쉬었다.

"얼마간 두 분은 못 보겠군요."

서금화의 상태는 한눈에 봐도 심각했다. 두 사람 다 피 칠갑을 한 모습이었는데 언뜻 보기에도 과다출혈에 의한 사망임을 알 수 있을 정도였다. 윤검군은 귀밑에서부터 피가 엉겨 붙어 있고 갈비뼈 두 개가 살을 뚫고 튀어나와 있었다. 가슴부터 흐른 피가 허벅지까지 흘러내려 오른쪽은 거의 피로 도배한 것 같았다. 서금화도 머리가 터져 피가 흘렀고 두 다리가 으스러져 골반 따로 다리 따로 덜렁거렸다. 무영은 반가우면서도 그 모습이 안쓰러웠지만 사실 저승에서 윤검군과 서금화 같은 모습은 간혹 볼 수 있었다.

잠시 멈칫거리다 무영이 활짝 웃으며 윤검군과 서금화를 마주 보았다.

"신계로 오시기 전에 크게 충격을 받으셨군요. 자동차 사고였지요?"

"우리를 너무 불쌍하게 쳐다보지 말아요. 이런 모습을 한 귀신이 우리만 있는 건 아니니까요."

윤검군이 대답하며 서금화를 보았다.

"그래도 우리 꼴이 흔치는 않지요. 적어도 깨끗하게 씻기라도 하고 뼈라도 맞추어 저승길로 보내는데 우리는 그런 과정도 없었잖아요. 닭아 줬다고 해도 계속 흐른 피를 안 닦아 주어서 이 모양이에요."

서금화는 죽은 것보다 아무도 시신을 수습해 주지 않은 것에 더 서운함을 가지고 있었다.

"아유, 참. 너무 일찍 왔네. 좀 더 나라에 이바지하고 와도 되는데……."

"몸에 빛이 더 밝은 것 같아요. 여기가 회색의 세상이라서 그런가?"

윤검군과 서금화가 안타까운 눈으로 바라보고 있는 무영의 마음을 읽고 말머리를 돌렸다.

"그러게요. 좀 더 있다가 와도 되는데 조상신을 잘못 둬서 참……
못된 조상신이요. 하지만 한편으론 반갑소."

"젊은이를 저승에서 반기는 건 옳지 않아요."

서금화의 말에 윤검군이 슬쩍 뒤로 물러났다.

"두 분 치료부터 하시고 말씀 나누시죠. 먼저 서 선생님부터요."

"치료? 저승에서 이런 게 치료가 돼요? 이렇게 다 부러져서 뒤틀리고 떨어져 나갈 지경이어서 덜렁덜렁, 피가 굳어서 떡 지고, 엉망이에요."

서금화의 반문에 무영이 대답했다.

"되는 것 같아요. 이 빛으로요. 아까 제 조상신들도 제가 다치게 해서 고쳐 드린 거였어요."

"아! 그래요. 아까 그 모습이 빛으로 치료하는 모습이었어요? 어머나! 세상에…… 빛으로, 빛으로 치료도 해요?"

"해 볼게요. 좀 찌릿찌릿하다고 하니까 참으세요. 많이 아플 거예요."

"될까? 저릿한 게 문제가 아니죠, 치료만 된다면."

무영이 양손을 펴고 서금화에게 다가섰다. 서금화가 빛에 닿자 몸을 부르르 떨었다. 빛이 서금화를 감싸자 얼굴이 일그러지며 고통의 신음과 함께 몸을 버둥거렸다. 조금씩 말라붙었던 피가 사라지고 여기저기서 뚜두둑 뚜두둑 소리가 나며 뼈가 제자리로 찾아가 붙는 소리가 들렸다. 서금화가 고통의 비명을 질렀다.

"아-악! 악!"

검게 변했던 피의 색이 엷게 변하면서 사라지고, 터져서 굳어 버린 살들에 다시 핏기가 돌았다. 터지고 찢긴 살들이 원래의 자리로 돌아가기 위해 열심히 피부를 붙이고 재생시켰다. 옷에 스며들었던 검붉은 피도 사라지고 원래 옷 색깔이 서서히 드러났다.

서금화의 비명이 신음으로 바뀌고 자신의 몸이 바뀌는 모습을 느끼는지 나중에는 이를 악물고 참았다. 윤검군이 놀란 눈으로 지켜보는 가운데 서금화가 사고 이전의 날씬하고 균형 잡힌 몸으로 완벽하게 돌아갔다.

"와-아!"

윤검군이 환호성을 지르며 박수를 쳤다.

"잘 참으셨어요. 힘드셨을 거예요."

무영의 말에 서금화가 무영의 빛 밖으로 나왔다.

"와! 맙소사!…… 도력이 상상을 초월하는군요."

윤검군이 연신 감탄했다.

서금화가 자신의 몸을 돌아보며 기쁨에 겨워 울먹거렸다.

"어머, 세상에…… 어쩜 이럴 수가 있을까. 놀라워라. 어머, 어머

머…… 역시 무영 도사세요. 고마워요. 나 내 모습이 혐오스러워 거울 보는 것도 싫었는데 이젠 볼 수 있겠어요. 정말 고마워요.”

서금화가 기뻐하는 모습에 윤검군도 울컥한 것 같다.

“정말 다행이요. 서 여사가 정상으로 돌아가서……. 본래의 모습을 다시 보게 되어 얼마나 기쁜지 몰라. 무영 도사, 고맙소.”

서금화가 자신의 모습을 빙빙 돌며 확인하더니 눈물을 글썽거리며 말했다.

“정말 고마워요, 무영 도사! 난 ‘정화의 숲’에 갈 때까지 아까 그 끔찍한 모습으로 지낼 줄 알았어요. 정말 고마워요.”

그러면서 무영이를 향해 꾸벅 절했다.

“아니 당연한 걸 가지고 왜 이러세요. 민망하게요.”

무영이 황급히 손사래를 치며 만류하자 윤검군이 웃으며 끼어들었다.

“서 선생은 진심이에요. 얼마나 좋겠어요. 진짜 힘들어했거든요.”

“당연하죠. 그런 몰골로 다니는 게 얼마나 창피했는지 몰라요. 그건 윤 이사님도 마찬가지잖아요. 나보다 좀 낫지만, 피떡이 되어 혐오스러운 모습이니까요.”

서금화가 연신 자신의 모습을 확인하며 윤검군을 보았다.

무영이 서금화의 의중을 눈치채고 빙긋 미소를 지었다.

“윤 이사님 차례에요.”

“아하하…… 나까지. 아이구~ 잘 부탁해요, 무영 도사!”

윤검군이 기쁜 마음에 활짝 웃으며 허리를 접어 절부터 했다.

“아니, 윤 이사님! 이러지 마시라니까요.”

"무영 도사! 내가 할 수 있는 게 감사 인사밖에 없어서 그래요."

"정말 두 분도 참……."

윤검군이 무영의 빛 속으로 들어왔다.

뼈가 몸 밖으로 튀어나온 윤검군의 고통은 서금화만큼이나 힘들었다. 윤검군이 입을 꼭 다물고 몸 안에서 휘몰아치는 충격을 얼굴을 일그러뜨리며 참아 냈다. 몸 밖으로 튀어나온 갈비뼈가 떨어져 나간 만큼 재생되고 다시 살 속으로 들어가 소름 끼치는 소리를 내며 자리를 잡았다. 이때만큼은 윤검군도 고통에 못 이겨 외마디 비명을 질렀다. 재생된 살이 아물어 엉겨 붙은 피딱지가 떨어져 내렸다. 뱀이 허물 벗는 것처럼 검은 피딱지가 온몸에서 부서져 내리자 원래의 모습이 나타났다. 옷을 검붉게 물들였던 피까지 사라지면서 사고로 사망한 흔적은 전혀 찾아볼 수 없었다.

"잘 참으셨어요. 고생하셨습니다."

고통에 헉헉거리던 윤검군이 자신의 손을 확인하였다.

서금화가 두 손을 번쩍 들고 환호성을 질렀다.

"만세! 됐어요, 됐어."

긴가민가하던 윤검군의 얼굴에 미소가 번졌다. 멀쩡한 상태가 된 윤검군이 몸을 움직여 보며 펄쩍펄쩍 뛰었다.

"세상에, 이럴 수가. 내가 원래대로 되다니……. 이것 봐요. 내가 정상으로 돌아왔어요. 서 여사, 내 모습 좀 보세요. 부러진 뼈가 다 붙고 피가 사라졌어요."

서금화가 환하게 웃었다.

"호호호. 나도 그런걸요. 내가 이런 모습이 되리라곤 방금까지 상

상도 못 해서 지금이 꿈만 같아요. 너무너무 좋아요. 나도 좋고 윤 이
사님도 좋아 보이고…….”

서금화와 윤검군이 서로 자기 모습을 봐 달라며 무영의 앞에서 돌
아가며 춤을 추고 왔다 갔다 했다. 무영이 흐뭇한 표정으로 두 신을 지
켜보았다.

“내가 저승에 와서 제일 기쁜 날이에요. 그러지 말고 우리 춤추며
놀아요. 이승에서 맘 놓고 놀지 못한 거 저승에서라도 놀아 보자고요.
완전 다시 태어난 것 같아요. 안 그래요? 윤 이사님?”

“맞아요, 맞아. 정말. 얼씨구, 좋다.”

윤검군이 서금화의 말에 화답하며 추임새를 넣고 덩실덩실 춤을 추
었다.

“평상시 손을 댔을 땐 전기에 감전된 듯이 찌릿찌릿한데 어떨 땐
치료가 되고 어떨 땐 무기가 되고, 그래요.”

무영의 말에 서금화가 밝은 표정으로 물었다.

“딱 봐도 알 수 있겠어요. 지금의 빛은 온화하고 포근하게 빛나고
있는데 아마 화가 났을 때는 이 빛이 강하게 뻗칠 거예요. 그렇죠?”

“맞아요.”

윤검군이 서금화에게 감탄했다.

“여~ 서 여사! 안 봐도 천리안이요. 대단해요.”

“빛이 여러모로 능력이 있다는 건 빛이 신의 감정에 좌우되기 때문
이 아닌가 싶어서요.”

“신의 감정에 따라 빛이 바뀐다고요?”

무영이 몰랐던 사실을 서금화가 일깨워 주었다.

"그렇지 않을까요? 빛을 조절할 수 있는 건 그 신의 감정이고 능력이니까요. 호호호…… 나도 그런 능력 좀 가지고 있었으면 좋겠다."

"그런 것 같아요. 서 선생님 말씀이 맞는 거 같아요."

이때 무영의 귀에 천둥 같은 소리가 들렸다.

"무영아! 무영아! 이게 웬일이냐?…… 악! 여보, 무영이가, 무영이가 숨을 안 쉬어."

이승의 엄마 목소리였다.

아침이 되어 무영의 방문을 연 엄마의 눈에 들어온 건 침대에 앉아 있던 무영이었다. 하지만 고개도 돌리지 않고 인사도 안 하는 무영에게 이상한 느낌을 감지한 엄마가 다가와 아들을 건드렸다.

"얘는 앉아 있으면서 대답도 안 하니? 눈 감고 뭐 하니?"

대꾸도 안 하고 그대로 한쪽으로 기울어지며 쓰러지는 아들을 보고 엄마가 크게 놀라 부둥켜안고 코에 손을 대 보고 소리친 것이다.

무영은 즉시 이승의 자기 방으로 소환되었다.

아버지가 뛰어오고 급히 구급차를 부르는 사이에도 엄마는 울부짖고 있었다.

"하나님! 예수님! 우리 무영이를 살려 주세요. 제발요."

"간밤에 무슨 일이 있었던 거야. 멀쩡했던 애가 왜 갑자기 죽어."

정신 나간 표정으로 아빠가 이미 싸늘해진 무영을 방바닥에 눕히고 두 손을 깍지 껴서 흉부 압박을 하며 응급조치를 하고 있었다.

구급차가 와서 대형 병원 응급실로 이송되고도 응급조치는 계속되었다. 하지만 계속되는 응급조치에도 숨이 돌아오지 않자 의사들은 사망진단을 내렸다. 진단명은 급성 심근경색증이었다.

엄마는 이 상황을 받아들이지 못하고 거의 제정신이 아니었다.

"어제저녁까지 멀쩡하던 애였어. 이럴 리가 없어요. 우리 애 안 죽었어요. 다시 봐주세요. 선생님! 다시 한 번 봐 달라구요!"

엄마의 애절한 절규에도 불구하고 아들의 얼굴에서 발끝까지 하얀 천이 덮이자 엄마는 정신을 놓고 기절했다. 엄마가 들것에 실려 나가자, 아빠는 눈에 초점을 잃고 털썩 주저앉았다.

무영의 마음도 미어졌지만, 이미 몸을 떠난 영혼은 이 세상과 분리되어 아무것도 할 수 없었다.

"아빠, 저 여기 있어요. 아빠, 미안해요."

병원 천장에서 내려다보며 무영은 엄청난 불효를 깨달았지만 이미 건너온 강이었다.

응급실에는 무영 말고도 귀신들이 수십 명이나 되었다.

'이승과 저승의 벽이 이렇게 두껍구나. 귀신들이 저렇게 많이 사람들 옆에 있는데 아무도 알아채지 못하다니. 귀신들은 사람들 사이를 자유롭게 드나들고 있는데 사람들은 모른다. 귀신들이 자신들 옆에 우글거린다는 것을 알면 사람들은 살아갈 수 없을 거야. 신계와 인간계 사이에 이 벽이 있어서 정말 다행이야.'

그런데 그 많던 귀신들이 무영을 발견하면 바로 사라졌다. 병원에 처음 왔을 때만 해도 바글바글하던 귀신들이 조금 지나자 하나도 보이지 않았다.

'귀신들이 나를 보고 도망가는 것 같다. 왜지? 우연인가?'

무거운 마음으로 신계로 돌아온 무영이 서금화에게 신들이 자신을 피하는 것 같다고 이야기했다.

"그야 몸에서 빛이 나니까…… 주위를 둘러보세요. 빛이 나는 신이 있나. 우리도 머리에서 희미하게 나기는 하지만 무영 도사처럼 눈에 확 띌 정도는 아니거든요. 거기다 보통은 머리에만 빛이 나는데 무영 도사는 온몸에서 나고 있어요. 절대로 평범하지 않다는 거지요."

"음, 확실히 눈에 확 띄죠. 내가 알기론 신장과 신관들도 몸에서 빛이 난다고 들었어요."

윤검군의 말에 무영은 기록관 앞에서 신관을 만났던 순간을 기억했다. 분명 신관도 주의를 끌 만한 빛이 났고 모두 한눈에 알아보았다.

"이승에서 도를 닦으면서 빛이 나던 게 저승에서도 이어지는 건가 봐요."

"당연하지요."

서금화가 쾌활하게 대답했다.

"아! 이승에서 좀 더 분발할걸. 돈 몇 푼 더 벌겠다고 세월 좀 먹고 있었으니 나도 참 한심한 놈이요."

윤검군의 말에 서금화가 말했다.

"그나마 뒤늦게라도 깨달아서 다행이었어요. 다음 생을 알차게 살면 돼요. '정화의 숲'에서 기억이 다 지워지니까 기억을 못 하는 게 문제지만요. 우린 언제나 다음 생으로 갈까요?"

윤검군이 괜히 팔로 가슴을 만지작거리며 대답했다.

"어이구~ 우리 이제 막 저승에 온 귀신들이요. 바로 이승으로 가려고요?"

"곧바로 가려면 뭔가 특별한 절차가 필요할걸요. 대개 '정화의 숲'에서 오라고 할 때 가겠지만요."

무영이 심각한 표정으로 말하자 윤검군이 팔짱을 끼면서 맞장구 쳤다.

"그러니까요. 그때까지 뭐 하면서 기다리지요? '정화의 숲'에서 우릴 부를 때까지 맨숭맨숭 있을 수 없잖아요. 뭐 재미있는 거 없나 찾아볼까요?"

"무영 도사는 뭐 할 거예요?"

서금화의 질문에 무영이 손가락을 까닥였다.

"당분간 우리 집에서 호출이 많아 들락날락해야 할 거 같아요. 엄마가 저를 많이 생각하셔서요. 빨리 저를 잊으셔야 할 텐데 걱정이네요. 이곳에서도 빛 때문에 주목을 받는 상황이니 어디 편하게 돌아다니지도 못하겠어요."

"아무것도 안 하고 지낼 수는 없으니 뭐든 할 일을 찾아야 하지 않겠어요?"

서금화가 자신의 볼을 만지며 의견을 냈다. 그러자 윤검군도 자기 얼굴을 쓰다듬으며 대답했다.

"이곳에서 도를 닦는 건 의미가 없어요. 우리는 모양만 있는 허깨비라 같은 호흡을 해도 다 통과되어 몸 안에 남아 있는 게 없거든요. 귀신의 특징이 몸이 없다는 자격지심에 저승에 오래 있으면 있을수록 조금씩 비뚤어진 성격으로 변한다는 거예요. 우린 아직 이곳에 온 지 얼마 되지 않아서 비뚤어질 시간적 여유는 좀 있구요."

"좀 지나면 우리도 비뚤어진 성격으로 변할 수 있다는 얘기네요."

무영이 어이없다는 표정을 지었다.

서금화가 낄낄대며 고개를 끄덕였다.

"충분히 그럴 수 있죠. 뭘 해도 몸이 없으니 마음대로 안 되면 좌절하고, 그것이 반복되면 비뚤어질 수밖에 없죠. 맹하게 공중에 떠다니며 시간을 보내는 것도 나쁘지 않지만…… 그러다가 인간에게 가서 해코지하는 귀신들도 많다던데요."

"그렇게까지 막 나가면 안 되죠."

서금화가 말하는 도중에 무영이 또 이승으로 소환되었다.

기절했다 깨어난 엄마가 영안실에서 무영의 영정을 보며 통곡하고 있었다.

"아이고, 무영아! 이게 웬일이냐. 앞길이 구만리인 열일곱에 심장마비라니……. 내가 죽고 네가 살아야지. 이게 무슨 경우냐. 무영아! 아이고……."

눈앞에 아빠가 상복을 입고 친척들의 문상을 받고 있었는데 엄마는 울다 기절해서 다시 실려 가 병상에 누웠다.

어느새 윤검군과 서금화까지 따라와 무영의 옆에 있었다.

서금화가 안타까워하며 말했다.

"전생에 무영 도사를 괴롭힌 죄로 부모·자식으로 인연이 맺어져 그 벌을 받는구나. 하지만 부모·자식 간의 인연은 천륜이라. 수백억의 영(靈) 중에 천륜으로 맺은 인연은 대단한 인연이지요. 저들에게 품었던 무영 도사의 전생 감정이 몹시 안 좋았던 모양이에요."

윤검군이 무영을 보며 혀를 찼다.

"뭐 그렇게 없는 집안에만 골라서 갔수. 좀 있는 집에 태어나지."

"그게 맘대로 되나요? 그래도 이번 생에서는 괜찮은 집안이었거든요. 부족함 없이 살았으니까요."

서금화가 말을 잘랐다.

"인과의 법칙 안에서 누렸던 일이에요."

이승에서 아들을 잃고 통곡하는 엄마는 고려 시대 이웃에 살던 연인이었다. 하루도 못 보면 못 살 것 같은 심정으로 사랑했고 양측의 부모님들과도 친하게 지냈기에 둘은 혼인하여 평생 같이할 것이라 굳게 믿었다. 하지만 미모가 뛰어났던 평민 여자에게 양반이 눈독을 들이면서 운명은 가혹하게 흘러갔다. 계급 사회에서 지배 계급의 횡포는 평민의 인격이나 사정 따위를 봐주지 않았다. 양반의 첩으로 강제로 끌려간 평민 여자는 몹시 낙담하였다. 헬쑥해진 모습으로 매일 집 앞에 나타나 담장을 기웃거리는 남자를 기다리며 방안에서 울며 지냈다. 정인(情人)을 빼앗긴 남자도 제정신이 아니어서 매일 갈 때마다 양반집 노비들에게 혼쭐이 나기도 하고 한번은 심하게 치도곤까지 당했다. 하지만 여자는 조금씩 변해 갔다. 가난한 부모님에게 곡식과 돈을 조금씩 보내 주는 것에 고마워하면서 더 이상 고생하며 일하지 않아도 먹고살 걱정을 할 필요가 없다는 것을 알게 되자 마음이 돌아선 것이다. 아버지뻘인 남편이 차츰 듬직하게 보이면서 본처에게도 미움을 사지 않도록 처신을 해 나갔다. 고까워하던 본처도 살갑게 구는 어린 첩을 미워하지 않고 식구로 받아들이면서 생활은 더욱 편해졌다. 그럴수록 발을 동동 구르며 매일 집 앞으로 찾아와 담장을 기웃거리는 전(前)연인을 보는 눈이 차츰 차가워졌다. 결국 한때 자신이 그토록 사랑했던 남자가 집 앞으로 찾아와 기웃거리자, 남편이 보는 앞에서 종을 시켜 매몰차게 쫓아내 버렸다. 쫓겨가는 등 뒤에서 늙은 남편이 큰소리로 비웃었다. 남자는 분을 참지 못하고 며칠을 시름시름 앓다가 부모의 권유로 절로 들어갔다. 모든 걸 잊기 위해 절로 들어간 남자는 공부에 매진하여 득도에까지 이르고 사람들의 칭송을 받게 되었다.

사랑했던 여자는 엄마로, 그 여자를 강제로 빼앗았던 양반은 아버지로 만났다. 몇 번의 윤회를 거쳐 이번 생에 다시 부부로 인연을 맺었으나 두 사람의 마음에 비수를 꽂은 것은 이번 생의 아들로 태어난 엄마의 몇 전생의 연인이었다.

무영이 씁쓸하게 웃었다.

"엄마가 날 수도에 입문시킨 장본인이네요. 난 다 잊고 기억도 없는데 어떻게 그게 인과법에 묶여 있었네요."

"우리가 잊는다고 그게 지워지는 건 아니니까요. 기록관에 기록된 건 우리가 잊는다고, 용서했다고 지워지지 않아요. 아주 정확하지요."

서금화가 단호하게 말했다.

"덕분에 도문(道門)에 들어섰으니, 전화위복이 됐어요. 무섭게 도에 정진하는 구실을 제공했잖아요."

그래도 이승의 엄마가 통곡하면 무영의 마음은 슬펐다. 어차피 인과법에 의해 묶인 삶의 굴레였기에 고통도 인과의 매듭을 푸는 한 과정일 뿐이지만 아직 이승의 감정이 남아 있어서 어쩔 수 없었다.

전투

　무게가 거의 나가지 않는 신들의 특성상 이동에 제한이 없었다. 지나가는 신들의 눈길을 받으며 무영은 멀리 산처럼 보이는 곳으로 순간 이동 했다. 이승 같은 초록의 산도 아니고, 신선한 산소를 내뿜지도 않지만 그래도 무영은 산이 좋았다.

　산 정상에서 아래를 내려다보니 서울의 모습과 비슷했다. 오른쪽으로 빽빽한 아파트 같은 높이의 건물이 있고, 유달리 우뚝 솟은 건물 하나가 있다. 왼쪽으로 운동장 같은 트랙이 보인다. 그 너머로 다시 아파트가 있고 동쪽과 서쪽 사이에 남북으로 연결된 긴 도로가 있다. 도로는 북쪽으로 뻗어 있었고 북쪽으로 넘어가는 사이에 반짝거리는 빛의 강이 있었다. 강은 길게 동쪽에서 서쪽으로 가로지르며 흐르고 강 너머에는 야트막한 산이 하나 있고 더 멀리 산들이 중첩되어 이 큰 도시를 감싸고 있었다.

　무영은 자신이 올라와 있는 곳이 어디인지 알아차렸다.

　'나도 모르게 청계산에 올라와 있구나. 저기가 우리 집이네.'

　맑은 날 청계산에 올라 역삼동 집을 눈대중으로 찾던 버릇이 무의식중에 나타난 것이다. 무영은 잠시 이승의 일을 떠올리며 생각에 잠졌다.

공부도 재미있었고, 친구들과의 추억도 새록새록 떠올랐다. 엄마, 아빠가 자신에게 해 주던 따뜻한 말과 맛있는 음식들, 형과 장난치던 일, 첫사랑 예쁜 미래가 생각났다.

'가만. 내가 이승에 내려와 있는 건가? 어떻게 이렇게 똑같을 수가 있지?'

손으로 흙을 만져 보았다. 흙이 아니라 안개처럼 엉킨 기단(氣團)이었다.

'이승은 아닌데……. 그럼, 내 눈앞에 보이는 저 풍경은 뭐지? 이승을 복사해 놓은 듯한 저 모습은 대체 무엇인가?'

바로 앞에 하나로마트와 현대기아 사옥이 있고 가까운 곳에 LG 연구소가 있었다. 청계산 전망대 옆에 있던 지도를 참고해 내려다보던 서울의 모습, 어디가 어딘지 수십 번을 짚어 보았기 때문에 충분히 눈에 익은 광경이었다.

이승에 있는 것이 신계에도 그대로 있었다. 거리 곳곳에는 신들이 무리 지어 돌아다니기도 하고 가끔 일하는 신도 있는 것 같았다. 그렇다면 신계의 모습은 이승에 그대로 투영되고 있는 또 하나의 세계 아닌가.

'여기만 그런 것이 아니라…… 다른 곳도 그렇겠지?'

생각이 여기에 미치자 무영은 다른 곳도 다녀 보고 싶었다. 신계의 모습이 이승에 그대로 투영되는 것인지 확인해 보고 싶고, 공간 이동이 자유로운 신으로서의 이점을 누려 보고 싶은 마음도 있었다.

'그래! 여행을 해 보자. 원래 나는 여기저기 다니는 것을 좋아했으

니까. 그런데 어디를 가지?'

"저기요!"

갑자기 부르는 소리에 무영이 놀라 돌아보았다.

여러 명의 신들이 모여서 자신을 쳐다보고 있었다. 주위에 아무도 없는 것으로 보아 무영을 부르는 게 맞는 것 같았다.

"저 말인가요? 저 부르셨나요?"

"네. 깊은 생각에 잠겨 계셨는데 방해가 되지 않았습니까?"

열 명 정도 모인 무리는 대부분 한국 신들이었지만 두 명은 딱 봐도 외국 신이었다. 둘 다 수염이 얼굴의 반을 덮고 있었는데 그중에 키 큰 남자가 질문을 한 것이다.

"아, 네! 왜 부르셨지요?"

"너무 빛이 나서 안 볼 수가 없었어요. 아까부터 쭉 지켜보고 있었어요."

"쭉 지켜보고 있었다고요? 언제부터요?"

"기록관을 나올 때부터요. 다른 신들과 달리 당신은 좀 특별하게 보였거든요."

무영은 속으로 놀랐다. 기록관에서 나올 때부터 따라왔다면 눈치를 챘어야 했는데 낌새조차 알아차리지 못했다.

"왜? 왜 나를 따라왔는데요? 다른 신들도 같이 따라온 건가요?"

"아뇨, 이 신들은 모르겠고요. 난 당신의 빛이 너무 신기해서 따라왔어요. 중간에 잠깐 놓쳤지만 빛이 강해서 이내 다시 찾을 수 있었지요."

"저…… 난 당신들에게 관심이 없는데요."

갑자기 신관이 주의를 주었던 말이 떠오르며 당황하는 마음을 감추고 웃으며 대답했다.

"혹시…… 왕신님 아니세요? 왕신님은 빛이 환하게 난다고 하던데요."

"맞아요. 왕신님이시죠?"

주위에 있던 한국 신들이 이구동성으로 물었다.

무영은 어이가 없어서 그만 헛웃음이 나오고 말았다.

"하하하…… 이런. 이 빛 때문에 오해가 있었군요. 아니에요. 난 그냥 일반 신이에요."

무영의 해명에도 신들은 믿지 않고 계속 질문을 해댔다.

"에이~ 왕신님이 아닌데 어떻게 빛이 그렇게 밝게 빛날 수 있어요?"

"일반 신인 척하지 마시고 정체를 밝히세요? 왕신님 맞죠?"

"어느 왕신님이세요? 한국 신이세요?"

무영이 손사래를 치며 강하게 부인했다.

"아이고, 아니라고요. 제가 왕신이면 여기 왜 있겠요. 아니라니까요."

신들은 믿지 않았다.

"겸손하세요. 정말 존경합니다."

무작정 빛만 보고 왕신이라고 존경한다니…… 무영은 말도 안 되는 이 상황을 어떻게 해야 할지 잠시 생각하다 되는 대로 입을 열었다.

"빛? 아! 당신들에게는 없고 내게는 조금 있는 이 빛 말이에요. 이거 동대문이나 남대문에 가면 파는 게 있어요. 몸에 바르면 빛이 나고 캄캄한 밤에도 빛이 나는 옷도 있어요. 야광 옷이요. 그런 거 들어 보셨을 텐데……. 나이 들면 이런 거 안 입죠. 어린아이나 청소년들이 특별하게 보이고 싶어서 이런 거 입거나 칠하고 다녀요. 얼굴까지요. 정말 그럴듯해 보이지 않아요?"

신들이 어리둥절한 표정이 되었다.

"그런 걸 칠한다고 그렇게 빛이 난다구요?"

"좀 어리긴 하다."

"하긴 왕신이 한국에 왜 있어. 게다가 여긴 산이야."

"맞아, 어떤 왕신이든 여기 있을 이유가 없어. 저 신은 왕신이 아니야."

무영이 겸연쩍게 웃으며 말했다.

"그러니까 제가 처음부터 아니라고 했잖아요. 이건 속임수 빛이라니까요. 장난 좀 쳐 본 거예요."

외국 신 하나가 고개를 갸웃거렸다.

"인위적으로 내는 빛치고는 너무 자연스럽게 밝아요. 저승에서 구할 수 있는 빛의 강도가 아닌 것 같아요."

그러면서 무영에게 다가왔다.

"이건 이승에서 발랐던 왁스예요. 저승에서 바른 게 아니구요. 아저씨는 어느 나라에서 오셨어요? 중동에서 오셨어요?"

무영이 바짝 긴장해서 뒤로 물러서자 남자가 계속 다가오면서 대답했다.

"중동에서 온 거 맞아요."

무영이 손을 들어 제지했다.

"다가오지 마세요. 여러분, 제 말을 믿어 주세요."

무영의 만류에도 불구하고 이번에는 한 명이 더 가세하여 다가왔다.

"왕신도 아니라면서 뒤로 물러서지 마."

두 남자가 자세히 보려고 무영에게 다가서면 무영이는 그만큼 물러났다.

"인위적으로 뭘 칠한 것 같지는 않은데요. 얼굴이 너무 자연스럽잖아."

"왜 자꾸 물러나는데? 일반 신이라면서 되게 어리고 잘 생겼다."

무영은 이 무리들과 시간을 끌어봐야 시간 낭비라는 생각이 들었다.

"난 절대로 당신들이 생각하는 왕신이 아니에요."

무영이 해맑은 미소를 지으며 손을 흔들며 부정하자 두 남자가 멈추어 서서 질문을 던졌다.

"혹시 그 빛에 힘이 있어요?"

이 질문에 무영은 정신을 차렸다. 절대 믿으면 안 되는 신들의 질문인 것이다.

"하! 이게 어떻게 힘이 있겠어요. 왁스에서 나는 빛이라니까. 참, 이상한 신들이네."

무영이 투덜거리며 대답하자 두 신들이 머뭇거리며 주머니에 두 손을 집어넣었다. 다른 신들이 무영의 빛에 신기해하면서도 더 이상 묻지 않는 것과는 비교되는 이상한 질문이고 행동들이었다.

"저기 정상에 가면 서울 시내가 다 내려다보여요. 구경 잘하고 가세요."

무영은 그들에게 시간을 주지 않고 좀 전에 산에서 내려다보던 자신의 집을 생각하며 잽싸게 그 자리를 떠났다.

신관이 했던 말이 생각났다.

'신들은 다 믿지 말랬지. 저들은 단순히 빛 때문에 몰린 구경꾼이 아니었다. 품 안에 무기가 있었어. 어떻게 한국에서 무기를 가지고 다닐 수가 있지? 명백히 불법인데.'

신관이 경고했던 말이 아니었으면 그들에게 어떤 일을 당했을지 모를 일이었다.

무영은 마음을 다잡으며 주변을 조심스럽게 살폈다. 어딜 가도 희미한 회색의 세상에서 무영의 빛은 밤에 빛나는 등불처럼 눈에 띄었다.

무영이 역삼동 쪽으로 가자 신들이 북적거렸다. 네온사인이 희미하게 빛나는 중에도 무영의 존재감은 두드러졌다. 곧 신들의 이목이 집중되자 무영은 서둘러 자신의 집으로 순간이동을 했다.

조상신들이 맨 마지막에 남긴 말이 원래 살던 집을 찾아가서 지내라는 것이었다. 역삼동 집을 찾아가서 지내라는 말인 것 같아서 온 것이다. 이승의 집과 다를 바 없는 가재도구와 무영이 쓰던 책상과 옷가지, 물건들이 그대로 있었다. 이승과 다르다면 이것들은 무게가 없고 형체만 있다는 것이다.

신계에서 머물 집이 있다는 것도 신기했고 한편으로는 다행으로 여겨졌다. 신이라고 마냥 떠돌 수는 없는 것 아닌가!

집을 한 번 돌아본 뒤 할 일이 없자 다른 신들은 어떻게 시간을 보내는지 궁금해졌다. 그러려면 돌아다니면서 보는 게 가장 좋겠지만, 나가기만 하면 신들의 시선이 쏠려서 행동이 자유롭지 않았다. 그리고 신들을 조심하라는 신관의 당부도 머리에 박혀 있어서 집 밖으로 나서는 게 망설여졌다.

한참을 멍하게 천장을 쳐다보다가 가부좌를 틀고 앉았다. 숨을 크게 들이마셨다. 그런데 들어온 공기는 몸 안에 가두어지지 않고 내쉬지 않아도 그대로 빠져나갔다. 여러 번을 시도해도 마찬가지였다.

'몸집이 있는 것과 없는 것의 차이구나. 이승으로 내려가서 몸을 가져야 한다.'

신관의 말로는 강한 빛이 환생을 막을 수 있다고 했다.

본인이 환생을 원하면 '정화의 숲'을 찾아가면 되지 않을까? 돌아다니다가 누군가에게 해코지당해서 죽으면 '정화의 숲'으로 가게 될 것이다. 하지만 자신이 이 신계에 있는 동안 한국은 비약적인 발전을 할 것이라고 했다. 그러려면 한국을 위해서, 영역을 위해서 신계에서 살아남아 있어야 했다.

수도도 할 수 없고 천정을 바라보는 것도 지겨워진 무영이 자리를 털고 일어났다. 밖으로 나오자 두 명의 신이 막아섰다.

"김무영 신 맞으시지요?"

"네."

얼떨결에 대답하고 두 신을 천천히 살폈다.

특별할 것 없이 평범해 보이는 그들은 무영을 보자마자 동시에 크게 놀라는 모습이었다. 지금까지 일반 신들이 무영을 보면 처음 나타내는 반응과 같았다.

"어, 어, 안녕하십니까? 안녕하세요?"

더 이상 말을 잇지 못하고 빛 때문에 좀 떨어져서 무영을 관찰하고 난 두 신이 흥분한 상태로 말을 이었다.

"우리는 이 구역의 관리신입니다. 엄청난 신이 오셨군요. 윗선의 관리신이 김무영 신을 모셔 오라 하셨습니다."

"예, 특별한 신이라더니 정말 특별한 신이십니다. 어쩌면 이렇게 빛이 날까요?"

두 신은 눈이 부시는지 두 팔로 얼굴을 가리고 손가락 틈새로 무영을 보았다. 무영이 한 발 뒤로 물러났다.

"그래요? 어디로 오라는 공문을 보내실 것이지, 굳이 오셨어요. 번거롭게."

무영의 말에 관리신이 팔을 조금 내리고 대답했다.

"신이 한자리에 가만히 있질 않잖아요. 계시는지 확인하고 모셔 오랬습니다."

"훌륭한 신이라고 하셨는데 과연……. 와! 정말 빛이 굉장하군요."

대답을 하는 건지 감탄을 하는 건지 그들은 무영에게서 시선을 떼지 못했다.

무영이 질문했다.

"저를 데리고 오라고 하신 분이 누구라구요?"

경계심을 풀지 않고 데리고 오라는 신의 정체를 물었다.

"우리는 하급 관리예요. 나라신 직속의 고위 관리신이 김무영 님을 모시고 오라 하셨습니다. 직접 오시려다 갑자기 나라신 호출이 있어서 우리를 보내신 거예요."

키가 좀 큰 신이 한 걸음 더 뒤로 물러나 두 팔을 내리고 공손히 말하며 절했다.

"아니, 말씀하시면서 인사는 왜 해요?"

무영이 절하는 것을 만류하자 관리신이 대답했다.

"눈이 부셔서 이렇게 숙이고 있는 편이 더 낫습니다. 신경 쓰지 마십시오."

옆에 있던 키 작은 관리신이 따라서 두 팔을 내리고 머리를 숙였다.

"아이고, 내가 정말 죄인이네. 이러지 마세요."

무영의 말에 키 작은 관리신이 답했다.

"이러니까 정말 눈이 안 부시고 편해요. 역시 신은 머리가 좋다니까."

키 작은 관리신의 칭찬에 키 큰 관리신이 다시 본론을 말했다.

"신들이 모이고 있습니다. 어서 가시지요."

"어디 가나 눈에 띄겠어요. 스타가 되시겠는데요."

관리신들 말 대로 신들의 왕래가 잦지 않은 골목인데도 신들이 몇몇 멀찍이서 구경하고 있었고 점점 모여들고 있었다.

무영은 마음이 급해졌다.

"한 가지만 더 묻죠. 고위 관리신이 나를 왜 보자는 거죠?"

"그건 직접 만나서 들으십시오. 우린 모셔 오라는 말씀만 지키면 되니까요."

"이미 관리신들 사이에서 김무영 신 소문이 파다해요. 빛이 나는 신이 왔다고요. 그래서 자진해서 우리가 모시러 온 건데……. 너무나 의외예요."

"뭐가요?"

무영은 무슨 말인지 알았지만 짐짓 모른 채 되물었다.

"빛이 나려면 도력이 높아야 하는데 새파란 젊은이가 몸에서 빛이 번쩍번쩍 나니까 너무 신기해서요. 우린 당연히 연세 지긋한 어르신으로 생각했거든요."

무영이 피식 웃었다.

"수염을 기를까요?"

"한참 어린데 날 수염이나 있어요?"

키 큰 관리신의 말에 무영이 뾰로퉁한 표정을 짓자, 웃음을 터트렸다.

"아이고, 미안합니다. 농담이에요, 농담. 하하하."

"맞아요, 어떻게 어린 나이에 그런 빛을 가질 수가 있죠? 엄청나군요. 나라신보다 훨씬 빛나요."

무영은 두 관리신이 자신을 속이지 않는 것이라 확신하고 따라나서기로 마음을 정했다.

"아니야, 왕신들처럼 빛나는 것 같아. 내가 본 신 중에서 제일 빛나요."

오십은 되어 보이는 나이의 두 관리신은 꽤 쾌활한 성격인 듯했다.

"나라신?"

"이 영역의 통치자 말이요."

"아! 예……"

이승에서 대통령이나 수상이 나라를 이끄는 것처럼 신계도 영역마다 나라신이 있고 밑으로 관리신들이 있어 영역을 꾸려 나갔다.

"자! 그럼 갈까요."

"더 있으면 신들이 몰려들 것 같으니 어서 갑시다."

이미 십여 명 되는 신들이 그들을 지켜보고 있었다. 두 관리신이 무영의 몸에 손을 대려다 빛에 닿자 움찔거리며 물러섰다.

"우와~ 찌릿찌릿하네요. 하하하……. 그냥 저희를 따라오세요."

무영은 두 관리신을 따라서 순간이동 했다.

크지 않은 공간에 별다른 장식도 없었지만 뭔가 계속 조금씩 움직이고 있었다. 그곳에 중년의 신이 있었다. 흰머리가 살짝 보이고 넓은 이마에 깊은 주름이 두 줄 잡혀 있고 눈이 크고 처져서 마음이 좋아 보이는 인상이었다.

방에는 온통 무언가 적혀 일렁이는 홀로그램으로 가득 차 있어서 눈을 어지럽게 했다.

"모셔 왔습니다. 행정관님!"

같이 간 두 관리신이 상관인 행정관 신에게 보고했다. 고개를 돌린 행정관이 두 눈을 휘둥그레 뜨고 무영을 쳐다봤다.

"맙소사! 오! 잘 왔어요. 정말 빛이 번쩍번쩍 나는군요. 오! 놀라워라."

무영이 말없이 고개를 숙여 인사하자 행정관 신이 말했다.

"나는 행정관이요. 놀랍군요. 내가 이곳에 꽤 오래 있었는데 김무영 신처럼 빛나는 신은 처음이요. 들은 바로는 신장들이나 왕신들이 빛이 난다고 하던데, 실제로 한 번도 본 적이 없어서……. 하하하."

행정관은 푸근한 인상만큼이나 성격도 깔끔해 보였다.

"홀로그램 뉴스에서 간혹 왕신들 나오잖아요. 직접 본 적은 없어도 뉴스에 나올 때 봐도 머리에서 은은한 빛이 나더라고요. 정말 엄청나고 근사해요."

"김무영 신은 왕신도 아니고 신장도 아닌데 어쩜 이렇게 빛이 날까요? 도력이 얼마나 높으면 이렇게 빛이 날까요?”

두 관리신이 맞장구를 치며 호들갑을 떨었다.

무영이 가만히 있다가 행정관에게 물었다.

“이곳은 어디이고 나를 이곳에 데려온 이유가 무엇입니까?”

행정관이 두 손을 공손하게 모으고 말했다.

“행정을 담당하는 신들은 영역을 드나드는 신들의 숫자를 기록하고 파악하는 게 주된 임무예요. 다른 영역에서 들어오는 신들은 외신부에서 파악하지만, 우리 영역 내의 신의 숫자가 늘고 감소하는 것은 우리가 파악하고 있어야 하지요.”

“이렇게 한 명씩 일일이 불러다 확인하시나요?”

무영의 질문에 행정관이 눈웃음을 지었다.

“아니에요. 대부분 저기 보시면 ‘천 개의 방’에서 나오는 신들이 영역 내로 들어오면서 숫자가 자동으로 올라가요.”

행정관이 한쪽의 홀로그램을 가리켰다. 숫자가 계속 바뀌고 있었는데 한 자릿수가 올라가기도 하고 한꺼번에 여러 숫자가 건너뛰기도 하였다.

“그럼 절 부르신 이유가 있겠군요?”

“네, 맞아요. 김무영 신은 특별하니까요. 딱 봐도 특별하잖아요.”

자신이 특별하다는 건 무영도 알고 있었다. 이승에서도, 신계에 들어와서도 자신이 특별하다는 것은 누구보다 잘 알고 있었다. 왜 자신에게 이런 능력이 있는지 가끔 생각할 때가 있을 만큼 잠재된 능력이 크다는 것을 알고 있었지만, 그 능력이 어느 정도인지는 정확히 몰랐다.

"그래서 김무영 신을 나라신께서 면담하고 싶어 하세요."

"나라신이요? 왜죠?"

"특별하니까요. 그건 김무영 신도 잘 아실 거예요. 신계에 오셔서 김무영 신만큼 빛나는 신을 보셨어요? 전 지금까지 본 적이 없거든요."

"저도 본 적 없어요."

"저도요."

두 관리신도 함께 동조했다.

"저도 이 빛에 대해서 몰라요."

무영은 시치미를 뗐다. 상대방의 속도 모르는 상황에서 자신의 능력치도 정확히 모르는 것을 함부로 말할 수 없었다.

"이승에서는 능력 있는 사람이 마음만 먹으면 숨기고 살 수 있어요. 하지만 신계에서는 능력이 빛으로 나타나기 때문에 감출 수가 없지요. 김무영 신은 어디 가나 눈에 띄게 되어 있어요. 그래서 나라신이 보호 차원에서 부르신 것 같아요. 잠깐만요. 좀 전에 누구랑 얘기 중이셨는데…… 지금은 어떤지 한 번 볼게요."

행정관은 홀로그램 중 하나를 건드리며 컴퓨터 자판을 치듯이 툭툭 쳤다.

"아직도 얘기 중이신 것 같군요. 좀 기다립시다. 잠깐만요. 뭐가 이렇게 뜨지?"

가장 잘 보이는 곳에 홀로그램이 번쩍거렸다.

"뭐? 누가 온다고? 이자들이 여길 왜 와. 지금 온다고? 아니 이, 이, 미쳤나?"

행정관이 당황하는 기색이 역력했다.

"어, 행정관님, 누가 와요."

관리신의 말에 행정관이 고개를 돌렸다.

"저기…… 막아!"

행정관이 소리쳤지만, 이미 늦었다.

두 관리신과 행정관, 무영이 지켜보는 가운데 기가 엉기며 사람의 형체가 서서히 드러났다. 그 뒤로 두 명의 신이 더 나타나면서 세 명이나 되는 신이 방문했다. 그렇게 나타난 외국 신들은 곧장 무영에게 시선을 두었다. 행정관이 투덜댔다.

"스미스! 또 당신이요? 올 때는 그래도 좀 여유를 두고 기별을 하셔야지. 기별하면서 들이닥치는 건 너무 무례하지 않소?"

"아……. 그게 우리 천왕께서 급히 가 보라 하셔서 그리됐소."

"천왕께서요? 무슨 일로요?"

일 때문에 몇 번 만난 사이였지만 인사도 없이 무영에게만 시선이 쏠려서 자신에게 눈길조차 주지 않는 스미스 일행을 보며 행정관의 표정이 노골적으로 일그러졌다.

미국 영역의 나라신이 천왕이었다. 신계 5대 왕신 중 종교 왕신 셋을 제외하면 세속의 왕신은 둘이었다. 미국의 천왕과 중국의 자연왕이 세속에 가장 큰 세력을 행사하는 두 영역의 나라신이었다. 신계의 거의 모든 영역은 천왕 편과 자연왕 편으로 갈라져 있었고, 서로 경쟁하는 사이라서 두 왕신의 사이는 좋지 못했다.

미국의 위세는 누구도 막지 못할 만큼 신계에서 막강한 힘을 발휘하고 있었고 그 힘으로 질서를 유지하고 있었다. 유일하게 깐족거리며 미국의 비위를 거스르는 것은 중국과 러시아 정도였다. 이런 이유로 미국의 막강한 힘을 등에 업은 관리신들은 물론이고 일반 신들까지 어디서나 당당했다.

행정관이 목소리에 힘을 주고 다그쳤다.

"천왕께서 당신들이 무례하게 군 걸 아시면 별로 안 좋아하실 텐데요."

"천왕께서 급히 가 보라 하셔서 온 거라니까요. 여기 이 신 때문에요. 엄청나군요."

가운데 있는 수염이 덥수룩한 백인이 말했다.

"이 신이 이번에 새로 신계에 오신 분이군요. 멋진데요. 돌려 말하지 않을게요. 우리 천왕께서 이분을 좀 보고 싶어 하세요."

행정관의 안색이 점점 변하는 것을 무시하고 미국 사절들은 무영의 주위를 서성이며 관찰하고 있었다.

"이야! 대단하네요. 왕신도 아닌데 이런 빛은 처음 봐요. 놀라워요."

"일반 신 중에는 없는 빛이요. 어떻게 된 일일까요? 나이도 어린 상태로 신계에 왔는데, 당신, 이승에서 뭐 했어요?"

왼쪽에서 무영을 훑어보던 흑인 신이 물었다. 동물원 동물처럼 머리부터 발끝까지 빛에 닿을 정도로 가까운 거리에서 자신을 살피는 그들의 태도에 무영은 급격히 기분이 나빠졌다.

"학생이었어요."

가장 짧은 대답이었다.

"아니 그건 알고 있고, 지상에서 어떤 특이한 일을 했길래 이런 빛을 낼 수 있냐는 거지요."

"나도 몰라요. 나도 여기 와서 알았으니까요."

"그럴 리가 없어요. 이승에서부터 뭔가 특별했을 거예요. 그리고 몇 전생에서부터 특별하지 않았으면 이런 빛을 가질 수가 없어요."

"내가 왜 이 신들과 이런 얘기를 해야 하지요?"

무영이 행정관을 돌아보며 짜증 냈다. 행정관이 당황했는지 어쩔 줄을 몰라서 허둥거렸다.

"아니, 아니, 아무 말씀 하지 마세요. 그냥 계셔도 돼요."

행정관이 스미스라는 백인에게 고개를 돌렸다.

"정말 무례하군요. 예의를 지켜 주세요."

행정관의 말에 스미스가 손을 흔들었다.

"오우, 그러지요. 미안해요. 우리가 좀 놀라서 그렇소. 누구라도 이런 신을 처음 보면 우리와 같은 반응을 보일 거요. 안 그렇소?"

행정관도 스미스의 말을 이해했지만 그렇다고 자신이 보호해야 할 신 앞에서 물러서는 모습을 보이고 싶지 않았다.

"천왕을 자주 보실 텐데 호들갑을 떨다니……. 혹시 천왕보다 이분이 더 빛나는 거 아닌가요?"

이 말에 세 명의 미국 신들이 펄쩍 뛰었다.

"무슨 말도 안 되는 소리를 하시오. 천왕은 신계의 왕신이요. 이 신은 아무런 색도 없는 일반 신이고요."

"천왕을 모욕하다니, 이건 있을 수 없는 일이요."

"행정관은 목이 몇 개인데 그런 망언을 하는가? 죽고 싶은 것이요?"

화가 난 미국 신들이 격앙된 목소리로 행정관에게 으름장을 놓자, 행정관은 말실수를 깨닫고 즉시 사과했다.

"미안합니다. 내가 실수했어요. 우리 영역에 이렇게 빛나는 신이 있다는 게 자랑스러워서 그만 실례를 범했군요. 미안합니다."

행정관이 고개를 살짝 숙이고 사과하자 미국 신들이 한풀 꺾인 목소리로 행정관을 몰아세웠다.

"요즘 한국이 잘 나간다고 해서 미국과 맞먹으려고 대들지 마시오. 나락으로 보내는 건 한순간이면 충분하니까."

"아, 예!"

말실수에 대한 혹독한 대가를 치르는 행정관을 묵묵히 지켜보던 무영은 은근히 부아가 치밀었다.

스미스가 다시 무영에게 시선을 돌렸다.

"천왕께서 이 신을 데리고 오라고 하셨으니 데리고 가겠소."

행정관이 나섰다.

"여보시오. 스미스! 이분은 우리 영역의 신이고 우리 나라신 면담에 대기 중이요. 아무리 천왕 님이라도 영역 간의 법은 지켜 주시오."

"아! 물론 나라신의 면담이라면 기다려 드려야지요. 그런데요. 우리 천왕께서 이분의 신변을 걱정하고 계십니다. 아시잖아요. 흉악한 놈들이 신계에 판치고 있다는 것을요. 천왕께서 친히 보호해 드리려는 거예요."

"우리도 이분 지켜 드릴 정도의 수준은 됩니다. 지나친 배려요."

스미스의 미간이 찌푸려졌다.

"이분에 대한 천왕의 궁금증이 얼마나 큰지 아시오? 한국에 빛나는 신이 나타났다는 소식을 접하자마자 한 번 만나 봐야겠다고 말씀하셨어요. 그 바람을 한국의 나라신에게도 바로 전달했어요. 그래서 지금 이 신을 우리가 데리고 가겠다는 거요."

행정관의 미간에 주름이 잡히며 얼굴 근육이 실룩거렸다.

"나는 나라신에게 이 신을 천왕께 보내도 좋다는 말씀을 전해 듣지 못했소. 이 신은 한국의 신이고 한국 나라신이 이 신을 보겠다고 하셨 단 말입니다. 정 데리고 가겠다면 나라신을 면담한 후에 허락받고 데 리고 가십시오."

가만히 있던 무영의 눈썹이 치켜 올라가고 입이 실룩거렸다. 무영 의 표정 변화를 읽은 스미스가 말했다.

"이런, 말없이 얼굴에 기분 나쁘다고 써 있으니 나도 불편하군요."

행정관이 무영의 표정을 보더니 목소리를 높였다.

"당신들이 절차를 무시하고 실례를 했으니 기분 나쁜 건 당연한 거요."

스미스도 지지 않고 맞받아쳤다.

"그래요. 그렇더라도 우리는 우리의 임무를 수행해야 하니 이해해 주시오."

다른 백인이 나섰다.

"기다릴 것 없이 그냥 데리고 갑시다, 스미스! 우리 미국이 우선 아 니요."

순간 무영은 속으로 울화가 치밀어 올랐으나 행정관도 같은 심정이 었는지 벌컥 화를 냈다.

"그건 아니지. 우리 나라신이 보자고 해서 여기 대기 중인 신에게 당신들이 느닷없이 쳐들어온 것도 불쾌한데 경우 없이 그런 말이 어디 있소?"

백인 신이 깐족거렸다.

"어디 있긴 어디 있어! 여기 있지. 우리 미국에 우선권이 있다는 건 신계가 다 아는 사실이잖아."

그의 막무가내를 스미스가 제지했다.

"외교상 그런 말은 안 하는 게 좋아. 나중에 트집 잡힐 거란 말이야. 여긴 다른 영역도 아니고 한국이라고."

"뭘 트집 잡아. 이건 천왕의 명령이잖아."

스미스의 만류에도 그의 독선은 계속됐다.

"그러니까 힘 있다고 왕신의 명령이면 영역 간 질서를 파괴해도 된다는 건가요? 그런가요? 천왕이 그렇게 하라던가요?"

행정관의 나지막한 목소리가 위엄있게 깔리며 다그쳤다.

스미스가 백인 신을 툭툭 치며 인상을 썼다. 무언의 경고였다. 그러고는 행정관을 향해 입꼬리만 올라가는 형식적인 미소를 지었다.

"그만 해. 오우~ 이번이 첫 임무라 의욕이 과해서 그런 것이니 이해하시오. 무시하려는 의도는 아니었을 거요."

스미스가 행정관에게 이해를 구했다.

"무시하려는 의도가 다분한데요."

행정관이 스미스의 얼버무림을 받아 주지 않자 말을 돌렸다.

"빛은 힘이요. 신은 어떠한 힘이 있지요?"

다짜고짜 들어오는 질문은 너무 직선적이어서 당황스러웠다.

"몰라요. 나도 여기 와서 빛이 나는 걸 알았으니까요."

무영은 모르쇠로 대답하기로 했다. 사실 빛이 이렇게 날 줄 몰랐고 빛의 힘이라는 게 치료의 힘 외에는 아직 아는 게 없었다.

"내 이름은 스미스요. 앞으로 잘 지내봅시다."

무영은 스미스가 내미는 손을 고개를 돌리며 외면했다.

막무가내인 초보 관리 백인과는 달리 스미스는 베테랑답게 무영을 탐색하고 있었다. 그러면서 분위기를 부드럽게 만들기 위해 스스럼없이 말을 던지고 있었다.

"김무영 신은 신계 어딜 가도 눈에 띄게 되어 있어요. 우리 신계는 회색의 세계라 빛이 나면 멀리서도 바로 알 수가 있거든요. 이승의 사람에게도 빛은 있어야 하지만 저승의 신도 빛이 없으면 안 돼요. 하지만 필요 이상의 빛은 치명적인 소멸로 이어지기 때문에 가장 위험하기도 하지요. 김무영 신도 그 점은 인지하고 있지요?"

"아, 예. 생각해 본 적이 없어요."

"신계의 무기가 뭐로 이루어져 있는지 아시오?"

"무기요? 몰라요."

무영은 질문의 의도도 답도 알았지만 역시 모른다고 대답했다.

"빛이에요. 신들은 빛에 절대적으로 약하기 때문에 낮에 활동할 수 없어요. 그러므로 신들을 공격하는 무기는 모두 빛으로 만들어졌어요. 강력한 빛에 노출되면 모두 팍! 소멸되거든요."

스미스가 양손을 주먹 쥐었다가 쫙 펴서 터지는 동작을 했다.

"그리고 왕신들에게서도 빛이 나는데요. 각각의 빛에 따라 능력이 다 달라요. 알고 있지요?"

"아뇨, 몰라요. 이제 막 신계에 들어왔거든요. 오자마자 불려 왔고요."

"그래요. 이 신계에는 다섯 명의 왕신이 계세요. 세 명은 종교의 신이고 두 명은 가장 힘 있는 영역의 나라신이지요. 왕신들은 각기 고유의 빛을 지니고 있는데 천왕은 노란색, 자연왕은 푸른색, 이 두 왕신은 나라신이에요. 미국과 중국의 나라신이지요. 그리고 기독교와 천주교를 합친 태양왕은 붉은색, 알라신 미르왕은 검은색,토속종교와 불교의 백호왕은 흰색이에요. 왕신들은 색에 따라 쓰는 능력이 다 달라요. 힘도 일반적인 신들과는 엄청나게 다르죠.”

“얼마나 엄청난데요?”

무영은 진심으로 왕신들의 능력이 궁금했다.

“능력을 다 발휘하는 걸 본 적도 없지만 조금만 힘을 써도 주변이 날아가니까. 그래서 왕신들에게 아무도 도전하지도 않고 덤빌 꿈도 꾸지 않지요.”

“네~.”

무영이 열심히 경청하면서 고개를 끄덕이자 스미스가 힘주어 말했다.

“아니, 뭐 가끔 덤비는 나라신들이 있긴 있어요. 그때마다 박살 나긴 하지만. 흐흐흐.”

행정관이 보다 못해 끼어들었다.

“흥, 또 잘난 척하는 병이 도졌군. 여보쇼. 스미스! 김무영 신이 귀 영역으로 가려면 나라신의 허락도 있어야 하니 일단 가서 기다리시지요. 기별을 보내겠소.”

스미스가 행정관을 못마땅한 눈초리로 보았다.

“잠깐만요. 천왕의 명이라고 했소. 게다가 김무영 신은 어딜 가나 눈에 띄니 보호를 받아야 한다고 하셨소. 왕신께서 김무영 신의 빛의 크기를 이미 알고 계신단 말이오. 이곳에 있다가 흉악한 놈들이 공격해 오면 막아 줄 수 있겠소? 우리 천왕 님쯤 되어야 가능한 일이요."

무영은 이곳에 오자마자 신들에게 둘러싸여서 주목받던 일이 떠올랐다. 무영의 빛이 신기해서 몰려든 신들이었지만 그들 중 무영을 해코지하려는 신도 있어 보였다. 아까 마주친 아랍 신들의 태도는 무영에게 경각심을 갖게 했다.

"아까부터 '흉악한 놈'들이라고 말씀하시는데 그들이 누굽니까? 나에게 해코지할 신들인가요?"

무영은 잘됐다 싶어서 기회를 놓치지 않고 질문했다.

"아! 당연하지요."

무영이 말을 할 빌미를 주자 스미스는 기회다 싶었는지 본격적으로 말할 태세를 갖추었다. 하지만 행정관이 막고 나섰다.

"잠깐, 스미스 당신 혹시…… 뭘 말하려는 거요?"

"이 신계의 진실을 알려 주어야 한다고 생각하고 있어요. 김무영 신처럼 특별한 신은 그들의 표적이 될 수 있기 때문에 특히 신경을 써야지요. 그것 때문에 우리가 온 것이고요."

"우리도 그쯤은 알고 있어요. 그래서 김무영 신이 이곳에 있는 거고요."

행정관과 스미스가 팽팽한 신경전을 벌이자 무영이 끼어들었다.

"그러니까 그 '흉악한 놈'들이란 게 누구냐고요?"

무영이 알고 싶은 것에 대해 대답을 못 듣자 다시 질문했다. 스미스와 행정관이 서로 눈싸움을 벌이다가 스미스가 먼저 고개를 돌렸다.

"미르왕의 신자들이 내분을 겪고 있는 건 아시죠? 항상 지네들끼리 치고받고 싸우잖아요."

무영은 대답 대신 고개를 끄덕였다.

"그들 중에서도 악명 높은 단체가 몇 개 있어요. 종교도 같은데 무슨 욕심으로 싸우는지, 뭘 위해 싸우는지 참 알 수 없는 신들이지요. 대표적으로 '블랙미르'라고 있는데요. 그들은 미르왕에 대한 맹목적인 충성심으로 과격하기가 상상을 초월하지요. 우리도 항상 경계하면서 그들을 주시하고 있는데 김무영 신도 조심해야 할 겁니다."

"기억해 두지요, 블랙미르. 그들이 과격한 것과 내가 특별히 조심해야 하는 무슨 이유가 있나요?"

"미르왕에 대한 맹목적인 충성심이라니까요. 미르왕에 위협이 되겠다 싶으면 무조건 해치려 든다는 거예요. 김무영 신의 빛은 신계에 이미 소문이 났으니 어떤 형태로든 그들이 올 겁니다."

행정관이 인상을 팍 썼다.

"이런 이야기를 여기에서 해야 합니까?"

스미스가 행정관을 이해하지 못하겠다는 듯이 되려 질문했다.

"조심해야 할 내용을 미리 알고 있으면 좋은 거잖소?"

행정관이 신경질을 냈다.

"그건 우리가 할 일이라고요. 앞서가지 마시고 나가서 대기실에서 기다려 주시겠어요? 우리 나라신에게 가야 하거든요."

스미스가 손을 내저었다.

"오우! 기다려도 여기서 기다릴 거요."

관리신 한 명이 행정관에게 와서 귓속말을 속삭였다.

"중국에 큰 재해가 닥쳤어요."

관리신이 다시 제자리로 돌아가자 행정관이 스미스를 향해 말했다.

"중국에 커다란 재해가 발생했다는군요. 자연왕의 힘이 또 빠지겠는걸요."

스미스가 코웃음을 쳤다.

"원래 중국은 덩치만 큰 물렁이였으니까……. 뭐 천왕과는 상대가 안 되지요."

"지금 왕신의 힘이 약해져 있나요?"

무영의 물음에 스미스는 대답하지 않았다. 대신 행정관이 고개를 빳빳하게 들고 도도한 표정으로 설명했다.

"맞아요, 근래 자연왕은 눈에 띌 정도로 빛이 약해진 걸로 알고 있어요. 중국에서 발생한 몹쓸 질병이 한바탕 신계를 휩쓸었는데 자만하다가 왕신들 영역에 피해가 가장 컸어요. 거기다 자연재해까지 덮쳤죠. 그 바람에 왕신들의 체면과 힘이 곤두박질쳤어요."

무영이 무표정하게 스미스를 바라보았다. 스미스는 눈살을 찌푸리며 행정관을 쳐다보다가 무영의 시선을 의식하고는 이내 표정을 바꾸었다.

"행정관의 말이 일부는 사실이지만 일부는 틀렸어요."

행정관이 코웃음을 치며 빈정거렸다.

"틀리긴 뭐가 틀려요. 아주 정확하게 짚은 거지. 우리 영역도 피해는 컸어요."

스미스가 못 들은 척 말을 이었다.

"그러니까 일전에 질병이 대유행했을 때 대처를 잘못한 건 사실인데 그로 인해 천왕의 능력이 줄었다는 건 말도 안 되지요. 여전히 신계는 미국의 주도하에 움직이고 있잖소."

"그쪽 영역의 신들이 신계로 가장 많이 들어왔어요. '천 개의 방'으로도 가장 많이 갔고요. 그리고 무섭게 커 가던 자연왕도 질병을 퍼트렸다는 오명을 쓰고 다른 영역으로부터 견제당하고 미움을 받는 데다 자연재해가 연달아 닥치면서 힘이 쭉쭉 빠지는 게 눈에 보일 정도고요."

계속되는 행정관의 빈정거림에 다른 백인 신이 언성을 높였다.

"자연왕의 힘을 빼기 위해 우리가 그 희생을 치러 가면서 노력한 거란 말이요. 덕분에 수많은 영역이 자연왕의 횡포에서 벗어나고 있는 중이잖소."

행정관이 목소리를 낮게 깔고 백인을 보며 말했다.

"이 신은 여기 싸우러 온 거요?"

스미스가 어깨를 으쓱했다.

"당신이 우리 화를 돋우고 있다는 걸 아시오? 나도 화가 나는 걸 겨우 참고 있는 중이오."

행정관도 지지 않고 맞받아쳤다.

"난 현실을 일깨워 주었을 뿐이오."

이야기 방향을 돌리기 위해 무영이 나섰다.

"내가 여기 있는 이유는 나라신을 만나기 위해서입니다. 미국 신들에게는 미안하지만, 천왕은 나중에 뵙도록 하지요."

스미스가 잠시 가만히 있다가 다시 목소리를 가다듬었다.

"흠, 흠, 내가 이렇게 참는 건 다 김무영 신 때문이오. 행정관, 그만 참견하시오. 흠."

행정관이 스미스를 무시하고 무영에게 돌아섰다.

"제기랄, 자연왕도 없어지고, 종교도 하나만 있었으면 좋겠어요. 종교도 하나가 되고 왕신도 한 명만 있으면 좋겠어요."

무심코 중얼거린 이 말에 무영이 반응했다.

"혹시 종교의 왕신과 나라신의 왕신이 겹칠 수도 있나요?"

무영의 깜짝 질문에 스미스가 흠칫 놀라더니 이내 대답해 주었다.

"그럼요. 예전에 이승에서 교황이 나라의 왕을 폐위시키기도 하고 세우기도 했을 때 태양왕과 천왕의 능력을 함께 썼었지요. 천왕이면서 태양왕이었지요."

"종교의 왕신 말고 나라의 왕신도 자주 바뀌나요?"

무영이 계속 질문했다.

"동양에서 천왕이 나온 적은 딱 한 번 있었어요. 칭기즈칸 때였지요. 그리고 이번에 자연왕이 중국에서 배출되었는데 너무 질서를 어지럽혀서 신계 전체가 휘둘렸잖아요. 그래서 부득이 천왕이 자연왕을 견제하기 위해 힘 빼는 작업을 시작한 거예요."

"종교가 생겨난 지는 수천 년이 지났는데요. 그전에는 왕신이 없었나요?"

"아주 근본적인 질문이군요. 그건 나도 몰라요. 처음에는 토테미즘처럼 잡다한 신들을 모시기 좋아하는 토속 신앙부터겠지요. 나중에 토속종교, 민속종교, 무속 등으로 이어오다 그것을 전체적으로 묶어서 그 중심에 불교가 섰으니까 백호왕이 시발점이었을 거예요."

"이 신계와 3대 성소가 만들어진 시기는요? 누군가 만들었으니까 존재할 건데요."

스미스가 어깨를 으쓱거렸다.

"몰라요. 난 왕신도 아니고 한낱 관리일 뿐이니까요."

"천왕은 아시나요?"

"내가 천왕이 아니라서 그것까진 모르죠."

"아까 말씀하셨던 블랙미르에 대해서 좀 더 알고 싶어요."

"잠깐, 김무영 신!"

행정관이 대화에 제동을 걸고 무영에게 눈짓을 보냈다.

"블랙미르에 대해선 나도 설명해 줄 수 있어요. 그러니 여러분 제 발 여기에서 나가 대기실로 이동해 주세요."

무영은 행정관이 어떻게 해서든지 미국 신들을 떼어 놓기 위해 노력하고 있음을 눈치챘고, 궁금한 게 많았지만 더 이상 질문하지 않았다.

"그럼, 김무영 신 갑시다."

스미스의 말에 옆에 있던 두 미국 신이 무영의 양옆으로 갔다.

행정관이 펄쩍 뛰었다.

"우리 영역에서 우리의 신을 나라신의 허락 없이 데려갈 수 없소. 절대 안 돼요."

한국의 관리신들도 무영의 양옆으로 이동해서 험악한 분위기가 되었다. 무영이 의사 표시를 확실하게 했다.

"난 한국의 신이에요. 한국 나라신을 만나는 것이 우선이고요. 한국에서도 나 하나 정도는 지켜 줄 수 있을 것 같으니 천왕께 호의 감사 드린다고 전해 주세요."

천왕과의 만남을 한마디로 거절한 것이다. 미국 신들의 표정이 일그러졌다.

"그건 천왕의 명을 거스르는 일이요. 그럴 수 없소."

"염병할, 말귀를 못 알아듣네. 천왕이 데리고 오랬단 말이요."

근엄하게만 보이던 행정관의 얼굴에 화난 표정이 역력했다.

"방금 김무영 신이 우리의 보호를 받는 것을 원했어요. 천왕에게 보호를 받으면 더 안전할지 모르겠으나 우리도 블랙미르단을 상대할 정도는 돼요. 그러니 걱정 말고 돌아가 주시오."

행정관은 스미스의 속셈, 아니 천왕의 속셈을 잠시 헤아려 보다가 김무영을 어떤 이유에서든 보내면 안 될 것 같다고 판단했다. 무영은 어떤 왕신의 능력도 빼앗아 갈 위협적인 존재로 비칠 만큼 압도적인 빛을 발산하고 있었다.

행정관은 이 고약한 방문자들을 어떻게든 돌려보낼 생각으로 단호하게 나갔다. 여유 있던 스미스의 표정도 점점 굳어지고 말투도 고압적으로 변해 갔다.

"정말 고집불통이군. 한 번 호되게 당해 봐야 미국과의 차이를 느끼려나……. 좋소. 당신네 나라신과 면담이 끝날 때까지 여기서 기다리겠소. 우리 왕신께서도 김무영 신과 면담하길 고대하고 계시니까요."

스미스 일행이 쉽게 물러설 것 같지 않자 행정관은 아예 등을 돌렸다. 홀로그램을 띄우고 어딘가 문자를 보내더니 곧바로 돌아섰다.

"나라신께서 김무영 신과 지금 면담하신답니다. 당신들은 여기가 아닌 다른 곳에서 기다려 주시오. 내 사무실의 비밀 정보를 당신들이 다 볼 수 있도록 놔둘 수 없거든요. 여보게, 이분들 쉬면서 기다릴 수 있는 곳으로 안내해 드리게."

행정관이 지켜보고 있던 두 관리신에게 스미스 일행을 떠넘기고 김무영을 데리고 잽싸게 자리를 떠났다.

행정관이 무영을 데리고 간 곳은 나라신 앞이 아니었다. 홀로그램을 주고받은 것도 나라신이 아니었고 친구에게 안부를 묻는 내용이었다. 일단 무영과 그 자리를 벗어나기 위해 임기응변의 기지를 발휘한 것이다.

　"어이, 친구! 잘 지냈는가? 나 왔네."

　장식 하나 없는 삭막한 공간으로 간 행정관은 그곳에 있는 한 신에게 다정하게 인사를 건넸다.

　"한동안 안 보이더니 웬 바람이 불어서 오셨나? '정화의 숲'에 갈 때가 되었는가? 어?"

　인상이 단단해 보이는 군복을 입은 남자가 무언가를 하다 멈추고 반갑게 맞았다. 군복을 입은 남자가 행정관과 같이 온 무영을 보고는 깜짝 놀라 눈을 크게 떴다.

　"그래, 여기 김무영 신을 처음 보면 다 눈이 그렇게 되면서 놀라. 나도 그랬으니까. 김무영 신, 이쪽은 나와 이승에서도 친구였고 저승에서도 동무인 소영진이라 합니다. 이 친구가 전생에 운동선수였어요. 그 전전생에는 군인이었고요. 운동선수였을 때도 국방색 옷을 자주 입더니만 죽어서도 저런 옷을 입고 다닌답니다."

　"아, 안녕하세요. 김무영이라고 합니다."

　무영이 손을 내밀다가 거두고 고개를 살짝 숙였다.

　"아, 아! 예! 소영진입니다. 내가 신계에서 이렇게 빛나는 분은 처음 봅니다. 대단히 영광입니다. 어이쿠! 매우 어린 나이에 오신 것 같은데 이런 높으신 분이 여긴 어쩐 일로 오셨습니까?"

　행정관은 소영진에게 지금의 상황을 이야기했다.

"그러니까 간략하게 말하자면 왕신들 눈에도 안 띄어야 하고 블랙 미르단이라는 놈들에게도 발각되면 안 되는 거네. 그렇지?"

"그렇지. 아마 잘은 모르겠지만 왕신들이 이분을 좋아할 거 같지 않단 말일세. 그러니 자네가 이분을 좀 지켜 주어야겠네. 나라신이 이분을 면담하실 때까지만 말이야. 자네 운동했던 실력 좀 발휘해서 무기를 써서라도 이분을 지켜 주게."

"굉장히 부담 가는 임무인데…… 내가 지킬 수 있을까?"

"자네밖에 생각나는 이가 없었어. 거절하면 안 돼."

"부탁하는 주제에 협박인가?"

"아! 미안해. 거절하지 말아 줘."

"내가 이분을 지킬 실력이나 되나 모르겠네."

"되도록 돌아다니지 말고, 다녀도 자네는 빈 공간을 잘 찾아다니는 능력이 있으니까 나라신의 조치가 있을 때까지만 부탁함세."

"그게 언제까지인데? 나라신은 왜 지금 이 분을 만나지 못하는 건데?"

"나도 몰라. 계속 뭐가 바쁜지 홀로그램 연결이 안 돼. 뭔지 모르지만 굉장히 중요한 일이 있는 모양이야."

무영이 행정관에게 물었다.

"좀 늦은 감이 있는데, 여긴 어디고, 왜 나를 이곳에 데리고 왔는지부터 말씀해 주실래요? 행정관님을 제가 믿어도 되는지도 모르겠고요."

행정관이 잠시 눈을 껌벅거리다가 어색하게 웃었다.

"정말 앞뒤가 안 맞았군요. 먼저 여기는 제 친구라고 말씀드렸고요."

무영이 말을 잘랐다.

"그건 말씀하셨고 제가 정말 나라신이 불러서 아까 그 장소에 간 건지, 나라신이 나를 보려면 얼마든지 볼 수 있는데 왜 빙빙 돌리면서 만나지 않는지, 내가 행정관이라는 신에게 납치된 건 아닌지……. 이 문제부터 풀어 주시겠어요?"

행정관이 머리를 긁적였다.

"나라신을 곧바로 만났으면 이런 말씀을 안 들었을 텐데, 죄송합니다. 이걸 보세요."

행정관이 자신의 신분증을 내보였다.

"보여 드릴 수 있는 건 이것밖에 없어요. 마음을 까뒤집어 보일 수 없으니 저를 믿어 달란 말씀밖에 할 수가 없군요."

소영진이 상황을 판단했는지 무영에게 말했다.

"제가 험상궂게 생겨서 갑자기 의심이 드셨나 봐요. 행정관은 영역을 위해 굉장히 애쓰는 신이에요. 저 때문에 불편하시다면 다른 쪽으로 옮기셔도 되는데 저 친구를 의심하는 건 옳지 않아요."

큰 덩치에 어울리지 않게 작은 소리로 말하면서 행정관을 감싸는 따뜻한 마음이 느껴졌다. 행정관이 두 손을 잡고 쩔쩔맸다.

"정말 만나기 전까지 김무영 신의 빛이 이렇게 큰지 몰랐어요. 솔직히 아까 미국 신들과 말다툼하면서도 머릿속으로 상황 판단을 하느라 고민이 많았어요. 전부터 아는 신이지만 미국 신들이 제 사무실까지 이렇게 쳐들어온 적이 거의 없었거든요. 이유가 뭔지 알지도 못한 채 천왕에게 김무영 신을 넘겼다간 나중에 나라신에게 혼날 수도 있었고요. 그보다 천왕이 어떤 목적으로 김무영 신을 데려가려는지 모르잖아요. 왕신을 한 번도 본 적이 없지만 왕신들의 빛은 굉장하다고 들었어요. 그런데 오늘 보니까 김무영 신은 왕신만큼 빛나든가 아니면 더 빛날 거예요. 그러니 천왕이 무슨 마음을 먹고 김무영 신을 데려가려는지 그 속을 어떻게 알아요. 그들 앞에서 어디로 간다고 말씀드릴 상황이 아니어서 부득이 이 친구에게 모시고 온 겁니다."

듣고 보니 행정관의 말이 맞는 것 같았다.

"그리고 이 친구가 얼굴은 험해도 꽤 괜찮은 놈입니다. 나라신을 만나실 때까지 부디 저를 믿어 주십시오."

행정관이 다시 한 번 자신을 믿어 달라고 호소하였다.

무영은 말없이 고개를 끄덕였다. 돌이켜 보니 딱히 의심할 만한 부분도 없었고, 단지 자신의 의지와 상관없이 낯선 곳에 와 있는 것이 언짢았을 뿐이다.

"아이고, 믿어 주셔서 감사합니다."

소영진과 행정관은 방구석 귀퉁이에 몰려 있었다. 무영의 빛에 닿지 않게 최대한 멀리 떨어져 있으려다 보니 구석에 있게 된 것이다. 무영이 그 모습을 보고 자신도 반대편 구석에 가서 붙었다.

"나 때문에 불편하실 거예요."

무영이 소영진에게 미안해하자 소영진이 하얀 이를 드러내고 씨-익 웃었다.

"그러니까…… 아까 들은 대로라면, 정말 이분을 무조건 보호해야 하는데 여기가 괜찮을까?"

"그래서 자네에게 부탁하는 거야. 다른 신들은 믿을 수가 없어서 말이야. 어디에 천왕의 끄나풀이 있고 어디에 자연왕의 끄나풀이 있는지 알 수가 없잖아. 이마에 써 놓고 다니는 것도 아니니까 말이야. 김무영 신! 이 친구와 잠깐 같이 있는 거 괜찮지요? 허락도 받지 않고 일단 보호자부터 제 마음대로 정해서 왔습니다만."

무영이 가만히 고개를 끄덕였다. 소영진이 인상은 강해 보여도 마음은 여리게 보였고 나빠 보이지 않았기 때문이다.

"의심해서 미안하고 신경 써 주셔서 고마워요."

행정관이 스미스 일행을 따돌리고 자신을 보호하려 한다는 데 생각이 미치자 무영은 진심으로 고마움을 느꼈다.

"아까 스미스라고 했나요? 그 미국 신이 강경하게 나를 데려가려고 했을 때 눈치채신 거 같았어요. 내가 천왕에게 가면 안 된다는 것을요. 나도 똑같이 생각하고 있었거든요. 고마워요."

행정관이 활짝 웃었다.

"아! 똑같이 생각하고 계셨구나. 난 또 내가 독단적으로 이런 결정을 해서 불쾌해하지 않을까 내심 걱정했거든요. 다행이에요. 제 마음을 알아줘서."

"누가 나를 해코지할지 모르는 입장에서 전 무조건 의심하고 조심해야 돼요. '정화의 숲'에서 부를 때까지요. 신계에 들어오자마자 고단하게 생겼네요. 덕분에 본의 아니게 두 분께도 민폐를 끼치게 되었고요. 앞으로 잘 부탁합니다."

무영이 정중하게 두 신에게 다시 인사했다.

"이러지 마십시오. 이 영역의 신이라면 김무영 신을 목숨 걸고 지켜야지요. 지금의 나라신 뒤를 이어 이 영역의 나라신이 되실지 누가 압니까? 딱 보면 김무영 신이 차기 나라신 물망에 오른 것 같아요. 그래서 나라신이 김무영 신을 보려고 하는 것 같고요. 그 빛은 도력의 결정판이라고 들었어요. 그러니 김무영 신은 어떤 식으로든 이 영역을 위해 엄청난 일을 하실 신이에요. 틀림없어요."

행정관이 무영의 빛에 대해 찬사를 늘어놓자, 소영진도 지지 않고 말을 보탰다.

"맞습니다. 이 정도의 빛이면 이승에서 수도하는 데만 정진했을 거예요. 힘들게 수도해서 이루어 낸 도력을 맥없이 소멸시키면 안 됩니다. 내 한목숨 바쳐 김무영 신을 지키지요."

"고맙습니다."

무영이 고개를 살짝 숙여 고마움을 표했다.

"아참. 빛은 무기라고…… 아까 스미스가 말했는데, 김무영 신의 그 빛도 무기화될 수 있습니까?"

행정관이 무영에게 질문했다.

"생각해 보니까 왕신마다 빛이 나고 그 빛에 따라 쓰는 능력이 다 다르다고 했거든요. 신계의 무기는 그래서 다 빛으로 만들어지고요."

행정관의 질문에 무영이 고개를 저었다.

"모르겠어요. 이 빛에 어떤 능력이 있는지, 이제 막 신계에 들어왔는데 어떻게 알겠어요. 차차 알아 가야지요."

행정관이 신이 나서 말했다.

"뭔가 힘이 있을 거예요. 이렇게 밝은데 어떤 능력이든 있을 거니까 여기 이 친구랑 어떤 힘이 있는지 실험도 하면서 지내시면 되겠군요."

소영진의 얼굴이 밝아졌다.

"아! 정말 그러면 되겠습니다. 제가 얼마든지 상대가 되어 드리겠습니다.”

“에이~ 실험이라니요. 말도 안 돼요. 그냥 상황이 닥치면 그때그때 해결해 가면 돼요. 아마 그럴 수 있을 거예요.”

무영이 거부하자 소영진이 무영에게 다가오다가 다시 물러섰다.

“아니에요. 연습하면 능력은 더 올라갈 겁니다. 반복해서 연습하면 없던 능력도 생기잖아요. 쓸 줄 몰라서 못 쓰는 능력이 있어선 안 됩니다. 제가 도와드릴 테니 어떤 능력이 있는지 확인하십시오. 그리고 그 능력을 이 영역을 위해 써 주시면 되잖습니까?”

“이 친구 말대로 하시지요, 김무영 신!”

무영이 머뭇거리다가 두 신의 단호한 말에 응낙했다.

“그러지요. 뭘 어떻게 할 건지는 모르겠지만요.”

“전 기뻐요. 이렇게 영광된 일에 참여하게 되어서.”

행정관이 머뭇거리다가 말했다.

“저어…… 가기 전에 잠깐 빛에 손을 대어 봐도 될까요?”

“조금 놀라실 수 있어요. 저릿저릿하다고 하더라고요.”

무영이 수줍게 웃으며 고개를 끄덕였다.

“감사합니다. 그럼…….”

행정관이 조심스럽게 손을 뻗었다. 하지만 빛에 닿자 감전된 듯한 느낌에 바로 손을 뺐다.

“어어~ 잇!”

무영이 폭소를 터트렸다.

“하하하! 저릿저릿하시지요? 저게 손댄 몇 분이 다 그러시더라고요. 그래도 다치진 않아요.”

"아, 예! 그래도 충분히 놀랄 만합니다. 순간 깜짝 놀랐어요. 어유, 기대되는걸요, 어떤 능력을 갖추고 계시는지 말입니다."

"뭔데 그렇게 놀라? 나도, 나도 한 번만요."

소영진이 자신도 만져 보겠다고 나서자, 무영이 팔을 내밀었다.

"얼마든지 만져 보세요. 자!"

"영광입니다."

소영진이 두 손으로 무영의 팔을 잡으려다 빛에 닿자 소스라치게 놀라며 두 손을 번쩍 들고 뒤로 물러섰다. 그 모습을 보고 행정관이 껄껄 웃었다.

"껄껄껄. 이 우둔한 신을 보았나. 조금 전에 내가 한 짓을 봤잖아. 조심했어야지. 어때! 온몸에 전율이 쫙 오지?"

"응, 순간적으로 감전된 것 같았어. 아이고! 엄청나게 놀랐네."

소영진이 가슴을 쓸어내렸다.

무영이 주위를 한 번 둘러보며 질문했다.

"이곳은 뭐 하는 곳인가요? 소영진 신이 거주하는 곳인가요?"

"제가 따로 하는 일이 없다 보니까 주로 이곳에서 지내는 편입니다. 가끔 외출하기도 하는데 바깥세상에는 별로 관심이 없어서요. 친구도 별로 없는 편입니다."

"소영진 신의 거주지군요. 정말 담백한 성격이군요. 장식이나 도구 같은 게 거의 없다시피 한 걸 보니까요."

무영의 말에 행정관이 동조했다.

"맞습니다. 저 친구 성격이 원래 외골수라고나 할까요? 뭐 거기까진 안 가지만 한 우물만 파는 좀 특이한 성격이긴 하지요. 덕분에 친구도 저 말고 거의 없으니까요."

"외골수가 아니라 귀찮아서 안 사귄 거야. 살 갖다 붙이지 말라구."

"뭐 어쨌든 좋아. 김무영 신 잘 좀 보살펴 드려. 나라신에게 연락이 오는 대로 내가 다시 오겠네. 그때까지 신경 좀 써 주시게."

행정관이 손을 흔들며 사라지자 둘만 남게 되었다.

잠시 정적이 흐르자 무영이 먼저 말을 꺼냈다.

"이곳에서 할 수 있는 게 뭐가 있을까요? 소영진 신은 주로 무엇을 하고 지내요? 다른 신들은 무엇을 하며 지내나요?"

소영진이 두 손을 비비며 잠시 생각하다가 말했다.

"저는요, 주로 홀로그램을 통해서 바깥세상을 보고 있습니다. 나가서 돌아다녀 봤자 귀신들이 하는 일이라는 게 별다를 게 없거든요. 특별히 일을 찾아서 하는 거라면 모르지만요. 다른 신들도 마찬가지지요. 거리에 나가 보면 대부분 쓸데없이 떠돌아다니고요. 가끔, 아주 가끔 일하는 신들도 있습니다."

"일을 해요?"

"거리에 나가 보면 가게도 있고 옷도 팔고 빵도 굽고 식당도 있습니다. 인간 세계처럼 냄새도 있고 모양도 그럴싸하게 해서 내놓지요. 공장도 있고, 연구실도 있고 농사짓는 신도 있습니다. 허상이긴 해도 뭐라도 해야 시간이 가지요."

"하ㅡ아! 귀신이 무슨 일을 해요. 그냥 놀 것이지. 나 배고프지도 않아요. 신계에 들어온 지 꽤 된 것 같은데 아무것도 먹지 않았어도 잘살고 있거든요."

"그렇긴 합니다. 하지만 여기서도 뭔가 하려면 돈이 필요하고 돈이 필요하면 움직여야 하지요. 이승에서 차려 주는 제삿밥이라도 얻어먹으면 다행이에요. 죽을 때 노잣돈 가져오는 게 예전에는 당연했는데 요즘에는 없잖아요. 그러다 보니 저승에 와서도 일하는 신들이 생긴 거예요. 그렇지 않으면 이승에 가서 사람들 괴롭히는 짓거리나 하니까 오히려 일하는 게 건전한 생활을 하는 겁니다.”

“일하는 신들이 많은가요? 안 하는 신들이 많은가요?”

“아무것도 안 하는 신들이 대부분이죠. 한국은 예외로 일중독에 걸려 사망한 신들도 많아서 신계에서도 꽤 많이 일하고 있지만……. 일하는 신의 수가 우리 영역이 신계에서 가장 높답니다. 이렇게 늘어나다가는 30%가 일할지도 몰라요. 신계 대부분 신들은 ‘정화의 숲’에 가기 전까지 그냥 놀아요. 그냥 멍~하게 떠도는 거지요. 심심해서 ‘정화의 숲’에 자기 발로 찾아가는 신들도 있어요.”

“30%나 돼요? 와!”

“일은 해도 되고 안 해도 돼요. 우리 영역은 20% 정도 되지만 다른 영역은 일하는 신이 1% 정도밖에 안 돼요. 관리신 정도랄까요. 그래도 ‘정화의 숲’에 가는 덴 지장 없으니까요.”

“아까 홀로그램으로 바깥을 본다고 했는데, 그건 어떻게 보는 거지요?”

무영의 질문에 소영진이 허공을 손바닥으로 문질렀다. 그리고 손가락으로 비뚤비뚤한 네모를 그리자 일렁이며 그림이 나타났다.

“뭘 보고 싶습니까?”

“강남대로 볼 수 있나요?”

“강남대로요.”

비뚤어진 네모 밑을 손가락으로 몇 번 치더니 곧 무영에게 익숙한 강남대로가 나타났다.

"와! 강남이다. 여전히 사람이 많은데요."

"여긴 신계의 강남입니다. 이승이 아니라."

"아, 그렇군요. 다 흑백이라. 정말…… 가게도 똑같고 사람, 아니 신들이 비슷하게 많아요."

"이승과 저승은 거울과 같으니까요. 비슷한 거리에 사람이 아닌 신이 다닐 뿐이지요. 이곳은 빛이 없으니 흑백으로 보이지만 신의 빛이 주위를 밝혀 주어 색을 볼 수가 있구요. 붉은색과 푸른색, 그리고 약간 노르스름한 색 같은 것도 있고 정말 얼마만의 색깔인지…… 잊고 지냈어요. 붉은빛 태양과 푸른색 하늘, 하얗고 빨갛고 노랗고 보랏빛 꽃, 알록달록한 화려한 색채가 신의 빛으로 본연의 색을 드러냈습니다. 정말 보고 싶었어요. 그 화려한 색들……."

"감성이 풍부하시네요."

"전 가을을 좋아했습니다. 가을은 남자의 계절이라고 하지요. 제가 등산을 좋아했거든요. 산에 불붙은 것처럼 알록달록하게 물든 단풍을 보면 정말 감탄이 저절로 나오고 빨간색 단풍이 냇물에 떠내려가면 시인이 아니더라도 시 한 수 나올 만큼 정말 좋았어요. 노란 은행나무 가로수 길을 걸으면 냄새는 좀 났지만, 쫙 깔린 노란 양탄자를 밟는 느낌이, 뭐랄까…… 어쨌든 전 가을의 풍부한 색감을 좋아합니다. 그렇게 좋아했는데 이 신계에는 색이 무채색이에요. 처음에 얼마나 기가 막히고, 절망하고, 화가 났는지 모릅니다. 여기저기 정처 없이 떠돌다가 그냥 처박혀 지내게 된 거지요. 어딜 가나 똑같으니까요. 여기 보십시오.

홀로그램이 신님의 빛에 반사되어 작은 무지개가 생겨났어요."

소영진은 홀로그램 구석에 무영의 빛으로 작게 일자로 생긴 무지갯빛에 매우 기뻐했다.

무영이 맞장구를 쳤다.

"그렇죠. 빛이 만물 본연의 색을 드러내게 하고 에너지의 원천이니까……. 눈을 감으면 이 얄팍한 눈꺼풀에 세상 모든 게 사라지고 깜깜해져요. 그리고 요 얇은 눈꺼풀을 들어 올리면 문을 확 열어젖힌 것처럼 세상 모든 게 보이고 나무며 집들의 지붕이나 벽돌들까지 다들 모양이 있고 색깔이 있었어요. 역시 이승이 예쁜 세상이었어요. 무채색인 여기에 오니까 비로소 이승이 얼마나 화려하고 살 만한 세상이었는지 깨닫게 되네요."

"그럼요, 그래서 어서 '정화의 숲'에서 나를 데려가 줬으면 좋겠습니다. 새로 태어나면 정말 최선을 다해 살 겁니다. 화려한 꽃들과 예쁜 것들을 실컷 보면서요."

"그러세요. 나는 빛을 내지만 미약해서 이 신계의 하늘에 파란빛을 줄 수 없고, 들에 푸른 빛도 줄 수 없어요. 고작 이 방 안의 색만 볼 수가 있을 정도예요. 결국 우리 둘 다 같은 거네요."

"어떻게 같다는 겁니까? 빛은 에너지라면서요? 그 빛이 에너지라면 일반 신들에게 없는 힘이 있다는 거 아닙니까? 신님이 조금 전에 그렇게 말씀하셨어요."

"아! 내가 그랬나요?"

"분명히 그렇게 말씀하셨습니다."

"그럼, 뭔가 있을 수 있겠군요. 뭔지는 모르지만요."

"그걸 저와 함께 풀어 가면 됩니다. 밖에 나가면 위험하다니까 이곳에 계시면서 저와 함께 신님의 능력치를 알아보는 겁니다."

"이곳은 어디쯤입니까? 경기도 어디쯤 같은데요."

"예! 이곳은요, 이승으로 본다면 경기도 광주의 외곽입니다. 나가서 보면 남한강이 보일 정도로 가깝지요. 일반 신이라면 바로 나갔을 텐데 신님은 특별하셔서 그럴 수가 없어서 안타깝네요."

"아! 경기도 광주."

소영진이 홀로그램에 경기도 지도를 띄우더니 지금 있는 곳을 가리켰다.

"아! 양평과 강을 사이에 두고 있네요. 여기서 계속 사셨어요?"

"회사 다니다가 그만두고 이곳에 터를 잡고 살았죠. 산세도 좋고 강도 있고 해서 마음에 쏙 들었거든요. 신님은 어디에 사셨습니까?"

"강남 역삼동이요. 여기랑 다르게 매우 번잡한 곳이지요. 흠, 이곳은 외부와 뚝 떨어져서 신들도 별로 없겠어요?"

"예! 거의 없습니다. 집 밖으로 나가면 산이고 강이니까요. 좀 나가야 마을이 형성되어 있습니다. 그래서 친구가 신님을 이곳에 모셔 온 거예요, 한적하니까."

그때였다.

"무영아! 무영아! 흐흑, 흑…… 무영아!"

이승에서 무영이를 부르며 목 놓아 우는 소리가 들렸다.

무영은 순식간에 압구정동에 있는 어느 건물 화장실로 소환됐다. 미래가 화장실에 앉아 목 놓아 울고 있었다.

'나 죽은 지 1년이나 지나서 알았구나. 연락이 안 닿아서 모르고 있다가 엄마 때문에 알았군. 저승에선 얼마 안 됐는데 벌써 1년이나 되었어. 이쪽 시간이랑 저쪽 시간이랑 엄청 차이 나는데.'

"바보야. 그렇게 가 버리면 어떡해. 나는 어떡해. 그동안 연락이 안 돼서 가슴 졸였는데 죽어서 못 받은 줄도 모르고. 마술도 부리면서 왜 죽는 건 못 피했니? 왜? 왜? 흐흐흑."

"나 여기 있다, 미래야! 나 여기 있어."

두 손으로 얼굴을 감싸 쥐고 어깨를 들썩이며 울고 있는 미래를 안타까운 마음으로 지켜볼 수밖에 없었다. 몸이 없는 상태에서 미래에게 말을 건네도 미래는 들을 수가 없고, 손으로 만져도 느낄 수 없는 것이다.

그동안 미래만 생각하면 마음 한구석이 아려 왔다. 청춘의 꽃을 피우지도 못하고 일찍 마무리한 자신에게 회한의 느낌을 갖게 하는 한 가지는, 미래에 대한 아쉬움과 그리움, 미안함이 겹쳐서 찾아올 때였다.

"미안하다. 미안해. 그리고 나 같은 놈 좋아해 줘서 고마워. 하지만 이것도 전생의 인과법을 풀어내기 위한 과정이다. 그러니 슬픔을 이겨 내고 씩씩하게 살아다오."

아무리 중얼거리며 말해도 들을 리가 없었지만, 무영은 계속 얘기했다. 한참을 울고 난 미래가 눈물과 콧물이 범벅이 된 얼굴을 휴지로 닦아 내며 감정을 추스르기 위해 안간힘을 쓰고 있었다. 퉁퉁 부은 눈에 여전히 흘러내리는 눈물을 닦아 내고 코를 푸는 모습이 안타까우면서도 귀엽고 사랑스러웠다.

"부은 얼굴도 예쁘네."

무영이 미래의 얼굴을 어루만졌지만, 미래는 그저 코를 풀고 흐르는 눈물을 닦아 내는 데 바빴다.

뒤따라온 소영진이 지켜보다가 한마디 했다.

"너무 빨리 왔군요. 이렇게 예쁜 여자친구를 놓고 오다니, 세상 무엇보다 안타깝군요. 10년만 더 살다가 왔어도 덜 서러울 것요."

"그러게, 말이에요. 그런데 왜 창밖에 있는 거예요?"

소영진이 건물 내로 들어오지 않자 혹시나 주위에 누가 있나 싶어 물어보았다.

"그게 아니라 귀신은 불빛이라도 환한 곳은 안 들어갑니다. 신님은 그런 면에서 일반 신들과 또 다르군요."

"어? 정말 그러네요. 난 또 망보나 했네요."

무영이 들어와 있는 건물은 LED 전등이 환하게 켜져 있어서 귀신이라면 이 정도의 빛은 부담이 될 수 있었다. 하지만 무영은 스스로 빛을 내다 보니 불빛에도 별다른 영향을 받지 않았다.

"난 낮에 돌아다녀도 되나 봐요. 어, 이러면 귀신의 특성이 없어지는데."

"역시 일반 신이 아니라니까요. 전 거기 들어갔다간 녹아 없어져요. 여긴 밖이고 밤이라 빛이 희미하잖아요."

여전히 훌쩍이는 미래를 두고 무영이 건물 밖으로 나왔다.

허공에 떠서 건물 안을 들여다보던 무영이 빙그레 웃었다.

"역시 귀신은 환한 불빛 속보다 이렇게 어두컴컴한 데가 더 낫군요. 더 잘 보이고 심리적으로도 안정이 돼요."

"꽤 오래 계셨는데 멀쩡하십니다. 정말 괜찮아요?"

"네, 괜찮아요."

무영은 건성으로 말하면서도 눈과 신경은 미래에게 쏠려 있었다.

휴지통에 코 푼 휴지가 수북이 쌓여 넘치자 미래가 변기에서 벌떡 일어나 발로 힘껏 휴지통 위를 눌러 밟았다. 수북했던 휴지가 미래의 발힘에 눌려 압축되어 푹 들어갔다. 그러고는 다시 변기에 힘없이 주저앉아 두루마리 휴지를 뜯어내고 있었다.

"나를 빨리 잊어야 할 텐데……."

"우리가 신계에 좀 있다 보면 자식들도 금방 늙어서 옵니다. 그런 거 종종 봐요. 이승과 달리 저승의 굴절된 시간은 달라서요."

"그런 거 같아요. 얼마 안 된 것 같은데 1년이라니요."

"1년은 아무것도 아니라니까요. 열 살 자식이 70대에 늙어서 저승에 들어와 만나게 되면 얼마나 황당한지 아십니까? 분명 내 자식이 맞는데 낯선 늙은이가 와서 아버지라고 부른단 말이지요. 그것도 내가 죽은 지 얼마 안 됐는데 말입니다. 웃기는 일이에요. 그런데 말입니다, 여자친구가 신님을 잊고 다른 남자 만나 결혼해서 살다가 늙어서 신계에 들어오면 신님을 찾을 것 같습니까? 아니면 같이 살다 온 남편을 찾겠습니까?"

무영이 대답 대신 씁쓸하게 웃었다.

"여자친구가 이제 열여덟이니 앞으로 어떤 남자라도 만나면 신님과 지냈던 시간은 잊게 될 겁니다. 미련 갖지 마세요. 뭐 어차피 다 잊힐 거니까요."

"그렇게 간단하게 말할 성질은 아니지요. 나름 순수하게 좋아하고 이루지 못한 사랑에 아픔과 슬픔이 가득한데 간단하게 잊히면 섭섭할 거 같아요.”

“어느 날 문득 생각이 나기는 하겠지만 그건 추억일 뿐입니다. 세월만큼 좋은 지우개는 없으니까요. 살다 보면 기억은 퇴색하고 빛이 바래요. 그렇지 않다면 그건 순리를 거스르는 집착입니다. 이따금 추억의 한 장을 꺼내 보는 것은 자연스러운 것이니까 아름다운 추억을 만들어 준 여자친구에게 고마워해야죠.”

무영이 간단하게 수긍했다.

“네. 그렇긴 해도 아직 아쉬운 건 어쩔 수 없네요. 추억이라는 건 흔적이겠지요. 지워도 지워도 희미하게 남아 있는 흔적……. 소영진 신은 부인과 자식이 신계로 왔나요?”

“그럼요. 나보다 더 늙은 얼굴로 와서 아버지라고 하는데 기가 막히더군요. 이제 언제든지 ‘정화의 숲’에서 오라면 가야 할 만큼 제법 있었나 봐요.”

“소영진 신의 말대로라면 이승의 일들이 다 덧없고 의미가 없어야 하는데 그건 아닌 것 같아요. 이승의 일들이 저승 세계에 반영되고 저승의 일들이 이승에서 일어나고 있으니까요.”

“신계의 일이 인간계에 반영되는 건 맞지만 인과의 법칙이나 인연의 법칙이 그대로 반영되는 건 아닙니다. 간혹 우리 영역 신이 멀리 떨어진 나라에 태어나기도 하고, 외국 영역 신이 우리나라 사람으로 태어나기도 합니다. 그건 인연의 법칙과는 거리가 멀어요. 이승에서 우리나라에 살았으니 인연이 닿았던 사람들이 다 우리나라 사람들일 텐데 그걸 무시하고 머나먼 외국 땅에 가서 태어난단 말입니다. 그건 새로운 인연의 고리를 만드는 것인데 이런 법칙이 요즘 들어 빈번히 일어나고 있어요. 이런 현상과 맞물려 여러 가지 이상 징조가 나타나고 있는데요. 그럴 때마다 신계가 망한다는 말이 나오지요. 말세에는 굉장한 신이 나온다는 말도 있고요."

그러면서 소영진은 공손하게 두 손으로 무영을 가리켰다.

"예? 뭐요? 내가 그 굉장한 신이라고?"

"가장 합리적인 의심을 하게끔 신님의 빛이 말해 주고 있습니다."

"신님이라고 부르지 말고 이름을 부르세요. 저 김무영이라고요."

"그럴 수 없습니다. 신님은 합리적인 의심 속에서 미래의 굉장한 신님이십니다."

무영이 어이없다는 표정으로 소영진을 쳐다봤다.

"너무 단순하시네요. 몸에서 빛이 나는 신이 세상에 나만 있지 않을 거예요. 찾아보면 더 있을 텐데, 어딘가 있을 그 굉장한 신이 비웃겠어요."

"괜찮습니다. 전 신님처럼 빛나는 신을 본 적이 없거든요. 지금까지 무수히 많은 신을 봐 왔지만 없었습니다. 그러니까 합리적인 의심이라고 말씀드리는 겁니다."

"어이쿠, 어째 좀 부담스러운 호칭인데, 마음대로 하세요."

부담스러운 호칭을 바꿔 보려고 말을 꺼냈다가 소영진에게 '합리적인' 설득을 당한 무영은 포기했다.

"신님, 주위에 많은 신들이 있습니다. 저기도 있고, 저기도 있어요. 어두워지면 신계에 있던 불량한 신들이 이승에 많이 옵니다. 이만 돌아가는 게 좋겠어요."

소영진이 손가락으로 가리키는 곳마다 귀신들이 있었다. 가리키는 곳 말고도 귀신은 도처에 널려 있다시피 했다.

"정말 많군요. 인간 세상인지 귀신 세상인지, 떼거리로 몰려 있는 곳도 있어요. 저기."

무영이 가리키는 곳에는 정말 수십 명의 귀신들이 있었다.

"귀신들이 가장 좋아하는 곳에 몰려 있는 겁니다. 사람들이 신을 찾고 있는 곳에 들러붙어 재미를 보는 거예요. 장난을 치기도 하지요. 그럼, 사람들은 신이 응답했다고 광분해서 더 신을 찾더라고요."

"어떻게 장난을 치나요?"

"신들은 사람의 마음을 들여다볼 수가 있잖아요. 그들의 불안이나 걱정을 알 수가 있으니 불안을 현실로 나타내 보이기도 하고 걱정하는 것을 해소시켜 주기도 합니다. 그럼, 사람들은 더 신을 찾고 신들은 신이 나서 더 설치고 다니지요."

"마음 약한 사람을 달래 주는 장난은 괜찮아 보이는데요. 지나치지만 않는다면요. 주어진 궤도에서 벗어나지만 않으면 되잖아요."

"예! 그건 건드릴 수도 없죠. 귀신들도 그건 압니다. 사람들이 각자 인과법에 따라 짊어지고 나온 것까지 신들이 바꿀 수는 없으니까요. 아주 사소한 것만 가지고 장난치는 겁니다."

무영이 무슨 생각이 들었는지 갑자기 웃었다.

"하하하 하하…… 소영진 신은 한동안 혼자 있었다고 했는데 말이 많이 고프셨나 봐요. 정말 말을 잘하시네요."

무영의 말에 소영진이 머쓱하게 웃었다.

"그러게요. 저도 이렇게 말을 많이 하고, 잘할 줄 몰랐습니다."

"새로운 능력 개발을 나 때문에 한 거군요."

"예! 덕분에요. 하하하 하하…….."

소영진도 유쾌하게 웃었다.

"정말 신님 덕분에 오랜만에 웃어 봅니다."

"어! 잠깐만, 조용히."

무영이 말릴 새도 없이 검은 그림자들이 그들을 에워쌌다. 소영진이 크게 놀라 웃음을 그치고 벌린 입을 다물지도 못했다.

"뭐냐? 너희들 뭐야?"

시커먼 그림자들은 일곱이나 됐다. 무영이 소영진 앞으로 나서며 막아섰다.

"소영진 신, 내 뒤에 붙어 있어요. 빛 속으로 들어와요. 위험하니까."

"아니에요. 제가 신님을 지켜 드려야지요. 제가 무기를 가지고 있어요."

소영진이 품에서 무언가 꺼내 들며 무영의 앞에 섰다.

무영이 뒤돌아서서 빛 속으로 끌어들여 온 소영진과 등을 맞댔다. 검은 그림자들이 둘러싸고 있어서 상대방을 다 잘 볼 수 있는 방법이었다.

검은 그림자들의 눈은 빛이 나는 무영에게 일방적으로 쏠려 있었다. 앞에서 뚫어지게 무영을 쳐다보던 하나가 고개를 끄덕이자 다른 신들이 일제히 손에 들고 있던 무기들을 치켜올렸다. 소영진이 소리를 지르며 무기를 들어 올렸다. 조그마한 소총이었는데 그 총이 발사되기 전에 무영의 오른팔이 먼저 검은 그림자를 향해 휘둘러졌다. 하얀빛이 칼처럼 허공에 그려지며 앞에 있던 그림자 둘이 '퍽!' 소리를 내며 사라졌다. 모두 놀라서 삼십 미터는 족히 물러나며 떨어져서 무슨 일이 일어났는지 파악하는 것 같았다.

"누구냐?"

무영의 질문에 잠시 정적이 흐른 뒤 검은 그림자 하나가 말했다.

"그건 우리가 묻고 싶은 말이다. 너는 누구냐?"

"내가 누군지도 모르고 공격했다는 거냐?"

무영이 되묻자 검은 그림자가 대답했다.

"우린 빛이 나는 자를 찾아 없애라는 명령을 받았다. 일차적으로 너의 말에 속아서 실패했지만 이번에 확인했으니 너는 그냥 죽어 줘야겠다."

무영은 즉시 말뜻을 알아차렸다. 청계산에서 외국 신 둘이 말을 건넸을 때 거짓말로 돌려보낸 것을 말하는 것이다.

"그래, 너희 정체나 알고 죽이자. 어디서 온 놈들이냐?"

대답 대신 검은 그림자들이 무기를 재정비하며 겨누고 사방에서 빛을 쏘며 덤볐다. 무영은 소영진을 잡고 위로 솟구치며 눈에 띄는 검은 그림자를 향해 팔을 휘둘렀다. 소영진도 무영의 옆에 붙어서 그들을 향해 총을 쏘았다. 검은 그림자들이 쏘아대는 광선이 공중에서 불꽃을 튀기며 무영과 소영진을 향해 쉴 새 없이 쫓아왔다. 무영이 휘두른 팔에서 나간 빛줄기에 검은 그림자가 여럿 소멸되는 것 같았으나 웬일인지 검은 그림자의 수는 줄어들지 않았다.

소영진이 소리쳤다.

"저놈들이 자꾸 몰려들고 있어요. 신님!"

소영진의 말에 둘러보니 정말 저들의 수가 더 늘어나 있었다.

"그새 지원군을 불렀단 말인가? 내가 여기 있을 줄 어떻게 알고."

"신계로 돌아가십시오. 인간계에 있던 잡귀신까지 몰려오고 있습니다."

"내 뒤에 붙어요."

무영은 소영진에게 말하고 계속 움직이면서 검은 그림자들을 눈으로 가늠했다. 처음 일곱에서 서넛을 처리했으니, 서넛이 남아야 했지만 저들은 스물이 넘었다. 소영진의 말대로 어디선가 계속 검은 그림자들이 몰려들고 있었다. 어디서 오는지 무영이 사방을 두리번거리고 있는 와중에 소영진이 소리쳤다.

"신님! 여기를 떠나셔야 합니다."

"이놈들의 정체를 알고 가야지요."

"그게 중요한 게 아니라 사는 게 더 중요해요. 어서요."

소영진의 말에 '살아남으라'고 했던 신관의 말이 떠올랐다. 소영진이 재촉해도 무영은 검은 그림자들 사이를 빠르게 움직이며 신들이 어디서 오는지를 살피고 있었다. 그러다가 검은 그림자의 광선이 무영의 빛에 닿자 '팍!' 소리와 함께 불꽃이 튀었다.

"신님! 조심하세요."

소영진이 놀라서 소리쳤다.

"나는 신경 쓰지 말고 소영진 신이나 조심하세요."

살아생전 수도하면서 다채로운 신들과의 싸움을 이미 경험했던 무영이다. 신계도 아닌 인간계까지 따라온 이 검은 그림자의 정체도 알아야 했다.

검은 그림자들의 속도도 빨랐지만, 무영의 속도는 더 빨랐다. 여기저기서 쏘아 대는 광선이 무영의 옆을 계속 스치고 지나갔다. 이따금 휘둘러 대는 무영의 팔에서 일어나는 빛다발에 두세 명씩 '퍽' 소리를 내며 사라졌지만 숫자는 줄어들지 않았다.

방법을 바꿔야 했다. 계속 되풀이되는 쫓고 쫓기는 상황에서 벗어나려면 다른 방법을 써야 했다. 무영은 지금까지 한 손으로 잡고 있던 소영진의 팔을 놓았다. 그러면서 자신을 향해 다가오는 검은 그림자 하나를 낚아챘다. 공중에서 계속 빠른 속도를 유지하고 움직이며 검은 그림자의 목을 움켜쥐고 무영이 물었다.

"넌 누구냐? 누가 보내서 온 것이냐?"

"컥! 캑, 캑."

목을 잡힌 검은 그림자는 날아다니는 반동으로 세차게 흔들렸고 빛에 닿아 괴로움에 비명을 질렀다.

"빛에 닿아 감전처럼 느껴질 것이나 죽지는 않을 것이다. 묻는 말에 대답하지 않는다면 생각이 달라질 수 있다만."

무영의 으름장에도 검은 그림자는 고통에 악을 쓸 뿐이었다. 너무 목을 꽉 쥐었나 싶어서 잡힌 검은 그림자의 상태를 보기 위해 눈앞으로 치켜들었다. 순간 무영의 손아귀에서 발버둥 치던 검은 그림자가 몸을 쭉 뻗으면서 손에 쥐고 있던 총을 쏘았다. 무영이 놀라서 몸을 틀어 피하고 다른 쪽에서 날아오는 광선을 피하느라 검은 그림자를 쥔 손을 내밀었다. 무영의 손에 잡혀 있던 검은 그림자가 광선에 맞아 '끽!' 소리를 내며 공중에서 소멸되었다.

스물이 넘는 검은 그림자들이 오직 자신 하나만을 노리고 공격해 오고 있었다. 공중에서 빠른 속도로 교차하며 쏘아 대는 광선은 무영의 빛에도 간혹 맞았다. 하지만 무영을 감싸고 있는 빛은 방패 같은 역할을 해서 광선이 닿으면 불꽃이 튀면서 소멸되었다. 이 정도면 사람들의 눈에 띄지 않을까 우려되는 상황이었다.

무영은 빠르게 움직이며 검은 그림자 하나를 다시 낚아챘다. 무영의 빛 때문에 잡힌 검은 그림자는 '캑! 캑!' 괴로운 소리를 냈다.

"너희는 누구냐?"

상대는 달라졌지만, 두 번째 질문이었다. 검은 그림자는 팔다리를 버둥거리며 괴로워할 뿐 전혀 대답할 생각이 없어 보였다.

"말을 못 하는 거냐, 안 하는 거냐?"

무영의 다그침은 여러 곳에서 검은 그림자들이 한꺼번에 달려드는 통에 더 이상 이어지지 않았다.

"이야, 미치겠네."

무영은 사방에서 달려드는 검은 그림자들을 향해 마구 팔을 휘둘러 빛을 뿜어냈다. 주위에서 '퍽! 퍽!' 소리가 나며 검은 그림자들이 소멸되었다.

무영이 수도를 통하여 귀신들과 싸우며 익힌 움직임과 기술을 다 써먹고 있었다. 수도할 땐 몰랐는데 상황이 닥치고 보니 수도 속 귀신과의 싸움은 신계와 연결되는 연습장이었던 셈이다.

주위의 검은 그림자들을 어느 정도 처리하고 나서 돌아보다가 무영은 깜짝 놀랐다.

"신님! 죄송합니다. 절 소멸시켜 주세요."

소영진이 여러 검은 그림자들에게 잡힌 채 총이 겨누어져 있었다.

"이것이 무슨 의미인지는 알 것이다."

검은 그림자 중의 하나가 말했다.

무영은 난감한 표정으로 대답했다.

"그러니까…… 어쩌라고. 너희들 날 죽일 수도 없잖아."

검은 그림자들이 쏘는 무기가 무영의 빛을 뚫지 못해서 한 말이었다.

"우리가 당신을 소멸시킬 수가 없으니 우리와 같이 가 주기를 원한다. 그렇지 않으면 당신 동료가 소멸될 것이다."

"신님! 전 신경 쓰지 마시고 이 검댕이들을 다 소멸시켜 주세요. 전 괜찮다구요!"

소영진이 소리를 빽빽 질렀다. 무영은 난처했지만 그렇다고 이것저것 가르쳐 주고 자신에게 은신처까지 내어 준 소영진을 모른 척할 수 없었다.

"어디로 갈 건데?"

"그냥 따라오면 돼."

"잠깐만……."

문득 정신을 차리고 웅성거리는 사람들 소리에 아래를 보니 몇몇 사람이 모여 하늘을 쳐다보고 있었다.

"스파크처럼 불꽃이 일었는데 무슨 일이야? 허공에서 왜 불꽃이 튀어?"

"한전에 신고해야 하지 않아요?"

"지금은 괜찮은데, 그래도 신고해서 점검하라고 하는 게 낫겠지?"

"잠깐만요. 아무리 밤이라지만 저긴 전깃줄도 없는 데예요. 전깃줄이라도 있어야 스파크가 나지, 저렇게 높은 곳에서…… 저긴 그냥 허공이라고요, 허공."

"그러네. 저 건물보다 훨씬 높은 곳이었을 거야. 빈 공간에서 왜 불꽃이 튀어? 저쪽, 이쪽, 이쪽 여러 번 튀었어."

"날씨도 쾌청한데, 귀신이 곡할 노릇이고만. 마른하늘에 뭔 일이람."

사람들이 삼삼오오 모여서 하늘을 보며 불꽃이 튀던 곳을 손가락으로 가리키며 수군거렸다.

"귀신들이 하는 것도 사람들의 눈에 보인다는 거야? 귀신들은 못 보면서 어떻게 귀신들이 사용하는 것은 보이지?"

무영이 고개를 갸우뚱하자 검은 그림자 중 하나가 말했다.

"우리가 하는 것은 보이지 않지만, 당신이 하는 것은 워낙 빛의 강도가 세서 사람들 눈에도 보이는 것이다."

"아, 그래!"

"우리와 가자. 그래야 이 신도 살려 줄 수 있다."

검은 그림자가 다시 말하자 소영진이 소리쳤다.

"신님! 전 신경 쓰지 말고 이놈들 그냥 싹 쓸어 버리세요."

무영이 검은 그림자들에게 잡혀 꼼짝도 못 하는 소영진을 바라보았다.

"가자."

"신님! 제발 그러지 마세요. 제가 행정관을 어떻게 보라고 그러세요. 제발요……."

소영진이 울먹이며 무영을 만류했지만, 무영은 동요하지 않았다. 이승에서 수도했던 대로라면 지금이 자신의 능력치를 제대로 알아볼 수 있는 기회였다. 어딘지는 모르지만 신계의 영역에서 마음껏 힘을 써 볼 생각이었다.

"따라오시오."

무영은 검은 그림자들을 따라서 신계로 이동했다.

당장 소영진의 목숨을 구하는 것도, 이들이 누구인지를 알아내는 것도 중요했다. 누가 자신의 목숨을 노리는지 궁금했기 때문이다. 스미스의 말대로 정말 블랙미르단인지, 아니면 다른 단체인지 확실해야 다음 생각도 할 수 있을 것 같았다. 다음에 또 어떤 자들이 나타날지 모르지만, 무영은 자신이 위험에 고스란히 노출되었다고 느꼈다. 이들이 자신을 데리고 가는 것은 단순히 그들의 힘으로 무영을 죽일 능력이 없기 때문이었다. 더 강력한 무기로 무영을 죽이겠다고 그들의 소굴로 데리고 가는 것이다. 그걸 잘 알면서, 어쩌면 죽을 수도 있다는 생각으로 적진으로 들어가고 있었다.

한국의 풍경과는 사뭇 다른 황량한 벌판에 바위가 불쑥불쑥 솟아 있고 그 사이로 보일 듯 말 듯 한 구조물이 있었다. 구조물 안으로 들어오자, 검은 그림자들의 얼굴과 모습들이 제대로 보였다. 온통 검은 후드에 긴 옷자락을 휘날리며 날아다녀서 검은 그림자처럼 보였는데 신계로 와서 안으로 들어오니 눈코입 다 있는 신이었다. 굵직한 이목구비에 이질감이 느껴졌고, 얼굴이며 손에 상처와 흉터도 있어서 험상궂게 보이기도 했다.

좁은 공간에 여러 명의 신들이 들어오자, 무영은 답답함을 느꼈다.

"참, 답답한 곳에 사는구나."

무영이 둘러보며 한마디 하자 소영진이 다시 애원하듯 말했다.

"아직 늦지 않았어요, 신님! 어서 돌아가세요."

"닥쳐!"

검은 그림자 한 명이 소영진에게 주먹을 날리며 다리에 총을 쏘았다. 비명을 지르는 소영진의 오른쪽 다리가 연기를 내며 사라졌다. 무영의 눈꼬리가 올라가며 사납게 소리쳤다.

"한 번만 더 총을 쏜다든가 그 신에게 손을 댄다면 참지 않겠다. 여기까지 와 줬으니 그 신은 풀어 줘라."

무영의 화난 목소리에 검은 그림자들이 주춤거렸으나 이내 다시 자세를 잡았다.

"보스가 나올 때까지 그럴 수 없소."

"여기가 어디냐? 너희 소굴인 것 같은데?"

"묻고 싶은 것이 있다면 우리 보스에게 물어보시오."

"너도 입이 있는데 왜? 말을 금지당했나?"

"우리는 명령이 내려오면 그대로 따르기만 하는 걸로 임무가 끝나오. 여기까지 당신을 데려온 걸로 우리의 임무는 끝났고 이후의 모든 건 보스가 하실 것이요."

"염병할 놈."

무영이 소영진의 없어진 오른쪽 다리를 쳐다보면서 욕을 내뱉었다. 없어진 다리는 자신이 살아 있다면 언제든지 재생시킬 수 있지만, 그것은 이곳을 소영진과 함께 나갔을 때나 가능한 일이었다.

"젠장……."

누군가 오는 느낌이 들자 검은 그림자들이 다소곳하게 고개를 숙였다. 검은 그림자들 앞으로 두 명의 신이 나타났다. 고압적인 자세가 몸에 밴 듯 고개를 빳빳하게 세우고 눈을 내리깔고 나타난 신들이 앞에 잔뜩 인상을 쓰고 있는 무영을 보고 화들짝 놀랐다. 둘 중 머리에 두건을 둘둘 말아 올리고 까무잡잡한 피부에 눈이 커다란 신이 물었다.

"당신은 누구십니까?"

무영은 기가 막혔다.

"내가 누구인지도 모르고 여기로 끌고 왔는가?"

"우린 대대로 전해 내려오는 전설에 따라 몸에 빛이 나는 신이 있으면 소멸시키라는 명을 받고 있어요. 당신은 누구신데 이렇게 빛이 나지요?"

"죽이라는 명령을 내린 이가 누구냐? 나한테 묻기 전에 여기가 어디인지부터 말하고 너희들은 누구인지 밝혀라? 누군데 나를 해치려는 것이냐?"

"좀 진정하시고, 먼저 이름이라도 알고 이야기하지요. 내 이름은 무함마드 빈 알레요. 신의 이름은 무엇이오?"

"김무영이다."

"김무영 님, 무례하게 굴어서 죄송합니다. 보고받은 바에 의하면 김무영 님의 빛에 우리 신 십여 명이 당했다고 하더군요."

화가 난 무영에게 자신들의 피해를 내세웠다.

"너희가 먼저 나를 해치려고 해서 방어한 것뿐이야. 그보다, 너희 뒤에 있는 저 신을 풀어 줘."

무영이 알레의 말을 한마디로 묵살하고 소영진을 가리키며 요구했다.

"저 막무가내인 검은 옷을 입은 신들이 내 친구 다리를 날려 버렸다. 친구를 죽이겠다고 으름장을 놔서 마지못해 여기까지 온 거야. 오고 싶어서 온 게 아니고."

무영의 말에 알레가 고개를 저었다.

"알고 있지만 안 돼요. 김무영 님의 능력을 우리가 제어할 능력이 없으면 저 신이라도 있어야 우리가 살지 않겠어요? 우리도 살기 위함이니 그건 안 됩니다."

"나와 내 친구를 해치지 않는다면 나도 너희들을 해치지 않는다. 그러니 내 친구를 자유롭게 해 줘라."

"다시 한 번 말하지만, 그 요구는 들어줄 수 없어요. 우리가 지금까지 수많은 신들을 봐 왔고 처리해 왔어요. 빛이 나는 신들이 꾸준히 있었거든요. 지금 김무영 님을 보니까 그전의 신들은 빛이 너무 미미했군요. 그만큼 김무영 님의 빛은 왕신들이 가지고 있는 빛만큼이 빛나고 있어요. 우린 전설대로 되는 걸 막기 위해 최선을 다했는데, 김무영 님이 최초로 추격 진을 당황시키고 여기까지 몸소 와 주셨어요. 솔직히 우리도 좀 당황스러워서 윗분께 이 사실을 말씀드렸어요."

"윗분? 너희들의 윗대가리라고?"

"그분이 김무영 님을 뵙고 싶어 하십니다. 함께 가시지요."

"좋다. 하지만 내 친구 손을 잡고 가야겠다. 비켜라."

무영이 손을 내밀자 앞의 두 신이 당황해서 한 걸음 물러서다가 황급히 두 손을 내밀며 만류했다.

"이러시면 안 됩니다. 더 이상 다가오지 마세요. 빛에 닿으니, 전기에 감전된 것 같은 느낌이군요. 아까 말씀드린 대로 김무영 님으로부터 우리를 보호하기 위한 장치라니까요. 가실 때 같이 가시면 되잖소."

"죽이려는 주제에 나갈 때를 말하지 마라. 너희를 믿어서 여기까지 따라온 게 아니라 친구를 다치게 하고 싶지 않아서였다. 그런데 너희는 내가 보는 앞에서 내 친구의 오른발을 없애 버렸다. 나를 죽이겠다고 말하면서 나더러 너희를 믿어 달라고 말하고 있구나."

무영의 말에 알레는 더 이상 대꾸를 못 했다. 우물쭈물하다가 옆에 있던 신에게 수신호로 나가라고 하는 것 같았다. 그러자 알레 옆에 있던 남자와 소영진을 붙잡고 있던 검은 신 다섯이 서서히 사라졌다.

"어디로 데리고 가는 거냐?"

무영이 소리쳤다.

"친구를 해치지 않을 겁니다. 걱정하지 마세요."

무영과 단둘이 남게 된 알레가 긴장한 얼굴로 말했다.

"내 친구가 소멸되면 너희들도 무사치 못할 것이야."

"예! 예! 그러십시오."

무영이 계속 불편한 심기를 드러내자 알레가 쩔쩔맸다. 소영진이 눈앞에 없으니 무영이 폭력적으로 나온다면 방어 수단이 없는 것이다.

"나더러 어딜 가자더니 왜 여기 있던 신들이 사라진 것이냐?"

"우리의 윗분이 여기로 오실 겁니다. 김무영 님, 그러니 조금만 참아 주십시오."

"알레라고 했지? 친구를 어디로 데리고 갔느냐?"

또다시 알레를 다그치고 있는데 알레 옆으로 두 명의 신이 나타났다. 둘 다 거구였고 한 명은 하얀 피부에 눈코입이 선명하고 말랐다. 또 한 명은 까무잡잡한 피부에 살집이 있어 후덕한 인상을 주었다. 두 명은 나타나자마자 무영의 빛을 보고 놀란 표정을 가감 없이 드러냈다.

"뜨헉! 이런, 어떻게 이런 빛이……."

놀라고 있는 두 신에게 알레가 공손하게 예를 표하고 말했다.

"모시고 온 신의 이름은 김무영 님입니다. 이분이 휘두른 빛에 우리 신 십여 명이 소멸했습니다. 그 외에 어떤 것도 알지 못합니다. 지금 많이 화가 나셨고요."

하얀 피부의 신이 알레에게 물었다.

"왜 화가 난 것이냐? 혹시 너희가 인질로 잡았다는 이 신님의 동행 때문이냐?"

"그렇습니다."

"저와 면담이 끝나면 같이 오신 동행과 보내 드릴 겁니다."

하얀 피부의 신이 무영에게 말했다.

"너희는 나를 죽이려고 했다. 그러니 당연히 내가 너희들을 믿지 못한다."

"제가 이곳 총책임자입니다. 제 말은 제가 책임집니다. 그러니 마음 푸시지요."

하얀 피부의 신이 무영에게로 손을 뻗다가 빛에 닿자 소스라치게 놀랐다.

"크-흑! 이게 뭡니까?"

"내 빛은 만질 수 없다. 너는 누구냐?"

무영이 목소리를 깔고 물었다.

"저는 바바라고 불립니다. 신도 그렇게 부르시면 됩니다."

"뭐 하는 단체인가?"

"돌리지 않고 말씀드리지요. 이곳은 블랙미르의 한 지부입니다. 저는 이곳 지부장이고요."

"빛이 나는 신은 다 죽이는가? 너도 머리에서 빛이 나고 있다."

바바의 머리에서도 희미하게 빛이 나는 걸 무영이 지적한 것이다.

"신이 내는 빛에 비해서는 미약하기 짝이 없지요. 김무영 님의 빛은 왕신들의 빛과 견주어 손색이 없습니다. 지금까지 왕신과 신장을 제외하고 이런 빛을 가진 신은 처음입니다."

"빛을 내는 신을 다 죽이면, 그렇게 해서 너희들에게 돌아가는 것이 무엇이냐?"

"미르왕의 영광이지요. 미르왕을 모시는 우리로서는 그의 존재가 가장 중요하니까요. 미르왕의 존재를 흔드는 걸 우리는 용납할 수 없어요. 그래서 전설의 신이 나타나는 것을 우리는 막아야 합니다."

"전설의 신? 그래서 모두 죽이는 것이군."

"그렇습니다."

무영이 심드렁하게 물었다.

"나도 죽이겠다고 아주 대놓고 말하는구나."

"그렇습니다."

바바의 표정이 차가워졌다.

"쉽지 않을 텐데……."

"그럴 거 같습니다."

무영이 한 발 뒤로 물러서며 한 팔을 쭉 뻗어서 빛을 쏘았다. 빛은 바바와 가무잡잡한 남자 사이를 지나 알레에게 정통으로 맞고 벽을 뚫었다. 알레가 소멸하고 벽이 우르르 무너져 내렸다. 먼지가 자욱한 사이로 무영이 바깥으로 빠져나왔다.

"기다리세요. 김무영 님! 할 말이 있어요."

다급하게 외치는 바바의 소리가 들려왔다. 황량한 들판을 등지고 선 무영은 먼지 속에서 바바가 소리 지르며 나오는 것을 지켜보고 있었다. 콜록거리며 바바와 가무잡잡한 남자가 급하게 뛰어나오다 멈추어 섰다.

"멀리 안 가셔서 다행입니다."

"할 말이 무어냐?"

"김무영 님과 같은 무시무시한 분과 다툰다는 건 우리에게 손실만 있을 뿐이라서 협상을 제안하려고 합니다. 그래야 신님의 친구분과 돌아갈 수 있을 겁니다."

"그건 제안이 아니라 협박이지."

"협박이 아니라 힘이 불균형하니 협상을 하자는 겁니다."

"무슨 협상?"

"지금 신님은 우리 측 신들을 여럿 소멸시키셨어요. 방금도 알레가 소멸했지요. 우리가 신님을 이기려면 군대를 동원해야 할 겁니다. 하지만 우리가 군대를 동원하지 않는 건 신님과 동맹을 맺기 원하기 때문입니다. 그것 때문에 어떻게든 모시고 오라고 한 것이고요."

"뭐? 동맹?"

"예! 신님이 우리 편이 되어 주신다면 미르왕님을 만나보실 수 있습니다. 엄청난 영광이지요."

"난 미르왕의 신자가 아니다. 난 어떤 종교도 갖고 있지 않아. 그러니 내가 누굴 만난다고 영광이랄 것도 없다."

"그러시군요. 하지만 왕신님을 만나시면 생각이 바뀌실 겁니다."

"난 그런 거 관심 없다. 난 오로지 내 친구와 무사히 한국 영역으로 돌아가기만 하면 된다."

무영은 일관된 주장을 하고 있었지만, 상황은 계속 변수가 생기고 있었다.

"그러기 위해서 우리에게 협조를 해 주십사 말씀드리는 겁니다."

"그 협조라는 게 나를 함정에 빠트리려는 것 아니냐?"

"정말 우리를 못 믿으시는군요"

"죽이겠다고 대놓고 말하는 놈들을 내가 어떻게 믿겠는가? 대놓고 죽이겠다고 했다가 불리하니까 협상과 동맹으로 말을 바꾸지 않았나?"

"맞습니다. 그렇지만 협상에서 신님도 얻을 것이 있을 겁니다. 첫째는 신님의 친구분이에요. 두 분 무사히 돌아가셔야지요. 두 번째는 신님에게 믿음과 평화가 생길 겁니다."

"무슨 소리냐?"

"미르왕님을 믿으시면 그분의 은총 아래 마음의 평화가 깃들 겁니다."

"나더러 미르왕의 신자가 되라는 거군."

"그렇습니다."

"거부한다면, 내 친구를 해칠 건가?"

"아니요, 그분은 멀쩡하실 겁니다. 신님이 우리에게 와 주셨으니까요."

"뭔 말도 안 되는 소리야. 내가 오고 싶어서 온 게 아니잖아. 친구를 인질로 잡고 있으니 어쩔 수 없이 온 거잖아."

"어쨌든 오셨잖아요."

"어휴."

무영은 말도 안 되는 소리를 들으며 시간을 허비하는 것 같아 짜증이 났다.

"너희들이 나한테 해 줄 수 있는 조건이 또 뭐 있는데?"

"신님이 원하는 것이 무엇입니까? 원하시는 걸 말씀해 주시면 맞춰 드리겠습니다. 무엇이든지."

"뭐든지?"

"예! 집이든 돈이든 여자든 지위든 뭐든지 말씀만 하십시오. 가능하다면 다 해 드릴 작정이니까요."

"오! 파격적인데."

"신계나 인간계나 생명이 있고 사회생활을 하는 데는 다 필요한 것들입니다. 여기엔 예쁜 여자들도 많습니다. 하얀 피부에 매우 아름다운 여자들이지요."

"갑자기 구역질이 나려고 하네."

"예?"

"내가 그렇게 썩어 문드러진 신으로 보였나?"

무영의 표정을 살피던 바바가 다시 서둘러 말했다.

"아니, 그게 아니고요. 뭐든지 신님이 원하시는 걸 해 드릴 수 있다는 걸 말씀드리고 싶었을 뿐입니다. 정말이에요."

"그렇게까지 해서 나를 원하는 이유는? 너희는 나를 죽이려 했는데 갑자기 살려서 이용해 먹겠다? 어디다 어떻게 이용해 먹겠다고 이러는 것이냐? 협상을 하려면 이런 것도 말해 주면서 해야지. 안 그런가?"

"예! 맞습니다, 맞아요. 그러니 차분하게 말씀하셔야지 화를 내시니 우리가 말씀을 드릴 수가 없잖아요."

"처음부터 너희가 화를 돋웠잖아."

"그러니까 지금부터라도 차분히 들어 주세요. 대충 목적은 말씀드렸으니 세부적인 사항을 듣고 싶으신 거잖아요. 그럼, 저희 제안을 수락하신 걸로 알고 말씀드리겠습니다."

"잠깐, 난 수락하지 않았다. 세부적인 사항까지 듣고 나서 그리고 생각을 해 봐야지. 뭔지도 모르고 무조건 승낙하지 않는다."

"아, 예! 그러시군요. 신중하시네요. 하지만 결국 승낙하실 겁니다."

"만약 내가 거부한다면 어찌 되나?"

"일단 친구분과 같이 돌아갈 수 없겠지요."

"그리고?"

"신님도 돌아가실 수 있을지 장담 못 합니다."

"결국 협상이 아니라 협박이네."

무영은 별로 듣고 싶지 않았다. 어차피 바바의 최종 목적은 무영을 죽이는 것이지 동맹이 아닐 것이기 때문이었다. 무영은 소영진과 함께 한국으로 돌아갈 생각만 하고 있었지만, 소영진의 행방을 모르니 그대로 갈 수도 없고 남아 있자니 저 말도 안 되는 소리를 더 듣고 있어야 할 판이었다.

'좋은 방법이 없을까?'

바바가 질문하면서 무영의 생각은 끊겼다.

"신님은 언제부터 빛이 나셨습니까?"

"어, 수도하면서 생기기 시작했어. 한 2년 됐나? 더 됐나? 안 됐나? 아! 넘었구나. 대학 들어가고 나서 1학년 말쯤에 수도를 시작해서 4학년 초에 죽었으니까.”

“그렇게 빨리 생겼다고요? 말도 안 돼요.”

“몇 전생부터 수도를 하던 사람이었거든. 전생의 도력까지 다 끌어온 거야. 그랬더니 이렇게 됐어.”

“어떻게 전생의 도력을 끌어와요? 그렇게도 돼요?”

무영이 귀찮아서 그냥 고개만 끄덕였다.

“어떻게 하면 돼요?”

무영이 팔짱을 끼고 가만히 두 신만 바라보았다. 지금까지 바바 옆에 가만히 있던 가무잡잡한 덩치가 호기심 어린 눈을 반짝이며 나섰다.

“저는 누에르라 합니다. 신님! 전생의 도력을 흡수하는 방법을 알려 주시겠습니까?”

무영이 마지못해 입을 열었다.

“어차피 신계에서 도를 닦을 것도 아닌데 알아도 써먹을 수가 없어. 이승에서나 가능하지.”

“아!”

두 신이 동시에 탄식을 내뱉었다.

“이승에 있을 때 잘해야지. 저승에서 아무리 잘해 봤자야. 알잖아?”

두 신이 시무룩하게 있다가 바바가 다시 말을 꺼냈다.

“근데 너무 빨리 신계로 오셨는데요. 예지력이 있어서 아팠을 리도 없고, 사고도 피할 수가 있는데 어떻게 오셨어요?”

“내 조상님한테 당했어.”

"예? 조상님요? 조상은 대부분 도와주려고 하는데……. 왜요?"

"그러게, 말이야."

대충 대답하고 무영은 눈살을 찌푸렸다. 신계로 들어오기 직전에 아기들에게 기가 빨리고 색깔이 없어진 것이 못내 아쉬운 생각이 들었다.

'무지갯빛이었으면 얼마나 힘을 쓸 수 있었을까? 어떻게 보면 다섯 왕신의 색을 모두 가지고 있는 것이었는데 그 힘을 모두 쓸 수 있었을까? 지금의 빛은 투명하기만 하니까 힘이 줄어든 것이다. 조심해야지.'

무영이 잠시 고개를 젖히고 생각에 잠겼다.

"저기요, 신님!"

깊이 생각할 여유를 주지 않고 바바가 또 불렀다. 무영이 바바를 보면서 주위를 둘러보았다. 눈에 거칠 것 없는 삭막한 벌판이 끝없이 펼쳐지고 바람까지 불고 있었다.

'이 근처 어디에도 구조물은 없으니 안쪽 공간으로 데리고 갔겠구나.'

"신님은 빛이 생긴 이후로 다치신 적 있습니까?"

"대놓고 약점을 말하라고 하는 것인가? 바보인가?"

"그런 뜻이 아니라 빛이 보호막 역할을 해 준다고 들었기 때문에 궁금해서요."

"보호막 역할을 하지 않으면 당장 공격해 보려고?"

"제가 그렇게 유치하게 보입니까?"

"응! 대놓고 너 약점이 뭐냐고 묻는데 유치하지 않을 수가 있나."

"제가 바보 같은가요?"

"응, 바바라는 이름이 우리나라 말로 바보라는 말과 비슷하네."

무영은 대치 상황이 지루하게 느껴졌다. 싸우든지 아니면 어떤 돌파구가 있어야 한다고 생각했다. 순순히 말을 받아 주는 것만이 능사는 아닐 것이라 생각되어 도발하기 시작했다.

"뭐라고요?"

"나 언제까지 여기 있어야 하는데?"

무영이 딴소리를 하자 바바가 다시 물었다.

"제 이름이 무슨 뜻이라고요?"

"그냥, 우리말로 바보라는 뜻과 발음이 비슷하다고."

화가 난 바바의 얼굴이 일그러지며 험악해졌다.

"정중하게 대해 주었더니 오만하군요."

"오만한 건 너희 쪽이 먼저였다. 시비를 걸고 납치하고, 나를 이곳으로 오게 유도하고, 방금도 협박하지 않았나?"

바바가 화를 누르면서 잠시 노려보다 다시 말을 이었다.

"우리 제안을 수락한 겁니까? 아직 명확한 답변을 안 했습니다."

"내 친구를 죽이지 않았다면, 살아 있는 모습을 보여 달라."

"살아 있습니다."

"내가 너를 믿지 못한다. 신을 죽이고 나를 이용만 해 먹으려는지 어찌 아는가?"

누에르가 옆에서 바바에게 말했다.

"홀로그램 영상으로 대화를 하게 해 주면 돼요."

바바가 즉시 주머니에서 뭔가를 꺼내 허공에 대고 눌렀다. 허공에 둥근 홀로그램이 형성되고 여러 개의 그림이 지난 후, 소영진을 데리고 사라졌던 신들의 얼굴이 나타났다. 그리고 그들 뒤에 묶여 꼼짝도 못 하고 있는 소영진의 애처로운 모습이 보였다.

"보십시오. 살아 있잖습니까?"

"소영진 신! 내 말 들리나요?"

무영이 소리쳤다.

홀로그램 안에서 소영진이 무영을 발견하고 버둥거리며 뭔가를 말하려고 하였으나 옆에서 지키고 있던 신들에 의해 제지당했다. 그러자 바바가 손을 들며 말했다.

"말을 하게 해 줘라."

압박하고 있던 입과 몸이 느슨해지자 소영진이 소리쳤다.

"신님! 괜찮으세요? 전 괜찮으니 한국으로 돌아가세요."

"같이 가야지요. 좀 기다리세요."

무영은 소영진의 소리가 어디서 들려오는지 알기 위해서 집중했다.

되는지 안 되는지 알 수 없는 능력을 시험해 보며 다음 행동을 생각하고 있었다. 소영진은 이 구조물에 있지 않았다. 이미 멀리 떨어진 곳으로 이동해 있었고 그럼에도 소영진의 음성은 무영에게 선명하게 전달되었다. 무영은 결단을 내렸다.

"이제 명확한 대답을 해 주시지요. 미르왕을 만나보시겠습니까?"

"그게 전부인가?"

"전부는 아니지요. 우리에게 협조해 주셔야 할 몇 가지가 있습니다."

"점점 요구 사항이 늘어나는구나. 뭔지 들어나 보자."

"먼저 승낙을 해 주셔야 세부 사항을 말씀드릴 수가 있습니다."

"알지도 못하고 승낙하는 건 말이 안 된다."

"승낙하셔야 할 겁니다."

조금 전부터 무영은 주변의 움직임을 느꼈다. 그리고 바바의 말이 협박이라고 다시 반박하기도 전에 군대에게 빙 둘러싸여 있는 자신을 발견했다.

"참 내, 죽이겠다는 건지 협조해 달라는 건지 알 수가 없네. 정말 이럴 건가?"

무영이 자신을 향해 겨눠진 수많은 포신 앞에서 바바를 비난했다. 계속 말을 시키면서 시간을 끌고 그 시간에 군대를 불러서 배치시킨 것이다.

"신님이 저를 못 믿는 만큼 저 역시 못 믿습니다. 신님은 너무 위험 하거든요."

"그래! 이렇게 나온단 말이지. 나도 이 상황이 지겹다."

무영이 고개를 숙이며 씨-익 웃으며 몸을 약간 낮추었다. 순간 몸을 솟구쳐 한 바퀴 돌며 온몸의 힘을 끌어모았다. 주변의 미세한 빛까지 모두 끌어모아 응축시킨 다음, 동시에 두 팔을 활짝 벌려 엄청난 양의 빛 에너지를 바바와 누에르, 군대를 향해 쏟아 내었다. 순식간에 온통 눈부신 빛에 노출된 신들이 피하지도 못하고, 비명도 못 지른 채 소멸되었다. 바람도 일지 않았고 오로지 빛에 노출된 신들만 깨끗이 사라져 버렸다.

빛의 잔해까지 완전히 사라지자, 무기들만 덩그러니 남아 있는 벌판을 바라보며 무영이 중얼거렸다.

"몇 명이나 있었는지 모르지만 내 자신이 놀랍군. 어떻게 이런 굉장한 능력이 나오지? 바바가 나를 위험하다고 군대를 부를 만하네. 괜히 쓸데없는 소릴 해서 시간을 벌고 있었어. 결국 죽이려고 작정했으면서……. 무기가 먹히지 않으면 미르왕에게 직접 나를 처리하도록 데려가려고 했던 거겠지."

무영은 소영진이 있는 곳으로 순간이동을 했다. 갑자기 나타난 무영을 보고 다섯 명의 경비원들이 깜짝 놀라며 반사적으로 총을 쏘아댔다. 강한 빛으로 만들어진 총알은 무영의 빛에 닿으며 '퍽!퍽!' 소리를 내며 불꽃을 튀겼다. 총알을 맞고도 멀쩡한 무영을 보고 경비원들이 놀라서 한 명은 황급히 어디론가 사라졌고 네 명은 다시 총을 겨누었다.

"총은 내게 먹히지 않는다. 해치지 않을 테니 물러서라."

축 늘어져 있던 소영진이 무영의 목소리에 고개를 번쩍 들었다.

"신님!"

무영이 소영진에게 다가갈 동안 네 명의 경비원들은 총을 겨눈 채 조용히 움직였다. 무영이 소영진에게 다가가 묶인 것을 풀기 위해 손을 내밀었다. 빛에 닿자 소영진이 온몸을 움츠렸다.

"잠시만 참아요. 감전된 듯 해도 죽지는 않으니까."

소영진이 묶였던 몸이 풀리고 자유로워지자 무영의 뒤로 숨었다.

"무서웠어요. 아야!"

무영의 빛에 닿자 온몸이 전기에 감전된 듯 전율이 관통했다.

"괜찮으니 날 잡아요. 아프더라도 견디고 날 믿고 잡아 봐요."

"하지만 너무 강한……."

"괜찮다고요. 여기 오기 전에 싸울 때도 내 빛 안에 잠깐 있었잖아요."

무영이 뒤돌아서서 씨-익 웃어 보였다.

"아! 그렇군요."

무영이 뒤돌아보는 틈을 타서 네 명이 일제히 총을 쏘았다. 그중에서 정면에서 쏜 총이 무영의 빛 막을 뚫고 왼쪽 가슴을 관통했다.

"헉!"

무영의 몸이 휘청이는 것을 본 경비원들은 기회를 놓치지 않고 총을 계속 쏘아 댔다. 무영이 몸을 빠르게 회전시키며 구석구석을 돌며 한 명씩 오른팔로 후려쳤다. 가볍게 후려쳐도 경비원들은 비명도 지르지 못하고 불꽃 파열음과 함께 소멸되었다.

"신님!"

소영진이 한구석에서 무영을 바라보다가 경비원들이 다 사라지자 무영을 불렀다.

"가슴을 다치셨어요."

"자만한 대가로군요. 괜찮아요. 금방 나을 거요. 그나저나 소영진 신은 오른쪽 다리만 다쳤었는데 지금은 왼쪽 다리도 없네요?"

"예! 저들이 으름장을 놓으며 총질을 해 댔는데 그러다 맞았죠. 뭐, 어때요. 어차피 걸어 다니는 인간계가 아니고 신계니까 괜찮아요. 저는 괜찮은데 신님은 가슴 치료를 해야겠어요."

무영이 고개를 돌려 자신의 왼쪽 가슴을 보았다. 가슴은 빠른 속도로 재생되고 있었다.

"보이나요? 내 빛은 무기도 되지만 치료도 돼요. 그래서 소영진 신에게 나를 잡으라고 한 거예요. 사라진 두 다리를 재생할 수 있거든요. 내 빛으로 말이요."

"하지만 신님을 계속 붙잡고 있다간 제가 소멸될 지경이라구요. 너무 큰 충격에 온몸이 남아나지 않을 거예요."

"고통스럽긴 해도 소멸하진 않아요. 없어진 것이 돋아나는 것이라 좀 아플 거니까 참으세요, 잠깐."

무영이 잠시 집중하더니 소영진을 잡고 황급히 밖으로 나왔다.

"뭔가 이곳을 겨누고 있어요. 빨리 이동해야 해요."

그사이에 무영의 왼쪽 가슴은 거의 재생되어 있었다.

소영진이 감탄하며 환호성을 질렀다.

"와~! 역시 대단해요. 제가 생각했던 것 이상이에요. 신님이 대단한 건 알았는데 정말 왕신님이신 것 같아요. 정말 기뻐서 눈물이 날 지경이에요."

감탄하는 소영진의 팔을 억지로 잡고 무영은 구조물을 벗어나 멀리 떨어진 숲으로 갔다. 그들의 뒤에서 요란한 폭발음과 함께 구조물이 폭삭 내려앉았다. 소영진이 놀라서 뒤를 돌아보았지만, 구조물이 있던 자리는 형체를 알아볼 수 없도록 주저앉아 먼지만 자욱이 일으키고 있었다.

"와! 조금만 늦었어도 큰일 날 뻔했어요. 신님! 어유! 아파요."

"사라진 살이 돌아나는 건데 공짜로 생겨나진 않아요. 참아요."

듬성듬성 서 있는 나무에 그래도 숲이라고 풀과 잡목들이 제법 있었다.

"나는 이미 재생이 다 됐는데 소영진 신은 좀 걸릴 거예요. 전에 치료하다 보니 걸리는 시간이 있더라고요. 나무가 우거지진 않았지만, 이곳에서 잠시 쉬며 치료를 마치고 갑시다."

무영은 소영진의 팔을 놔 주며 대신 다리를 잡았다. 반쯤 돋아난 다리는 계속 자라나고 있었다. 소영진이 고통에 신음하면서도 신기한지 자기 다리에서 눈을 떼지 못했다.

"끄응…… 신기하군요. 병신으로 살아갈 줄 알았는데 신님 덕분에 새로운 다리를 얻을 줄이야. 어이쿠!"

"나 때문에 다리를 잃었잖아요. 그러니 내가 치료해 줘야지요."

"고맙습니다, 신님! 신님은 오시지 않았어도 됐어요. 나 때문에 신님이 위험했잖아요. 제가 얼마나 죽고 싶은 심정인지 모르셨을 거예요. 내가 죽었으면 신님이 이곳에 오시지 않았을 건데요. 그죠?"

"둘 다 살아서 가야지요. 이런 황무지가 아닌 금수강산이 있는 곳으로요."

"정말 신님을 만나서 다행이에요. 아이고, 신기해라. 아프긴 엄청 아픈데 아프단 소리를 못 하겠어요. 사라졌던 다리가 거의 생겼어요."

"신기하지요? 나도 처음에는 신기했는데……."

무영이 웃으며 소영진을 편안한 마음으로 바라보았다.

"이건 신님이 아니면 아무도 못 할 걸요. 신계에서 이렇게 빛 치료를 하는 신은 종교의 왕신들뿐이랬어요. 신님은 종교의 왕신도 아니잖아요. 그런데 이렇게 치료도 하시는 걸 보니 그자들이 왜 신님을 두려워하는지 알 것 같아요."

무영은 딴생각을 하고 있었다.

지금까지 총을 무수히 맞은 것 같은데 조금 전에는 총이 자신의 빛을 뚫었다. 왜 그런지 이유를 알아야 다음에 실수하지 않을 것이다.

'사방에서 쏘았으니 가슴을 누가 쐈는지 어떻게 알아. 아? 아니다.

각도가 있지. 왼쪽이면…… 가슴, 이렇게 왔으니까…… 정면이네. 정면은 빛을 뚫을 수 있는 건가? 그럼, 한방에 머리도 날아갈 수 있겠는걸? 아니야, 전에도 무수히 총알을 받았지만 오늘 것만 정면은 아니었어. 왜 뚫린 거지? 왜? 저기에 뭐가 있었나. 내 능력을 감소시키는 장치 같은 게 있었나?'

"신님! 제 얘기 듣고 계세요?"

소영진이 무영의 표정을 살피며 물었다.

"아! 이제 다 됐네요. 다리 한 번 쭉 뻗어 보세요."

소영진이 새로 생겨난 다리를 쭉 뻗었다.

"와! 완전 멀쩡해요. 정말 고맙습니다. 신님! 어떻게 이럴 수가 있지요? 정말 믿을 수가 없어요."

"더 많은 군대가 동원되어 우리를 쫓을 거예요. 어서 한국으로 돌아갑시다."

"예! 근데 여긴 어디쯤이죠? 어느 영역일까요?"

"중국 끝자락인데 중동 지역처럼 보이는군요."

"생김새로 보아 미르왕의 신자겠군요."

"맞아요. 아까 그, 바바라는 자가 미르왕의 신자가 되지 않겠냐고 협박했어요. 난 무신론자인데 말이죠."

"신계에 들어오면 무신론자가 많죠. 자신이 귀신이 됐으니까요."

"일반 신들은 오히려 절대신에 대한 경외의 눈을 가지게 될 것 같은데 거꾸로네요."

"절대신은 볼 수가 없으니까요. 게다가 종교의 왕신도 일반 신들은 볼 수 없잖아요. 말만 들었지 전 본 적 없거든요."

"소영진 신은 종교가 뭔데요?"

"기독교였다가 느지막이 불교로 개종했지요. 산속에 있다 보니 주변에 절이 있었어요. 주지 스님과 친분이 쌓이면서 자연스레 그렇게 되더군요."

"그럼, 백호왕!"

"예! 근데 한 번도 못 봤어요."

"언젠가 보게 되겠죠."

"만약 백호왕을 보게 되면 신님과 비교하게 될 것 같아요. 신님의 빛이 이렇게 환한데 백호왕의 빛이 신님보다 못할 수도 있잖아요. 전 아무래도 신님의 빛이 왕신님의 빛만큼 빛나고 있는 것 같아서 매우 황송하고 영광스러워요. 신님의 옆에 있는 것만으로도요."

"별말씀 다 하세요. 난 일개 신일 뿐이에요."

"워낙 특별하시니까 드리는 말씀이지요. 여행을 좋아하는데 살아생전에 동남아만 몇 번 가 보고 못 갔거든요. 중국에 이런 지역이 있는지 몰랐어요. 사막도 아니고 아무리 끝자락이라도 이 정도로 휑 한 줄 몰랐어요. 이런 척박한 곳에서 살면 심성도 거칠어지겠어요."

"환경에 따라 언어와 풍습, 문화가 형성된다고 하니까요."

소영진은 떠들고 싶은 게 많은지 마음껏 떠들었다.

"생전에 미국 그랜드 캐니언과 인도, 아프리카처럼 문명의 때가 덜 묻은 곳을 여행하고 싶었는데 건강도 경비도 녹록지 않아서 못 했어요."

"일단 서울로 돌아가고 소영진 신이 원하는 여행을 하세요. 혼자 다니면 맘 편히 다닐 수 있을 테니 오히려 혼자 다니는 게 나을 거예요.

나 같은 혹 달고 다니면 목숨 걸고 다녀야 하니까 피차 힘들어져요."

무영은 순간 머리가 쭈뼛거렸다. 커다란 무언가가 자신을 향해 날아오고 있었다. 소영진의 손을 잡아채서 위로 솟구쳤다. 그러자 두 신이 있었던 곳에 여러 발의 폭탄이 터졌다. 먼지가 자욱한 아래를 내려다보던 무영은 주위에 엄청난 수의 군대와 포가 자신과 소영진을 향해 있는 것을 보았다. 그리고 생각할 틈도 없이 사방에서 포탄이 날아오기 시작했다. 무영은 소영진을 끌어다 자신의 뒤에 세우고 방어막을 쳤다. 눈앞에서 '퍽! 퍽!' 소리를 내며 방어막에 부딪혀 포탄이 터지고 있었다. 무영은 힘껏 두 팔을 휘둘렀다. 워낙 많은 군대가 몰려 있어서 어디를 겨냥하지 않아도 맞을 것이란 생각에 마구 휘둘렀다. 위아래 이곳저곳을 돌며 마구 휘두르다 정신을 차려 보니 군신의 숫자가 확연히 줄어들어 있었다. 남아 있는 군신들도 무서웠는지 아까와는 거리가 멀어져 있었다. 날아오던 포탄도 총질도 없었다.

'내가 너무 야차처럼 죽였나?'

"신님, 무서워요."

무영의 등 뒤에서 소영진이 작은 소리로 말했다. 돌아보니 소영진이 얼굴이 빨개진 채 땀을 뻘뻘 흘리며 힘들어하고 있었다.

"어? 왜 그래요?"

무영의 물음에 소영진이 헐떡이며 대답했다.

"신님 옆에 있기가 너무 힘들어요. 죽을 것 같아요."

무영이 놀라서 슬쩍 밀었다. 멀리 떨어져 있는 군대를 둘러보니 공격할 의지를 잃은 것인지 더 이상 덤비지 않았다.

"갑시다. 더 이상 내 빛 속에 있다간 정말 큰일 나겠어요."

무영의 손짓에 두 신은 순간이동을 했다.

서울 한복판 무영의 집으로 돌아오자 낯선 환경에 소영진이 두리번 거렸다.

"여기가 어딥니까?"

"우리 집이에요. 서울 강남 역삼동이지요. 나한테서 떨어지세요. 힘들다면서요."

소영진이 무영에게서 벗어나면서 환호성을 질렀다.

"아, 살았다. 예! 우와~ 신님! 부자셨군요."

"내가 부자가 아니라 부모님이 부자셨지요."

소영진은 집안 곳곳을 다니며 구경하다 다시 무영에게로 왔다. 거울 앞에서 이것저것 몸에 대 보고 모자를 썼다가 벗기를 반복하던 무영이 물었다.

"모자를 쓰니까 머리의 빛이 좀 가려지나요?"

"아뇨. 조금 덜 하긴 한데 그래도 빛나요."

무영이 모자를 쓰고 그 밑에 마스크를 쓰고 손에 장갑을 끼었다.

"이러면 좀 낫지요?"

"빛을 가리려고 필사적이군요. 안 가린 것보다는 좀 낫습니다."

"그럼 됐어요. 가리고 다녀야지."

"돌아다니지 말고 그냥 집 안에 있자고요. 돌아다니다 또 못된 놈들에게 걸리면 어떡해요."

소영진이 모진 마음고생을 했는지 질색하며 외출을 반대했다.

"집 안에만 있으면 갑갑하기도 하고 언제까지 갇혀 있을 수만은 없잖아요. 그러니 이렇게라도 하면 괜찮지 않을까 해서 해 본 거예요. 나도 이번에 혼이 나서 당분간은 집에 있을 거예요. 소영진 신은 아무 때나 외출하셔도 돼요. 광주로 가셔도 되고요."

"절 보내시려는 겁니까?"

"내 옆에 있으면 위험해서요. 호되게 겪으셨잖아요."

"죽을 뻔한 저를 사지까지 오셔서 구해 주시고 가라니요?"

"그 위험도 나 때문이고 그래서 구한 거예요."

"그러니 끝까지 책임지십시오. 이젠 가라고 하셔도 못 갑니다. 어차피 제 목숨 신님이 구하셨으니까 신님이 죽이든 살리든 하십시오. 전 안 갑니다. 못 가요."

소영진은 거실 바닥에 벌러덩 누웠다.

"또 어떤 일이 닥칠지 모르는데 참 단순하시네요."

"예! 전 단무지라 잘 모르겠으니 신님이 알아서 하십시오."

"난 당분간 집에 처박혀 있을 거예요. 소영진 신은 알아서 하세요. 나는 할 일이 있어서요."

"할 일요?"

"생각할 게 있어요."

두 왕신의 연합

　방어막을 쳐서 신들이 드나들 수 없는 비밀 공간에 황금색으로 빛나는 신과 푸른색으로 빛나는 신이 홀로그램을 통해 마주하고 있었다.

　큰 키에 호리호리한 몸매, 하얀 피부에 깊고 푸른 눈, 오뚝한 콧날, 갸름한 볼 위로 흘러내린 금발이 지적인 분위기를 자아내었다. 그리고 온몸을 휘감고 있는 황금빛은 신비로움을 더해 주며 그가 천왕임을 나타내고 있었다.

　맞은 편에 푸른 빛을 내뿜는 오동통한 동양인은 자연왕이었다. 팔자 눈썹에 작은 눈이 위로 올라가 있고 양 볼살에 묻힌 코는 펑퍼짐했다.

　그들은 한쪽에 설치된 홀로그램을 보고 있었다. 무영이 중국의 변방에서 군대를 상대로 싸우는 장면이었다. 무영이 팔을 휘둘러 강력한 빛을 쏘아 군대를 박살 내는 장면에서 두 왕신은 똑같이 신음 소리를 내었다. 그리고 홀로그램이 끝나고 사라지자 잠깐 두 신은 말이 없었다. 이윽고 천왕이 먼저 입을 떼었다.

　"엄청나군요. 색도 없이 어떻게 저런 엄청난 힘이 나올 수 있을까요?"

천왕의 감탄에 자연왕도 공감했다.

"어떤 단계를 넘어선 신 같소. 신계에서 저런 능력을 쓰는 신을 본적이 없어요. 천왕도 나도 저런 능력은 없잖소."

천왕이 한숨을 쉬었다.

"저 홀로그램을 안 봤으면 안 믿을 뻔했어요. 저런 테스트를 할 생각을 하다니 자연왕이 머리를 많이 썼군요."

자연왕이 머리를 흔들었다.

"웬걸요. 우리 영역 변방까지 끌고 오려고 마음먹었던 건 아니었어요. 원래 한국에서 끝장내려고 수십 명의 신들을 보냈는데 도저히 그들 실력으로 안 됐어요. 할 수 없이 김무영의 동행인 저 우락부락하게 생긴 신을 우리 영역으로 끌고 왔더니 친구를 구하겠다고 순진하게 따라온 거지요. 우리 영역으로 유인해서 군대를 동원하면 어떻게든 제거할 줄 알았어요. 그런데…… 솔직히 저 정도까지일 줄은 몰랐지요."

"우리의 상상을 초월하는 신이 나타났군요."

"예! 천왕이 보기에도 웬만한 무기로는 안 된다는 판단이 서지 않습니까?"

"예! 그렇게 보이는군요. 그럼, 저 신을 제거하는 게 불가능할까요?"

자연왕이 깊은 한숨을 쉬었다.

"나 혼자의 힘으로 제거할 수 있으면 내가 천왕에게 보자고 했겠소? 만만치가 않으니 함께 힘을 모으자는 거지요."

천왕의 얼굴에 미소가 번졌다.

"하하하…… 그렇지. 자연왕과 내가 이렇게 비밀 공간에서 단둘이 만날 정도로 사이가 좋은 건 아니니까요."

자연왕이 통통한 볼을 만지며 정색했다.

"웃을 일이 아니오. 김무영의 투명한 빛에 노란색이 씌워질지 푸른
색이 입혀질지 누가 알겠소."

자연왕의 말에 천왕의 웃음기도 싹 사라졌다.

"어, 그건 심각한 일이군요."

"그렇소. 이제 실감이 나시오? 김무영이 천왕이 될 수도 있단 말
이요."

천왕이 이마에 주름을 잡으며 입을 열었다.

"어째 자연왕의 빛이 좀 줄어든 것 같소이다?"

자연왕이 콧방귀를 뀌며 대답했다.

"무슨 소리, 난 멀쩡하오. 천왕이야말로 빛이 예전 같지 않군요. 빛
을 어디다 소진하시길래 그러시는지 원."

천왕이 껄껄 웃었다.

"지금 자연왕의 모습은 왕신으로서 빛이 좀 부족한 듯하오. 그러니
한국 같은 영역에서 역대급으로 빛나는 신이 나오는 거 아니겠소?"

자연왕이 더 크게 콧방귀를 뀌었다.

"흥, 그래봤자 손바닥만 한 영역에서 뭘 하겠소."

"지금 당장 알 수 없겠지만, 앞으로 신계에 영향을 미칠 것 같으니
자연왕과 내가 이렇게 얼굴을 보고 있는 거 아니겠소. 자연왕도 내가
보기 싫겠지만 나 역시도 자연왕이 싫소이다."

"그러니 어서 회담을 끝냅시다. 비밀 회담은 짧을수록 좋소. 길게
끌다가 한국 나라신 귀에라도 들어가면 좋지 않으니까요."

자연왕의 말에 천왕이 동조했다.

"그렇소. 한국의 정보망은 놀라울 정도니까요. 나도 처음에는 한국에 빛나는 신이 출현했다고 해서 별로 신경 쓰지 않았어요. 그런데 두 번 세 번 보고를 받으니 신경이 쓰이더군요. 그래서 데려오라고 한국으로 관리신들을 보냈는데 어쩐 일인지 데리고 오지 못했소. 그리고 홀로그램을 보고 정말 깜짝 놀랐어요. 지금까지 일반 신 중에 그렇게 빛나는 신은 없었소. 그리고 그 엄청난 힘, 보셨다시피 가히 신계를 뒤흔들 만한 가공할 위력이오."

자연왕이 고개를 또 흔들었다.

"어떻게 손바닥만 한 조그만 영역에서 그런 빛나는 신이 나왔는지 모르겠소. 그리고 그 파괴력은, 놀랄 수밖에 없었지요. 군대를 박살 내 버렸으니까요. 맨손으로 온몸에서 나오는 기로 군대를 무찌르다니, 세상에……."

자연왕이 말을 잇지 못하자 천왕이 말했다.

"한국이 영역은 작지만 문화적으로나 경제적으로나 이미 신계에 막강한 영향력을 미치고 있어요. 우리가 따라 할 정도니까요. 이미 중국은 두려움을 느낀 나머지 한국의 문화를 막았지만 막아집디까? 더 궁금해하면서 뒤로 더 열심히 찾아보잖소. 신계 어디에도 한국의 문화와 경제력이 닿지 않은 데가 없을 정도요. 그러니 영역이 작다고 무시하다간 당할 수 있어요."

자연왕이 또 콧방귀를 뀌었다.

"흥, 당하다니요. 콩알만 한 영역에서 힘을 써 봐야 얼마나 쓰겠소. 그 신이 놀라울 만큼 엄청난 힘을 지닌 건 사실이지만 그저 작은 영역의 신일 뿐이요."

"작은 영역에서도 왕신은 나올 수 있어요. 그러니 그것이 걱정되어 나와 회담을 청한 것이 아니요?"

"한국에서 왕신이 나올 리는 없겠지만, 자라나는 골칫덩어리는 미리 제거하는 게 상책이지요."

"중국의 변방으로 끌어들여 군대를 동원했는데도 없애지 못했으니 나보다 자연왕이 더 두려움이 클 듯하오만."

"두려워서가 아니라 후환을 없애려는 것이오."

자연왕이 재빨리 말을 돌렸다.

"그 소리가 그 소리요. 나도 홀로그램을 보고 놀라고 두려웠어요. 신계에 왕신을 능가하는 힘을 가진 신이 있다니요. 솔직히 말합시다. 그 신이 쓰는 힘을 우리가 쓸 수 있소? 없잖소. 그리고 또 놀라웠던 건 자연왕이 블랙미르단을 포섭해서 그 신을 없애려고 했다는 사실이오. 신계에서 악명을 떨치고 있는 그들을 중국이 포섭했다는 건 매우 충격적이었지요. 원래 한통속이었소?"

천왕이 자연왕에게 따지듯이 물었다.

"허, 목적을 달성하기 위해서라면 적과도 손을 잡아야 하는 거 아니요? 천왕과 내가 사이가 좋지 않음에도 이렇게 얼굴 보고 대화하는 것도 하나의 목적 때문이 아니겠소? 그러니 블랙미르단과 손잡은 것도 그 일환으로 보면 되는 것이오."

"그러니까 목적 달성을 위해서라면 수단, 방법을 가리지 않는다 이 말이군요."

"그렇소. 한국에 나타난 그 신이 만약에 천왕이나 자연왕 재목감이라면 일찌감치 없애서 후환을 남기지 말아야지요."

자연왕이 느물거리며 말하자 천왕이 또 웃었다.

"그 신을 혼자 못 처리하겠으니까 같이 제거하자고 나를 불러냈으면서 참 당당하시오."

"그 신이 천왕이 될지 무엇이 될지 어찌 알겠소? 내가 알아본 바로 그는 이승에서 종교가 없었고 오랜 전생에는 스님이었고 전전생에는 선도를 닦았다 하오. 딱히 종교의 왕신이 될 것 같지 않단 말이외다. 그러니 속세의 왕신이 천왕과 나밖에 없지 않소. 내 입장에서는 조그만 영역의 신이 왕신이 되는 것보다는 그래도 큰 영역에서 왕신 자리를 지키고 있는 게 낫다고 생각해서 천왕과 회담을 하자고 한 거요."

"그렇군요. 적어도 나와 자연왕 둘 중 하나는 그 빛나는 신의 제물이 될 수 있다는 가정하에 그 신을 없애자, 이 말이지요?"

"그렇소."

천왕이 입가에 미소를 띠며 말했다.

"미국과 한국은 동맹국이요. 한국에서 자연왕이 나오면 미국으로선 나쁠 게 없지요. 오히려 우리로선 우방이 더 강력해짐으로써 신계를 휘어잡을 기회가 주어질 것이요."

자연왕이 어이없다는 표정으로 천왕을 쳐다보았다.

"천왕! 웃기지 마시오. 천왕일지 나일지 그걸 어찌 알겠소. 만약 천왕이 바뀌어도 그렇게 말할 수 있을까요?"

천왕이 느긋하게 눈을 내리깔며 대답했다.

"분명히 말하건대 만약 바뀐다면 그건 자연왕일 거요. 자연왕의 빛이 예전 같지 않다는 건 신계에 소문이 파다하고 내가 보기에도 예전 같지 않군요. 뭐 하시는 데 힘이 빠졌을까?"

천왕이 빈정거리며 조롱하자 자연왕이 벌컥 화를 냈다.

"난 예전 그대로요. 천왕! 전보다 빛이 약간 줄어든 건 사실이지만 여전히 나는 이 신계의 자연왕이요."

"누가 뭐랍니까? 자연왕이시지요. 언제까지일지는 모르지만요."

"천왕의 무례는 잊지 않겠소. 하지만 천왕도 언제까지 천왕일지 나도 지켜보겠소이다."

자연왕이 화를 내며 맞받아치자, 천왕이 다시 껄껄 웃었다.

"한국의 그 빛나는 신을 어떻게 처리하자는 거요? 블랙미르단을 동원해서 그렇게 폭탄을 퍼부었는데도 살아남았고 그 신의 친구까지 멀쩡하게 구해서 한국으로 돌아갔어요. 아, 참 그 친구라는 신 다리 양쪽을 블랙미르단 때문에 잃었는데 다시 생겼다더군요. 그건 어떻게 된 거지요?"

자연왕이 눈을 동그랗게 뜨고 대답했다.

"그게…… 빛나는 신이, 김무영이 다리를 돋아나게 해 주었답니다."

"그건 종교의 왕신들 힘의 영역인데요. 신자들을 치유하기 위해 있는 힘이잖아요. 가만, 그럼 종교의 왕신이 될 수도 있지 않을까요?"

"종교의 왕신이 되려면 이승에서 새로운 종파를 만들고 신계로 와야 하는데 그런 행위는 일절 없었소. 워낙 어린 나이에 죽었으니."

"아, 참! 그렇지. 어린애지."

"그러니까 김무영이 왕신이 된다면 천왕과 자연왕 둘 중의 하나라는 거요. 그리고 빛에 색이 없고 투명하니 아직 어떤 왕신이 될지 모른다는 것이오. 정해지기 전에 없애야 한다는 게 내 입장이요."

자연왕이 자신의 의견을 정확히 나타냈다.

천왕도 잠시 생각하더니 입을 열었다.

"김무영이라는 신이 위험한 건 알겠는데 우리한테까지 위험한 신인지 그건 아직 판단이 서지 않는군요. 한국과 사이가 좋은 동맹이라서요."

"여보시오, 천왕! 이건 한국과 동맹인 것과는 차원이 다른 문제요."

천왕의 말에 자연왕이 어이없다는 표정을 지었다.

"홀로그램을 보고도 그런 말씀이 나오시오? 김무영은 그 자체로 무기요."

"맞아요. 엄청난 파괴력을 지닌 무기임은 틀림없소. 하지만 나는 김무영을 다룰 수 있을 거라 생각하오. 중국의 입장과 우리 입장은 많이 다르니 말이오."

"흥, 천왕이 바뀌지 않을 거라고 확신하는 것 같은데 결코 그렇지 않을 거요. 무색의 빛이 어떤 색을 입을지 그걸 어찌 안단 말이오. 그러니 이 문제만큼은 동맹은 접어 두고 김무영을 제거해야 천왕의 위치가 공고해질 것이오."

"자연왕의 위치도 공고해지겠지요."

"제거가 된다면요."

자연왕은 속내를 숨기지 않았다.

천왕은 마음이 복잡해졌다. 자연왕의 말대로 김무영의 빛에 노란색이 입혀진다면 천왕이 바뀌는 것이고 푸른색으로 바뀐다면 자연왕이 바뀌는 것이다.

미국과 중국은 사이가 좋지 않아 여러모로 충돌하고 있었다. 중국은 엄청난 신들의 수를 앞세워 경제를 비롯한 모든 면에서 미국을 급속도로 따라오고 있었다. 중국 신들의 미국 내 침투를 더 이상 두고 볼 수 없었던 미국에서 먼저 경제적인 면에서 제동을 걸고 나섰고, 중국에 반감을 보이던 다른 영역들도 미국과 연대해서 견제에 들어간 것이다.

이에 중국은 미국에 강하게 반발하며 역보복에 나서면서 양 영역 간의 사이가 급격하게 나빠져 있었다. 거기에 더해 중국발 유행병이 신계를 휩쓸며 어느 영역 할 것 없이 수많은 신들이 '정화의 숲'으로 들어가자, 중국에 대한 감정은 나빠질 대로 나빠져 있었다.

이런 상황에 한국에 빛이 나는 신이 등장한 것이다. 한국은 경제, 문화, 군사력까지 신계를 주름잡는 수준까지 올라와 있었고 그 영향으로 빛이 나는 김무영이 등장한 것으로 생각되었다.

곰곰이 생각하던 천왕은 결단을 내렸다.

"한국 나라신이 보호하려고 할 거요. 폭탄도 안 먹히는 신을 어떻게 죽이려고요?"

"아직 한국 나라신은 김무영을 만나지 못했소. 주위에 관리신들을 배치해 두어서 여러 가지 문제로 나라신을 붙들어 놓았기 때문이지요. 만약 한국 나라신이 김무영을 숨긴다면 그때부터는 찾기 힘들 거요. 그러니 서둘러 수단과 방법을 가리지 않고 제거해야 하오."

"블랙미르단을 또 한국에 보낼 거요?"

"한국이 허술한 영역이 아니라서 블랙미르단 리스트가 있소. 그들은 못 들어가고 이미 한국에 있는 미르왕 신자들이나 우리 중국 신들을 움직여야 하겠지요. 천왕은 어떻게 하실 겁니까?"

"자연왕이 다 하셔도 되겠는걸요. 그렇게 대규모로 움직이는데 우리까지 낄 필요가 있습니까?"

"여보세요, 천왕! 날로 먹지 맙시다. 천왕의 자리를 걸고 최선을 다해 주시오. 무기도 어중간한 건 먹히지도 않으니 화력 좋은 걸로 해서 천왕도 나서 주시오."

"나 참, 신 하나 제거하는데 어떤 화력을 동원하라는 건지 모르겠군요. 김무영에게 어떤 약점이라도 발견했소?"

"아직 모르겠소. 엄청난 힘에 충격을 받아서……."

"우선 약점이 뭔지 알아야 하지 않겠소? 무턱대고 들이댔다가 신들 손실에다 행여 그 신이 스스로 숨어 버릴 수도 있고, 한국 나라신이 숨겨 버릴 수도 있소."

자연왕이 자신의 통통한 볼살을 만지작거렸다.

"그러니까 천왕이 그걸 좀 알아내 주시오. 아무래도 우리보다 천왕 측과는 동맹이니 좀 경계가 덜 하지 않겠소? 나라신을 통해서든 관리신을 통해서든 김무영에 대한 정보를 알아내면 좋겠소만."

천왕이 손을 흔들었다.

"간단한 거야 알아낼 수 있겠지만 그 신의 약점을 누가 이야기해 주겠소. 그 신에 대해서 잘 아는 신도 없는 것 같은데요. 우리와 자연왕의 훼방으로 한국 나라신도 아직 김무영을 못 만났잖소. 나 역시도 관리신을 보냈지만, 한국 관리가 김무영을 어디로 빼돌렸는지 행방을 잠시 놓친 적이 있어서요."

"한국 나라신이 김무영을 보면 다음 나라신으로 세울 마음을 먹을 거요. 나라신이 되면 신표까지 얻게 되고 그다음부터 우리가 손을 댈 수 없게 됩니다. 그러니까 그 전에 제거해야 한다는 거요."

천왕이 고개를 끄덕였다.

"아! 나라신! 그렇군요. 한국 나라신은 김무영을 다음 나라신으로 만들 수도 있겠군요."

"보나 마나 뻔한 거요. 나 같아도 그렇게 할 걸요."

"예! 틀림없이 그럴 것 같군요. 그럼 확실히 왕신 자리가 위태롭겠소."

"이제 제대로 현실을 깨달으셨소? 이건 천왕과 나와의 사이가 좋고 안 좋고의 문제가 아니오. 왕신의 자리에서 물러난다는 건 영역의 쇠퇴와도 직결된 문제니 말이오."

"예스, 맞아요. 그런 일이 일어나선 안 되지요. 내가 싸울 상대가 없어지면 심심하니까."

자연왕이 눈을 흘겼다.

"이 심각한 문제를 얘기하는데 농담이 나오시오?"

"마음의 여유가 실수를 줄이지요."

"여유 부리다가 왕신 자리에서 내려갈 수도 있다는 걸 명심하시오."

"너무 왕신 자리에 연연하는 것 같소이다, 자연왕."

"난 윤회는 싫소. 우리 영역이 쇠퇴하는 건 더더욱 싫소."

"왕신이 '정화의 숲'에 가지 않는 건 강한 빛 때문이오. 빛이 사라지면 우리도 가야 할 거요."

천왕의 말에 자연왕이 고개를 저었다.

"만약 왕신의 자리에서 쫓겨난다면 바로 '정화의 숲' 사신들이 올 걸요?"

"왕신이 아니라면 그렇게 되겠지요."

천왕이 어깨를 으쓱하며 두 팔을 올렸다.

그 꼴이 보기 싫었는지 자연왕이 짜증 섞인 반응을 보였다.

"천왕의 자리가 거저 유지되는 건 아니요. 좀 진지해집시다."

"아, 예! 진지하게 말하는 중이요. 얘기인즉슨 김무영을 한국 나라 신이 숨기기 전에 제거해야 한다, 보통의 방법으로는 안 되니 필살의 무기를 사용해야 한다, 이거지요?"

"그렇죠. 홀로그램 보셨잖소? 나도 수단과 방법 가리지 않고 시도 하겠지만 반드시 성공한다는 보장이 없으니 천왕도 같이 가세해서 숨기 전에 제거해야 후환이 없다는 거요. 그래야 우리가 왕신 자리를 보전하고 둘이 아옹다옹하며 싸우든 친하게 지내든 할 수 있을 거요."

자연왕이 천왕을 설득하기 위해 진심을 담아 최선을 다하는 모습이었고 그 말은 천왕에게도 충분히 전달되었다.

"그렇죠. 자연왕과 내가 앞으로 계속 싸우려면 한국이 자연왕이 되면 안 되겠군요. 자연왕 말솜씨가 많이 늘었어요."

"천왕이 될 수도 있다니까요."

"아니, 자연왕일 거요."

"흥, 어떤 왕신이 됐든 김무영이 왕신이 될 거란 확신은 우리 둘의 공통된 생각이니 천왕도 신경 써서 김무영을 제거하는 데 힘을 써 주시오."

"알겠소. 아까도 말했지만 김무영의 단점, 약점을 알아내야 할 거요. 그걸 자연왕이 알아내 주시오. 그럼 내가 김무영을 제거하리다. 자연왕의 신들이 한국에 많이 있잖소. 그 신들을 이용하시오."

"나더러 김무영의 약점을 파악하라고요? 그걸 그렇게 쉽게 알 수 있으면 내가 천왕에게 손을 내밀었겠소?"

"지금부터 알아보시오. 뭘 알아야 제거를 하든 뭘 하든 할 거 아니오. 나도 신을 풀어 알아보기는 하겠소만 한국에 중국신이 월등히 많이 들어가 있으니 하는 소리요."

"흥! 그야 그렇지요. 그래도 이번 기회에 천왕이 자랑하는 정보의 힘을 보여 주시지요. 천왕의 우수한 정보망 좀 활용합시다."

"그럽시다. 김무영에 대한 정보는 들어오는 대로 보내지요. 음……. 그렇게 알아보는 데 시간 끌다 나라신이 김무영을 숨기면 방법이 없어지는데요."

"그러니까 서둘러야지요. 그래도 천왕과 이렇게 얘기라도 하고 있으니 좀 낫군요. 어떻게 제거해야 할지 정말 난감했거든요."

천왕이 잠시 생각하더니 진지하게 말했다.

"만약 우리가 이렇게 노력했음에도 불구하고 제거가 안 되면 어떡할까요? 그 점에 대해서는 생각해 보셨소?"

자연왕도 심각한 얼굴이 되어 고개를 저었다.

"생각하기도 싫소. 거기까지 가기 싫으니까 정말 보기 싫은 천왕과 자리를 같이 한 거 아니겠소?"

그렇게 말하고 자연왕이 피식 웃자, 천왕이 손뼉을 치며 웃었다.

"하하하……. 자연왕의 유머도 만만치 않소이다. 하하하."

"뭐, 맞는 소리니까요. 하하하……."

웃음을 그친 천왕이 고개를 끄덕이며 말했다.

"만약의 경우도 생각해 놔야 할 것 같소. 이런저런 노력에도 김무영이 살아 있어서 한국의 나라신이 된다면 그다음 수순을 말이요."

"빛과 힘의 크기로 보아 나라신이 되면 그다음은, 왕신이 되겠지요. 그 전에 제거가 되겠지만요."

"내 생각은 말이요. 저 정도의 힘과 빛으로 나라신이 되는 건 문제가 아닐 거요. 근데 김무영의 힘 중에 신을 치료하는 힘은 종교의 왕신에게나 있는 능력이요. 파괴하는 힘은 나도 자연왕도 갖고 있소만 저 정도는 아니지요. 세속의 왕신은 치료의 능력은 없지만, 종교의 왕신은 치료의 힘과 일부 파괴의 힘, 마음을 움직이는 힘 등이 있어요. 내 말은 김무영이 다섯 왕신의 힘을 모두 갖고 있을 수도 있단 말이요. 그렇다는 건……."

천왕은 다시 생각하는 듯 다음 말을 천천히 꺼냈다.

"지금 시기와는 맞지 않소만 '전설의 신'에 대해 알지요?"

자연왕이 화들짝 놀랐다.

"전설의 신?"

"그렇소."

자연왕의 손이 파르르 떨렸다.

"반드시 그런 건 아니지만 김무영의 능력을 보자면 '전설의 신'일 가능성을 배제할 수 없소. 하지만 '전설의 신'은 신계가 망가져야 나타난다고 했으니 시기적으로는 맞지 않소. 지금 신계는 멀쩡하니까요."

천왕의 말에 충격을 받은 듯 잠시 멍하니 있던 자연왕이 입을 열었다.

"'전설의 신'이라면 다섯 왕신의 능력을 모두 가지고 있고 망가진 신계를 고친다는 신……. 에헤헤, 하하하, 그럴 리가요. 그럴 리가 없소."

자연왕이 실성한 것처럼 웃었다.

천왕이 자연왕을 보며 혀를 찼다.

"쯧, 꼭 실성한 신 같구먼. 왕신의 체통을 차리시오."

"최근에 한국이 많이 성장한 건 알지만 너무 과대평가하는 것 같소이다. 한국은 우리 영역의 한 성보다도 작아요. 천왕의 한 주보다 작단 말이요."

"덩치와 힘이 비례하진 않소. 특히나 지금의 한국에는 해당되지 않소. 신계 어디든 한국의 영향을 받지 않는 데 있으면 나오라고 하시오. 영역이 큰 러시아의 영향을 받지 않는 영역은 있어도 한국의 영향을 받지 않는 곳은 없을 것이요."

자연왕은 아무 말도 하지 않았다.

"영역이 크고 신의 수가 많다고 자만하지 마시오. 자연왕의 영역보다 우리 영역이 신의 수가 월등히 적지만 중국은 미국을 이기지 못해요. 한국이 작다고 무시하지 말란 말이오."

자연왕이 아랫입술을 삐죽 내밀었다.

"흥, 한국이 동맹 하나는 잘 뒀군요. 천왕은 그래서 김무영을 제거하겠다는 거요, 안 하겠다는 거요?"

"김무영이 왕신의 힘을 모두 갖고 있어서 생각난 김에 말한 거요. 지금 신계가 망하지 않았으니 '전설의 신'이 나타날 시기는 아닌 것 같소. 그래도 왕신 자리를 보전하기 위해 김무영은 제거하는 걸로 하죠."

"그러셔야죠. 동맹은 동맹이고, 만약 김무영이 왕신이 된다면 어느 한 영역이 몰락한다는 얘기니까 그런 일이 일어나지 않도록 예방을 해야죠."

"알겠소이다. 아마 김무영은 서울 한복판에 있을 것이요. 집이 서울 한강 아래쪽입디다. 웬만한 무기로는 안 될 것이고 최소한 성능 좋은 미사일 정도는 되어야 할 것이요. 내가 서울 한복판에 초소형 미사일을 쏘면 한국 나라신이 어떻게 나올까요? 내가 궁지에 몰리겠지요, 자연왕?"

자연왕이 눈을 반짝이며 천왕을 쳐다보았다.

"정말 결심이 섰군요. 김무영이 죽으면 한국의 미래는 없어요. 그러니 한국 나라신이 따져 봤자 무시해 버리면 그만입니다. 안 죽으면 그때가 문제지요."

"그렇죠. 안 죽으면, 그땐 그 김무영이라는 신에게 찍히고, 한국 나라신에게도 찍히고 후폭풍이 두고두고 만만치 않겠지요. 그렇다고 김무영이 쉽게 서울을 벗어나지는 않을 거요. 이렇게 해 봅시다, 자연왕!"

천왕의 말에 자연왕이 귀를 쫑긋 세웠다.

"뭐요?"

"한국에 무기 반입은 금지잖소. 한국 내에 중국신이 아무리 많아도 맨손으로 김무영을 제거할 순 없소. 구해봤자 총 정도일 거요. 다행히 한국 내에는 우리 군대가 주둔하고 있고 최신 무기도 많지요. 그중 가장 성능 좋은 걸 하나 훔치시오. 우리가 문을 열어 둘 테니. 단 한 발만이요. 아셨소?"

"아, 예! 그러리다."

자연왕의 얼굴이 활짝 펴지면서 목소리까지 높아졌다.

"무기가 우리 무기이니 아마 한국 나라신에게 내가 좀 당할 것 같소만, 당장 방법이 없으니 일단 그렇게라도 해 봅시다."

"그래요. 어디가 됐든 한국 나라신이 숨기기 전에 제거해야 하오. 천왕이 제안한 대로 한번 해 보죠. 나도 계속 블랙미르단과 우리 신들을 동원하여 수단, 방법을 가리지 않고 제거하기 위해 노력할 것이니 천왕도 같이 힘써 주시오."

"만약 이 계획대로 잘 된다면 중국이 나에게 해 줄 수 있는 혜택이 뭔지도 말씀해 주시오. 그래야 동기 부여가 돼 제대로 할 거 아니겠소?"

"흥, 역시 자본주의라 어쩔 수 없군. 뭘 원하시오?"

천왕이 입가에 미소를 머금고 잠시 생각하더니 입을 열었다.

"자연왕이 가장 탄압하고 있는 서북쪽의 땅을 내게 주시오. 위구르 지역 말이요. 그쪽은 자연왕의 문화와도 맞지 않고 종교적인 면에서도 맞지 않소. 전혀 어울리지 않는 신족을 품으려고 하니 부작용이 큰 것 아니요. 그러니 그 신족의 영역을 내게 넘기시오. 나는 그 신족을 문제 없이 넉넉하게 품을 수 있으니까요."

순식간에 자연왕의 눈꼬리가 위로 치켜 올라갔다.

"절대 불가하오. 그 영역은 문제없이 내가 통치하고 있으니 건드리지 마시오. 다른 걸 요구하면 들어주겠소."

"다른 건 필요 없어요. 들어주지 않는다면, 나는 손을 떼겠소. 실패하든 성공하든 한국 나라신과 한국 신들의 눈치를 봐야 할 텐데 위험을 무릅쓰지 않겠소이다. 동맹국의 신의에 금이 갈 수도 있는 위험을 감수하는 일이요. 그 정도 대가는 있어야 하지 않겠소?"

자연왕의 표정이 점점 일그러졌다.

"잘 나가다가……."

자연왕의 표정을 보면서 천왕이 다시 말했다.

"한국의 위상이 신계에서 어느 정도인지 생각해 보시오. 충분히 왕신 자리를 넘보는 위치까지 올라와 있소. 그리고 난 한국과 좋은 동맹이기 때문에 한국이 자연왕이 된다면 오히려 굉장한 우군이 생기는 거라 굳이 이런 모험을 할 필요가 없지요. 내가 이런 모험을 하겠다는 건, 그럴 리 없겠지만 만에 하나 자연왕이 바뀌는 게 아니라 천왕이 바뀔 경우를 대비한 보험이요. 천왕이 바뀐다면 미국이 예전 같지 않다는 것이니 만약을 대비하는 차원이지요. 이 경우 한국 나라신과 한국 신들의 적대적인 감정을 감수해야 하니 그 대가를 달라는 것입니다."

천왕의 말은 일리가 있었다. 실패하면 위구르 영역을 안 주면 되는 것이고, 운이 좋아 성공하면 자연왕의 자리를 유지하면서 계속 신계에서 큰소리 떵떵 치면서 위구르 영역은 아니더라도 다른 영역을 야금야금 먹어서 그보다 더 많이 채우면 될 것이었다.

문제는 왕신의 지위 유지였다. 천왕이 실패해도 한국과 사이가 멀어지는 결과가 나온다면 중국으로서도 손해 보는 장사는 아니었고 성공하면 더욱 좋을 것이다.

자연왕은 서두르지 않고 침착하게 말했다.

"신장 위구르 영역은 신들이 부지런합니다. '정화의 숲'에 일부러 가는 신들도 별로 없고 신들도 많지요. 매우 좋은 조건을 거셨소. 좋소, 그 조건은 성공한다면 들어 드리지요. 그럼 만약에 내가 성공한다면 내 조건도 들어주시오."

천왕이 고개를 갸웃거리며 질문했다.

"나한테 일을 하라는 거요, 말라는 거요? 내가 자연왕에게 줄 건 없소이다. 싫다면 나는 빠지겠소."

"여보시오. 천왕! 거래는 공정해야 하는 거 아니요? 나만 주고 천왕은 입 싹 닦겠다니요, 너무 하지 않소?"

"애당초 이 거래는 자연왕의 능력 부족으로 나에게 지원을 요청한 거잖소. 그러니 난 용병이나 다름없소. 내가 한국이라는 좋은 동맹과 사이가 벌어질 위험을 감수하면서 이 자리에 있다는 걸 생각하시오. 아시겠소?"

이 말에 더 이상 자연왕은 할 말이 없었다.

"이왕 이렇게 된 거 내가 혐오해 마지않는 블랙미르단을 동원하든 어떤 특수 군대를 동원하든 그 김무영 신을 제거하시오. 나한테 위구르 영역을 넘겨주기 싫으면 알아서 먼저 움직이시든가요. 나도 영역 한 덩어리가 탐나니 한 번 힘을 써 볼 거니까요."

"끄응~."

자연왕이 신음을 냈다.

"한국 내에 있는 미군기지에서 미사일을 한 발, 딱 한 발 가져가시오."

"예? 미사일을?"

"그렇소. 딱 한 발이요. 가장 최근에 개발된 것 중에서 적은 공간에 강력한 파괴력을 자랑하는 무기요. 날짜와 시간을 정해서 우리가 잠깐 한눈파는 척할 테니 딱 한 발만 가져가시오. 아셨소? 딱 하나만이오. 그걸 중국 신들이 사용하든 블랙미르단이 사용하든 개의치 않겠지만 미국과는 무관해야 하오. 우린 잃어버린 것으로 신고할 거니까요."

"아! 알았소."

"이 문제로 자연왕과의 만남은 이번으로 끝냅시다. 한국 나라신이 알면 곤란해지니까요. 나머지 일은 실무 관리신들에게 일임하되 철저하게 비밀리에 추진해야 하오."

"당연하지요."

자연왕이 작은 목소리로 대답했다.

날이 밝고 있었다. 구름이 살짝 드리워져 있었지만 신들이 잠자러 들어가는 시간은 이미 넘었다. 일반 신들의 접근을 금지한다는 푯말을 세운 구조물 앞에 여러 명의 검은 그림자가 나타났다. 커다란 문에 늘 지키고 있던 경비병이 없는 것을 확인한 검은 그림자들이 빠르게 움직이며 거침없이 안으로 진입했다.

안에서 다른 검은 그림자가 합류하고 그들을 안내하며 목표물로 빠르게 접근했다. 안내원을 따라 큰 창고 앞에 도착한 검은 그림자들은 안으로 들어가서 그들이 가져가야 할 물건을 찾아냈다. 안내원이 손동작으로 검은 그림자들에게 지시하면 그들은 지시에 따라 착착 움직였다. 두 개의 커다란 상자 안에 있던 것을 갖고 나가기 편하게 조심스럽게 챙겼다. 한마디 말도 없이 신속하게 이루어진 동작들로 인해 그들은 순식간에 두 개의 커다란 물건을 소형차에 나누어 싣고 다시 문을 빠져나와 어디론가 사라졌다.

그리고 아무 일도 없었다는 듯이 경비병이 나타나 경비를 섰다. 잠시 후, 한국의 국방 대장신에게 미군 부대로부터 홀로그램이 왔다.

'잠시 전 경비원 교대 시간에 미사일 한 정을 도난당함. 한국군에서

조사 바람.'

　국방 대장신은 즉시 나라신에게 홀로그램으로 보고했다. 나라신은 즉시 국방 대장신을 불러 미군 사령부에 유감을 표하고 재발하지 않도록 경고했다. 영역 안의 모든 군대와 경찰에게 미군에서 분실한 미사일 한 정을 찾도록 홀로그램을 띄웠다. 동시에 영역 내 외국 신에 대한 검문검색이 강화되었다.

강남집공격

무영은 이승에서 수련하던 시절을 떠올렸다.

처음 칼 든 귀신과 맞닥뜨렸을 때 무서워 떨다가 칼에 베였다. 죽기 살기로 도망치며 싸우다 자신의 팔이, 온몸이 무기라는 것을 처음 알았던 싸움이었다. 빛의 방어막이 완성되기 전에 베였던 자리는 금이가 있었고 아문 줄 알았다. 그런데 느닷없이 그때 베었던 상처로 총알이 정확히 파고 들어가면 무영도 상처를 입을 수 있다는 것이 이번 싸움으로 확인된 셈이다. 스스로 치유하는 능력을 지녔으니 치명적이지는 않겠지만 자신의 약점이 발견되자 마음이 쓰였다.

'방법은 무지갯빛이 나도록 도력을 높이면 이러한 미세한 균열도 메울 수가 있다. 문제는 신계에서 도력을 높이는 게 어렵다는 거지. 이승에서는 쉽게 됐었는데, 아기들에게 기만 빨리지 않았어도…….'

계속 실패했지만 자리를 잡고 앉아 이승에서 했던 것처럼 또다시 단전호흡을 시도해 보았다. 공기를 있는 힘껏 들이마셔 보았다. 하지만 몸속으로 들어간 공기는 이내 몸 밖으로 사라져 버렸다. 공기가 몸속으로 들어가도 갇히지 않으니 몸 안에서의 변화는 당연히 없었다. 모양은 있으되 무게가 없고 섬세하게 이루어진 핏줄기가 없으니 공기가 타고 돌아다닐 길이 없는 것이다.

'젠장. 몸집이 없다는 게 이런 거다. 귀신의 한계가 이런 거였어.'

여러 번 시도해도 몸이 전혀 반응을 안 하자 무영은 다시 포기해야만 했다.

'방법이 없을까? 이 신계에서 수도하는 방법을 찾아야 해.'

아무리 생각해도 몸이 없는 상태에서 수도는 시간 낭비일 것 같았다. 뾰족한 수가 나올 때까지 다른 뭔가를 해야만 하는데 딱히 떠오르는 것도 없었다. 방 밖에서 문을 두드리는 소리가 났다. 소영진이 문을 통과해서 들어왔다.

"친구가 왔어요. 신님!"

"행정관 친구요?"

"예! 많이 놀란 것 같습니다. 외국까지 가서 목숨을 위협받고 왔으니까요."

"여기 있는 건 어떻게 알고 오셨대요? 들어오시라고 하세요."

소영진이 나가더니 이내 행정관과 다시 나타났다.

"아이고, 신님! 놀라셨겠습니다. 어디 다친 데는 없으십니까?"

"없어요. 괜찮아요."

행정관이 무영을 보자마자 몸 상태부터 살폈다. 그러자 옆에 있던 소영진이 말했다.

"다치셨는데 스스로 치료하셨어. 그리고 내 두 다리도 놈들 총에 떨어져 나갔는데 재생시켜 주셨지. 자, 봐. 멀쩡하잖아."

소영진이 두 다리를 제 자리에서 걸어 보이며 의기양양하게 말했다. 행정관이 소영진을 한 번 보고 무영에게 집중했다.

"정말 놀라셨겠습니다. 제가 나라신께 요청해서 훈련된 군신(軍神)을 붙여 달라고 요청했어요. 나라신이 수락하셔서 이 부근에 군신들이 배치되어 있을 겁니다. 이젠 걱정 안 하셔도 됩니다."

소영진이 고개를 저었다.

"군신으론 안 될걸. 그들도 다 총기나 무기류를 갖고 있어. 나도 총을 갖고 있었는데 저들의 숫자가 많고 훈련된 놈들이라 쉽지 않았지."

"자네는 지켜 드린 게 아니라 신님께 부담만 됐잖아."

"내가 그 소리 들을 줄 알았어. 결과적으로 그렇게 되어 버렸네. 지켜 드리려는 마음이었는데 거꾸로 나 때문에 신님이 곤욕을 치르셨지."

행정관이 무영에게 질문했다.

"부상을 치료하신 겁니까? 신님의 능력으로?"

"네."

"꽤 큰 부상이라고 들었는데요. 신님도 완치되셨고 이 친구도 깨끗하게 완치되어 깜짝 놀랐습니다. 어디를 다치셨는지 전혀 표가 나질 않아요."

"나도 처음 다쳐서 많이 놀랐어요. 빛이 방패 같은 기능을 하고 있어서 그동안 총을 쏘아도 몸에 닿지 않았었거든요. 이번에 뚫려서 나도 놀랐어요. 다음부터는 조심해야지요."

행정관이 탄식처럼 한숨을 쉬었다.

"정말 큰일 날 뻔했습니다. 나라신께서 걱정하고 계신데 아무래도 천왕도 자연왕도 신님을 노릴 것 같다고 하시더군요. 천왕과 자연왕의 관리들이 일 문제로 교대로 찾아와서 신님과의 면담을 고의적으로 방해하고 있는 것 같답니다. 밖에서 신님을 호위하는 군신들은 그래도 저 친구보단 나을 테니 믿으셔도 됩니다. 그나저나 여기 너무 서울 한복판 아닙니까? 그래도 저 친구 은신처가 낫긴 할 텐데요."

소영진이 나섰다.

"은신처에 있으면 뭐 해. 이승에서 신님을 자꾸 불러 대는데. 거기 불려 갔다가 그렇게 된 거야. 아주 이승에도 쫙 깔려 있어."

행정관의 안색이 굳어졌다.

"그렇구나. 참, 걱정이네."

"나라신이 신님 면담하신다며? 나라신이 신님을 면담하면 뭐 뾰족한 수가 있으려나?"

소영진의 물음에 행정관이 심각한 표정을 지었다.

"나라신은 신님을 보고 싶어 하시는데 천왕과 자연왕의 끄나풀들이 와서 진을 치고 있어요. 아마 자연왕 쪽에서는 신님이 처음 신계에 오셨을 때부터였고 이젠 천왕 측에서도 진을 치고 있어요. 아주 대놓고 방해하니까 이렇게 나라신과 마주하기가 어렵군요."

"나라신은 왜 나를 보자는 건가요?"

무영의 질문에 행정관이 어이없다는 표정을 지으며 대답했다.

"정말 몰라서 묻는 건 아니시지요? 만약 제가 나라신이라도 신님을 뵙고 싶어 했을 겁니다. 왜냐면 지금까지 머리에 은은하게 빛나는 신들은 많았지만, 신님처럼 온몸에서 강력하게 빛을 발하는 신은 없었어요. 이 정도의 빛에 그 능력을 보자면 종교의 왕신들이나 할 수 있는 치료를 하고 계시고요. 왕신들이 쓰는 힘을 가지고 계시잖아요. 무기를 사용해야만 하는 일반 신에 비해 신님은 몸 전체를 무기로 하고 있단 말입니다. 그것도 아주 강력한 힘으로 말이죠. 어떤 나라신이 신님을 뵙고 싶어 하지 않겠어요."

"그러니까 날 봐서 뭘 어쩌자는 거냐고요. 내 얼굴 한번 보자고 부르는 건지 아니면 어떤 목적을 가지고 부르는 거냔 말이에요?"

"호기심으로 보자는 게 아니라 하실 말씀이 있으신 거지요. 전 모르지만요."

행정관의 말에 무영이 진지하게 말했다.

"하실 말씀은 홀로그램으로 보내시면 될 거예요. 전 어디 표 나지 않는 곳에 처박혀 있고 싶은데요. 소영진 신의 광주로 다시 갈까 봐요."

한쪽에서 무영이 꺼내 놓은 모자와 목도리, 마스크 등을 뒤적이던 소영진이 끼어들었다.

"이거 하시면 빛이 좀 가려져요. 마스크 하시고 모자도 쓰시면."

"빛을 가리면…… 가려지나?"

행정관이 소영진의 손에 든 것을 보고 무영을 쳐다봤다.

"줘 봐요. 나도 돌아다니고는 싶은데 워낙 티가 나서 함부로 못 돌아다니겠더라고요. 그래서 한 번 꺼내 본 건데……."

무영이 소영진에게 마스크와 모자를 건네받아서 썼다. 목도리까지 받아서 둘둘 말고 무영은 선글라스도 건네받아서 썼다.

소영진과 행정관이 어깨를 들썩이며 웃었다.

"왜? 그렇게 이상해요?"

소영진이 낄낄대다가 말했다.

"모자를 앞으로 너무 깊게 눌러써서 뒤에서 빛이 새고 있구요. 모자와 선글라스 아래에 마스크와 목도리가 너무 안 어울려요. 원래 신님은 하얀 피부에 고급스러운 분위기였는데요. 지금은 무슨 마피아 조직원 같은 분위기를 풍기고 있다구요."

"게다가 여기저기서 빛이 새어 나가니까 더 이상하고요."

행정관도 맞장구를 쳤다.

"그렇게 이상한가요? 나름 괜찮다고 생각했는데 마스크와 목도리가 문제였나?"

"신님, 잘생긴 얼굴을 굳이 가리고 어디를 가고 싶으신데요?"

소영진의 질문에 무영이 한숨을 푹 쉬었다.

"내가 어디 꼭꼭 숨어 있다고 해도 부모님이나 친구들이 지상에서 불러서 소환되면 또 들킬 거예요. 방법은 두 가지, 아예 꼭꼭 숨어 있는 게 한 가지고요. 또 한 가지는 이승에서 불러도 소환되지 않는 거예요."

"소환되지 않는 거요?"

"그런 방법도 있나요? 신은 인간이 부르면 당연히 소환되고, 부르지 않아도 생각만 해도 다 전달되어 오잖아요. 그럴 수 없죠."

무영이 고개를 끄덕이자 두 신은 어이없는 표정을 지었다.

"지금까지 산 사람이 부르는 소리에 신이 소환되지 않았던 경우는 없어요. 영혼이 없는 사람이 아닌 다음에는 불가능해요."

행정관의 말에 소영진이 무영의 눈치를 살폈다.

"신님, 신님이라면 인간의 기를 어떻게 막아 낼 방법이 있으실지도 몰라요. 지난번처럼 쭉 딸려 가지 않는 방법이 있을 거예요. 그죠?"

"없어요. 생각만 하고 있는 거지요. 방법이 있다면 내가 또 이승에 수시로 불려 가지 않아도 되니까…… 생각 중이에요."

정말 그랬다. 처음에는 엄마와 아빠가 수시로 무영이를 불러대서 이승과 저승을 시도 때도 없이 드나들었다. 부모님의 소환이 잦아들 무렵, 이번에는 미래가 무영이를 불러내고 있었다. 전과 다르게 신계에 무영의 존재가 소문이 나서 여기저기서 죽이겠다고 덤벼들고 있는 상황에서 이승도 저승도 안전한 곳은 없었다.

이상한 건 소영진과 중국 변방으로 가서 한바탕 하고 오니 오십 초반이었던 부모님이 50대 후반이 되어 있었고, 미래는 20대가 되어 있었다.

"그거 알아요, 소영진 신? 우리가 중국에 잠깐 다녀온 시간이 이승에서 무려 수년이 흘렀다는 거요."

"예! 신계의 시간과 인간계의 시간은 다르니까요. 우린 잠깐 난리 치고 온 것 같지만 굴절된 세계에 있는 우리 시간과 인간계의 시간은 엄청 차이가 나요."

행정관이 웃으며 말했다.

"조금 있으면 부모님이 이승에서의 삶을 마치고 신계로 오실 거고, 같이 놀던 친구들도 늙어 꼬부라져서 차례차례 신계로 올 거예요. 신님이 '정화의 숲'에 가지 않는다면 다 만나보실 수 있을 겁니다."

"정화의 숲에 왕신들은 안 간다지요?"

무영의 질문에 행정관이 대답했다.

"왕신들은 그들의 능력으로 거부할 수 있다고 들었습니다. 몇 생을 다시 살고 와도 종교의 왕신들은 그대로 있잖아요."

"종교의 왕신들만인가요? 세속의 왕신인 천왕과 자연왕은요? 어떻게 거부할 수 있지요?"

"정화의 숲에 갈 신에게 사신이 와서 투명한 막에 가두어 데리고 가요. 그 투명한 막에 일반 신들은 꼼짝 못 하고 갇히지만 왕신들은 그들의 빛 때문에 사신이 접근 못 한다고 들었어요."

"아, 그래요. 그렇군요. 천왕과 자연왕도요?"

"예!"

"그럼, 천왕과 자연왕도 계속 빛이 나면 윤회하지 않겠군요."

"천왕과 자연왕은 세속의 왕신이라 영역의 기운이 기울면 왕신이 바뀌잖아요. 바뀌면 사신들이 데리러 오지요. 왕신일 때나 빛으로 거부할 수 있는 거고요."

'왕신들이 그렇다면…….'

무영은 왕신들의 능력이 어떤지 알고 싶어졌다.

"혹시 왕신들 빛이 얼마나 나는지 보셨나요?"

"전 실제로 본 적은 없어요. 자네도 본 적 없지?"

소영진이 행정관에게 말하자 행정관도 고개를 가로저었다.

"행정관님도 천왕을 본 적이 없는 거예요?"

"나라신이나 주위 신들은 봤겠지요. 저야 국내에 붙박여 있는 중간 관리라 감히 천왕을 볼 기회가 없었어요. 빛이 황금색으로 빛난다고 하더군요. 길거리 홀로그램을 통해서는 보지만 그걸로 빛을 가늠할 수는 없지요."

"황금색……. 혹시 투명하거나 흰색인 왕신은요?"

"흰색은 백호왕이지요. 불교와 토속종교의 왕신! 투명한 빛은 없어요. 신님과 일반적으로 도통했다는 신들이 투명한 빛이지요. 겨우 머리에서만 희미하게 빛나는 정도지만요."

"혹시…… 다섯 왕신의 능력이 합체가 된다면 어떻게 될까요?"

무영이 조심스럽게 물었다.

행정관과 소영진이 서로 마주 보고 눈알을 굴리다가 행정관이 대답했다.

"아마도…… 제 생각입니다만, 오색 빛이 나지 않을까요? 무지개색?"

"제 생각도 그렇습니다. 무지개색이 빛날 것 같아요. 왕신의 빛은 빨강, 파랑, 노랑이 다 들어가 있으니까요."

무영이 고개를 끄덕이며 또 물었다.

"만약 그런 빛이면 다섯 왕신의 힘을 다 쓸까요?"

소영진이 나섰다.

"그렇지 않을까요? 다섯 왕신 고유의 빛마다 주력으로 삼는 힘이 있다고 들었어요. 그러니 다섯 빛이 합쳐지면 그 능력을 다 갖추게 되는 것 아닐까요?"

무영이 씨-익 웃었다.

"실로 어마어마한 능력이겠네요."

행정관이 갑자기 손을 치켜들더니 홀로그램을 띄웠다.

"잠깐 여기 좀 보세요. 지금 신계 뉴스에 계속 나오는 내용인데, 미르왕 신도의 영역에서 나온 내용이래요."

홀로그램에서는 신계의 소식이 흘러나왔다.

여기저기 지진과 화산 폭발, 폭우와 가뭄 같은 자연 현상이 나오며 각 영역에서 벌어지고 있는 심각한 내분 상황에 전쟁이 일어나기 일촉즉발의 상황을 전하고 있었다. 그다음에 미르왕 신자들의 말을 인용해서 만약 전쟁이 나서 3대 성소가 파괴되면 5대 왕신의 힘을 가진 전설의 신이 나타나 신계를 구원한다는 뉴스를 전하고 있었다.

행정관이 검지를 흔들어 홀로그램을 지웠다.

소영진의 눈이 휘둥그레졌다.

"와~! 완전히 신님 얘기네요. 그죠?"

"지금 신계에 쫙 퍼져 나가는 소문이 뉴스로까지 나왔어요."

행정관이 말하면서 무영을 빤히 쳐다봤다.

"신님은 종교의 왕신이 가지고 있는 능력과 세속의 왕신이 가지고 있는 능력을 다 갖추고 있어요. 어쩌면 신님이 저 전설의 신이 아닐까요?"

소영진이 흥분하여 얼굴이 벌겋게 상기되어 말했다.

"그럴 리가요."

무영이 덤덤한 표정으로 고개를 저었다.

소영진이 다시 강한 어조로 말했다.

"조금 전에 신님이 무지갯빛에 대해서 말씀하셨잖아요? 그건 신님의 능력을 알고 계시고 이미 전설의 신이신 걸 확신하고 계셔서 하신 말씀 아니세요?"

"아니에요. 난 그냥 해 본 소리였어요."

무영이 부정하자 행정관이 물었다.

"제 생각에도 그냥 해 본 말씀은 아닌 것 같아요. 뭔가 느낌이 있어서 그런 말씀을 하셨을 거라는 생각입니다. 그러니 감추지 마시고 말씀해 주세요."

"감추는 거 없어요."

무영이 또다시 부정하자 소영진이 재차 물었다.

"무지갯빛을 말씀하신 의도가 있으셨을 거예요. 혹시 예전에 무지갯빛을 지니셨다던가, 그런 적 없으셨어요?"

무영이 잠시 뜸 들이다가 대답했다.

"없어요. 그냥 해 본 소리라니까 그래요."

소영진이 뒤로 물러나며 빙그레 웃었다.

"뭐, 신님이 무지갯빛이 없어도 상관없어요. 앞으로 생기면 되니까요."

"맞아요. 그럴 거예요. 왕신들도 다 신계에 들어와서 색이 생기면서 왕신이 되었으니까요. 신님의 빛에 어떤 색이 입혀질지 시간이 지나면 알게 되겠지요. 왕신이 되실지 전설의 신이 되실지 말이에요."

소영진의 말에 행정관이 살을 붙였다.

무영이 헛웃음을 지었다.

"에이, 그럴 리가 없잖아요. 빛이 하나만 있어도 저렇게 힘이 넘쳐나서 기고만장인데 다섯 빛이 한 신에게 모여 있으면…… 아마 왕신에게 도전하지 못하게 왕신들이 지어낸 게 아닐까 싶어요. 나를 견제하기 위해서거나, 아니면 왕신들의 영역 신들이 나를 죽이는 데 거리낌이 없도록 하기 위해서일지도 모르죠. 왕신이 될 만한 싹을 자르면 세상은 망가지지 않을 거고 왕신도 그대로일 테니까요."

소영진이 무영의 말에 반론했다.

"그건 아닐걸요. 자신들의 위치가 위협받을까 봐, 그런 거라면 모를까……. 와~! 왕신들 알고 보면 치사한 신들이네. 우리 신님을 아주 죽이려고 작정을 한 거군요."

행정관이 손으로 소영진의 입을 꾹 눌렀다.

"말은 그렇게 함부로 하는 게 아니야. 그럴 가능성이 있다고 하는 거지. 확실한 건 아니니까 함부로 왕신을 깎아내리는 건 실례야."

"이 친구가 왜 이래. 소문의 실체가 확실하지 않아도 그만큼 가능성도 있다는 거잖아. 그럼, 그 전설의 신도 왕신들이 지들 밥그릇 지키려고 만들어 놓은 거일 수도 있지. 충분히 가능성 있는 논리라고 봐. 이~야! 전 그런 생각은 꿈에도 못 했어요, 신님!"

"신님이 괜한 얘길 하셨어요. 이 친구 아주 가설을 정설처럼 믿어 버리네. 그럼 안 된다구."

행정관의 말에 소영진이 낄낄거리며 손뼉을 쳤다.

"앗싸, 왕신들의 수작을 알아 버렸다. 신님! 신님도 그렇게 생각하시죠?"

"글쎄요. 가설은 가설일 뿐이지요. 설령 그렇다고 해도 변하는 건 아무것도 없어요. 내가 저들의 목표물이 되어 정조준되었다는 거요."

무영의 말에 소영진이 웃음을 거두고 한숨을 쉬었다.

"정말 그렇군요. 하지만 치졸한 검은 속내를 알았잖아요."

행정관이 또 검지를 흔들었다.

"이 친구야. 속내를 안 게 중요한 게 아니지. 왕신 자리가 걸린 거라면 당연히 무슨 짓이든 할 거야. 그것도 다섯이나 되는 왕신들이고, 게다가 종교신들까지…… 깡그리 동원된, 어찌 보면 신계 전체가 뒤바뀌는 판국인데, 안 그렇겠나."

무영이 질문했다.

"나는 그 전설에 회의적인데 행정관도 그렇지요?"

"좀, 그렇습니다. 하지만 신님이 그 전설의 신이길 바라는 마음이에요."

"그렇다면 나를 굳이 지키려고 애쓰실 필요가 없겠네요. 그렇죠?"

"예?"

"내가 그 전설의 신이 아니라면 죽든 말든 상관없잖아요."

"아니, 아니, 그건 안 되죠. 나라신께서 우리 영역의 신이 다른 나라신에게 소멸당하는 건 절대 안 된다고 하셨어요. 그건 저도 마찬가지고요. 우리 영역의 신들은 우리 영역의 힘으로 보호해야 하는 임무가 나라신과 관리신들에게 있거든요. 그래서 영역을 지키는 군대가 존재하고요. 그건 신님의 능력과 상관없는 일이고 어쩌다 보니 신님이 왕신들의 표적이 되었기 때문에 나라신께서 더 신님에게 신경 쓰는 이유이기도 하고요. 그리고 혹시 누가 압니까? 전설의 신은 아닐지라도 압도적인 그 빛으로 천왕이나 자연왕이 될지요."

"그래요. 나라신을 만나면 제가 감사하게 생각한다고 전해 주세요. 그리고 행정관도 고맙고요. 다들 신경 써 주셔서 고맙고 한편으론 부담스럽고 그러네요."

무영의 말에 행정관이 푸근한 미소를 지으며 대답했다.

"신님이 아니라도 그랬을 거예요. 부담은 갖지 마세요."

"밖에 군신들이 지키고 있다고 했지요?"

무영이 묻자 행정관이 고개를 끄덕였다.

"그건 내가 여기 있다고 알려 주는 모양새인데 오히려 안 좋지 않을까요?"

행정관이 잠시 생각하더니 입을 열었다.

"아니요. 여긴 서울 한복판입니다. 외부 세력이 함부로 움직일 수 없는 장소라 경호만 잘 받으신다면 멀리 가지 않는 선에서 활동하셔도 될 것 같습니다. 외진 곳에서 저들의 눈에 띄면 거침없이 공격할 것이라 더 위험할 수 있거든요."

소영진이 무릎을 쳤다.

"아! 그럴 수도 있겠네. 근데 왜 처음에 신님을 우리 집으로 모셔 왔어?"

"외곽에는 신들이 없어서 눈에 덜 띌 줄 알았거든. 근데 그게 아니더라. 도시는 희미한 불빛이 신님의 빛을 좀 가려 주는데 외곽에서는 빛이 없으니까 더 도드라지게 빛이 나더라고. 그래서."

"역시 생각하는 건 나보다 위네. 그럼, 신님과 여기 강남 거리 활보하고 다녀도 되는 건가? 응?"

소영진의 얼굴이 밝아지면서 행정관에게 물었다.

"여기 있는 이걸로 최대한 가리고…… 마스크, 모자, 안경, 목도리, 장갑도 끼시고요. 빛이 가려질 수 있도록 하시면 강남 불빛이 워낙 좋으니까 어느 정도 커버가 될 거예요. 그래도 빛이 워낙 강해서 새어 나가기는 하지만요."

소영진이 두 주먹을 치켜들고 환호성을 질렀다.

"예~쓰. 드디어 강남 거리를 활보하게 되었구나. 흐흐흐…… 이게 다 신님 덕분이에요."

"저 음흉한 웃음소리는 뭐람. 어이구! 저 친구가 안 그랬는데 왜 저렇게 변했지. 신님, 저 친구에게 무슨 마술이라도 걸었습니까? 저 친구 필요한 말 외엔 안 하던 친구였거든요."

행정관이 소영진이 나대는 것을 보고 질색했다.

"어, 그래요? 이상한데요. 처음부터 그랬던 것 같았는데요. 지금보다는 좀 더 점잖았었나?"

무영의 말에 소영진이 대답했다.

"신님을 만나고부터 뭔지 모르겠지만 마음이 편해졌어요. 제가 무늬만 종교가 있었는데요. 누구에게 의지하거나 믿음이 생기면 이런 느낌일 거란 생각이 들 정도예요. 그리고 그 느낌 그대로 신님은 제겐 종교의 왕신님이세요."

"난 무교예요."

무영이 말하자 소영진도 지지 않고 대답했다.

"저도 무교예요. 전에 불교라고 말씀드렸지만, 엉터리 신자였고요. 신님이 무교인 건 당연하고요. 신님 자체가 제가 믿고 따라야 할 위대한 왕신님이신걸요."

행정관이 입을 쩍 벌렸다.

"허, 어이구, 신종교가 탄생했구먼. 신님의 이름을 따서 무영교라고 해야 하나. 이 친구 참 어처구니가 없네."

"아! 나도 어처구니가 없다구. 내가 왜 이러는지 몰라. 그냥 그렇게 돼. 이 친구야. 내 이 두 다리가 없었다구. 저놈들에게 당해서 두 다리가 없어졌는데 신님이 되돌려주셨어. 신계니까 두 다리가 없어도 괜찮다고 생각했는데 말이야. 두 다리가 생겨날 때 얼마나 찌릿찌릿했는지 모를 거야. 그리고 신님의 상처도 깨끗하게 치료하셨다고. 신계에서 이렇게 하는 의사도 못 봤고, 아무도 할 수 없는 걸 하셨어. 자네는 못 봤지만 말이야. 나는 이 두 눈으로 똑똑히 봤어."

소영진이 목소리를 높이자, 행정관이 고개를 끄덕였다.

"아, 맞다. 원래 그 능력이 있었어요? 그렇다면 의사를 하셔도 돈 많이 버시겠는걸요? 이 신계에는 사고로 온몸이 망가져서 들어온 신들이 많아요. 그 신들 고쳐 주면 명의가 되시겠는걸요?"

"예? 아니 무슨 말씀을 그렇게 하세요. 나를 보자마자 죽이려고 안달이 난 신들 틈바구니에서 의사라니요. 말도 안 되는 말씀을 하시네."

무영이 어이없는 표정을 짓자, 행정관이 머쓱한 표정을 지었다.

"아니, 이 신계에 보기 흉한 꼴로 다니는 신들이 많잖아요. 전쟁터에서 두개골이 나간 상태에서 온 신, 팔다리가 부러져서 제멋대로 덜렁거리는 신, 부러진 팔다리를 들고 다니는 신, 교통사고로 피떡이 되어 온몸이 부서져 흔들거리며 다니는 신, 사고로 내장이 터져서 장기를 손으로 받쳐 들고 다니는 신, 싸우다가 골절되고 살이 터져서 온 신…… 신계니까 봐 주지 이승이었다면 차마 눈 뜨고 볼 수 없는 그들을 볼 때마다 안타까운 생각이 들거든요. 그래서 그만 그렇게 말이 나갔어요. 미안합니다."

"에~휴, 그 왕신들만 아니었어도 내가 돈 받는 사무 보고 신님이 환자들 치료하면 떼돈을 벌 텐데. 아깝다."

소영진이 농담을 하자 행정관도 맞장구쳐 주었다.

"그래, 그랬으면 찰떡궁합이었을 건데 애석하구먼. 신님! 치료의 능력은 빛에 의한 능력이 맞지요?"

무영은 뜸을 들이다가 대답했다.

"그렇죠. 하지만 모르겠어요. 언제부터 생겨난 능력인지 저도 제가 다치고 회복되는 것을 보고 소영진 신을 치료한 것이니까요."

무영은 서금화와 윤검군을 비롯해 조상신들까지 치료한 전례가 있었지만 굳이 밝히지 않았다. 빛에 의한 능력이 분명했지만 능력이 과대 포장되는 것을 우려해 밝히지 않고 두루뭉술하게 넘어가려고 했다.

행정관이 단호하게 말했다.

"빛의 능력이죠. 이승에서 수도를 한 결정체이고, 그 결정체는 힘으로 발현되니까요. 그래서 왕신들이 그 빛의 힘으로 모든 신들 위에 군림하는 거예요."

"음, 우리 행정관 말 잘하네. 정말 빛의 능력이 대단해. 이럴 줄 알았으면 이승에 있을 때 나도 수도를 좀 해 둘 걸."

소영진의 말에 행정관이 헛웃음을 터트렸다.

"허허, 참. 누가 몰라서 못 하나. 여기서 알아도 우리가 이승에서 아기로 태어날 땐 아무것도 생각이 안 나잖아. 그리고 살다 보면 인간 세상의 요구가 수도와 반대 방향이니까 할 수가 없는 거지. 생각나고 안다면 누구나 하겠지."

소영진이 입을 씰룩거렸다.

"'정화의 숲'을 탓해야 하는 건가?"

"아냐. '정화의 숲'이 없으면 전생, 전전생의 기억까지 다 가지고 이승에 태어나 봐. 전생의 인연과 현생의 인연이 얽혀서 뒤죽박죽되고 기억 용량이 넘쳐서 사람들 다 미쳐 버릴걸. 이승의 질서와 신계의 질서를 위해 '정화의 숲'이 존재하는 거지."

"그렇긴 한데 좀 아쉽네."

무영이 소영진의 아쉬운 마음을 달래 주었다.

"괜찮아요. 착하게만 살아도 어느 정도 기회가 주어지니까요."

"맞아요, 축생계로만 떨어지지 않으면 기회는 언제나 주어지니까요."

행정관도 무영의 말에 수긍하였다.

"어쨌든, 나라신을 언제 만나게 될진 모르지만 불편한 점 있으시면 이 친구를 통해 연락하세요. 신님을 지키기 위해선 군대를 동원해도 된다고 하셨으니까 전처럼 맥없이 타 영역으로 끌려가는 일은 없을 겁니다."

"알았어요. 고마워요."

행정관이 무영이에게 고개를 숙이고 서서히 사라졌다.

"밖에 나가서 경비원이 얼마나 있나 보고 올게요, 신님!"

"나가지 않아도 돼요. 총 열세 명이 있고 나가도 보이지 않게 몸을 숨기고 이곳을 주시하고 있어요. 그리고 내 옆에 있으면서 보고 듣는 거 다른 신들에게 말하지 않았으면 좋겠어요. 나도 내 능력이 얼마나 되는지 모르니 내 상태가 밖으로 어떻더라면서 퍼져 나가는 건 위험하거든요. 알아들으셨나요?"

"예!"

"행정관을 못 믿는 건 아니지만 앞으로는 행정관에게도 나에게 벌어지는 일들에 대해 말하지 말라는 소리예요. 말하고 싶어도 참아야 해요. 그렇지 않으면 나와 같이 못 있을 거예요. 알아들으셨죠?"

"예!"

행정관이 있을 때 나대던 모습은 간데없고 다시 차분해진 소영진이었다.

소영진은 무영의 능력에 대해서 행정관에게 자랑하고 싶었던 것이겠지만, 그 자랑이 밖으로 나가면 왕신들이 듣게 될 것이고 자신들을 위협하는 신이라는 걸 확신하며 더욱 무영을 죽이려고 덤벼들 것이다. 무영으로선 소영진의 입단속이 필요한 이유였다.

무영은 자기 능력이 얼마나 되는지 몰랐다. 언제까지 이래야 하는지 알 수 없지만 스스로 지키면서 능력을 개발해야 했다. 팔에 힘을 주고 뻗으면 강력한 빛줄기가 나갔고 휘두르면 회오리바람처럼 몰아치기도 했다. 중국 변방에서 온몸의 힘을 끌어모아 두 팔을 뻗었을 때는 자신도 놀랄 만큼 무시무시한 빛으로 주변을 초토화시켰었다. 마치 어마어마한 폭탄을 터트린 것처럼.

그러다 문득 소스라치게 놀랐다.

'맙소사! 내가 언제부터 이렇게 호전적이었나. 중국에서 그렇게 신들을 소멸시키고도 마음이 아무렇지도 않다니…… 기막히군.'

소영진이 마스크와 모자들을 손에 들고 무영을 쳐다보았다.

"응? 밖에 나가자고요?"

"네!"

"혼자 다녀오세요. 같이 나갔다가 뭐라도 있으면 소란스러워지니까 난 여기 있는 게 좋겠어요."

"그래도 저 혼자 가는 것보다 같이 다니시는 게…… 가리면 되잖아요. 이걸로."

"나는 강남에서 나고 자랐어요. 강남 거리에는 별로 관심 없어서 그래요."

"저어…… 그럼, 저 혼자 구경 다녀올게요. 신님!"

무영이 거부하자 소영진이 마지못해 인사를 하고 혼자 나갔다.

혼자가 되자 빛의 사용법을 확실하게 알기 위해 이것저것 시험해 보기 시작했다. 두 손을 둥그렇게 모아 그 안에서 빛을 응축시키자 두 손이 바르르 떨릴 정도로 빛의 밀도가 세졌다. 잘못 놓았다가 집이 날아갈 수도 있어서 서서히 빛을 풀어 집 주위를 감싸는 결계를 쳤다. 몸에서 나는 빛은 무영의 몸을 지키지만, 결계는 누구든 집에 들어오는 것을 허락하지 않을 것이다.

제대로 됐는지 확인할 길이 없던 차에 밖에서 소영진이 큰 소리로 불렀다.

"신님!"

소영진이 들어올 수 없게 되자 무영을 부른 것이다.

무영이 내심 뿌듯해하며 결계 밖으로 나갔다.

소영진이 문밖에 나타난 무영을 보며 눈을 껌벅거렸다.

"아니, 아까까지 괜찮았는데 갑자기 왜 이래요? 집에 들어가지질 않아요. 뭐가 있는 것처럼 튕겨 나와요."

"네, 내가 결계를 쳤어요. 여기서는 더 필요할 것 같아서요."

"결계? 무협지에서나 봤던 건데…… 우와! 그럼, 저는 어떻게 들어가요?"

무영은 말없이 소영진의 팔을 잡고 안으로 들어갔다.

"아! 신님을 통해서만 들어갈 수 있군요. 어이쿠, 아파라."

"나가는 건 마음대로 나갈 수 있지만 들어오는 건 마음대로 안 될 테니 말하고 외출하세요."

무영이 소영진의 팔을 놓으며 주의를 주었다.

"예, 신님! 알겠습니다. 그럼, 누가 이곳을 침범하지 못하겠군요.

그렇죠?"

"그건 모르겠어요. 처음 해 본 거라서요. 튼튼했으면 좋겠네요."

소영진이 엄지를 치켜세우며 무영의 능력을 찬양했다.

"처음 하시는 거라면서 뭐든 완벽하게 하십니다. 역시 신님이세요. 제가 밖에서 보고 온 것 말씀드릴게요."

무영은 소영진의 말을 막으려다 그만두었다. 밖의 사정은 보지 않아도 마음만 먹으면 다 보였기 때문에 굳이 듣고 보지 않아도 알 수 있었기 때문이다. 다만, 소영진이 보고 온 것을 자랑이든 보고든 하고 싶어 하니까 들어 주려는 것이다.

소영진이 강남 거리의 휘황한 네온사인 불빛을 이야기하다가 반응 없이 듣고 있는 무영의 눈치를 살폈다. 그러다 말을 바꾸어 뜬금없이 질문했다.

"그전에 신님, 신님의 능력은 어디까지인지 정말 궁금합니다. 최소한 왕신들의 능력만큼 되지 않습니까? 이미 왕신들의 능력을 넘어서신 것 아닐까요? 저는 그 전설의 신이 신님이라는 생각이 들거든요. 신님을 보면 볼수록 확신하게 돼요."

"그런 말도 하지 마시고, 이 능력이든 저 능력이든 어디 가서 얘기하지 말아요."

"이제 외출도 못 할 텐데 어디 가서 얘길 하겠어요. 신님에게나 이렇게 떠벌이지 다른 데서는 입이 무겁다구요. 정말이에요."

무영이 피식 웃었다. 그 말은 사실이었다. 오랫동안 혼자 있다 보니 이야기 상대가 그리워진 소영진이 무영을 만나서 묵혀 뒀던 이야기 보따리가 풀린 것이다.

다시 무영이 알고 있는 강남 거리 얘기를 소영진이 열을 내며 했다. 대형 홀로그램과 끝도 없이 밝혀진 네온사인들, 예쁜 여자들에 대한 칭찬에 목소리를 높였다.

"또 의외의 면이 있군요."

환하게 웃는 소영진을 보며 무영도 편한 마음으로 웃었다.

"제가 혼자 다니면서 다른 신들을 보면서 느낀 건데요. 제가 왕신님을 본 적은 없지만 역시 신님의 빛과 능력이면 다른 왕신님을 넘을 거예요."

소영진이 갑자기 말 방향을 바꾸자, 무영이 뒤로 물러나며 목소리를 높였다.

"어허, 그런 소리 하지 마세요. 그런 가능성이 있다는 이유로 내가 쫓기고 있는 거잖아요. 그런 말이 나가면 그들이 더 확신을 갖고 나를 죽이려고 덤벼들어요."

"아, 예! 나가서는 당연히 안 하지요. 제가 지금 신님을 너무 영광스럽게 독차지하고 있어서 황송해서 그렇지요."

"이 안에 있으면 답답할 테니 할 일을 찾아서 하세요."

"광주에서도 혼자 뚝 떨어져서 지냈는걸요. 전 신경 쓰지 마세요. 저쪽 방과 거실에 주로 있을 거예요."

그리고 소영진은 거실로 나갔다. 잠시 조용하나 싶었는데 다시 소영진이 들어왔다.

"신님, 이것 보세요. 행정관에게서 홀로그램이 왔어요. 같이 보세요."

소영진이 손으로 네모를 그리자 그 안에 글이 나타났다.

'타 영역의 수상한 신들이 대거 들어왔음. 주의 요망!'

소영진이 홀로그램의 글을 옆으로 밀자 다른 글이 나타났다.

'우리 당국에서 추적 관찰 중이므로 되도록 집 밖으로 나오지 말 것.'

무영을 노리는 것으로 추정되는 신들이 대거 영역 내로 들어왔으니 집 밖으로 나오지 말라는 주의였다.

"아니, 이놈들이 신님에게 덜 혼났나 봅니다. 아주 깡그리 쓸어 버려야 정신 차리지 않을까요?"

무영은 팔짱을 끼고 생각에 잠겼다.

자신이 이미 다섯 왕신들에게 노출되어 경계의 대상이 되어 있다면 싸움을 피할 수 없었다. 홀로그램의 내용대로라면 일반 신들이 들어왔다는 것인데 그들이 무영의 상대가 안 된다는 것은 이미 겪어서 알고 있을 것이다. 상대가 안 된다는 걸 알면서도 왔다고? 우리 영역은 무기 반입도 안 되는데 무슨 수로 덤빈다고 일반 신들이 온 걸까? 일반 신을 가장한 군신들 아닐까?

일반 신들뿐만 아니라 군대까지 물리쳤는데 이런 상황을 왕신들이 모를 리가 없었다. 무영은 은근히 왕신들의 등장을 기대하고 있었다. 하지만 자신의 능력치도 가늠할 수 없는 데다 왕신들도 실질적으로 부딪쳐 본 신이 없어서 그 능력을 정확히 아는 신이 없었다. 아무튼 들은 대로라면 엄청난 능력임은 틀림없었다.

이런저런 생각을 하다 무영은 깜짝 놀랐다.

'와~! 정말 내가 이렇게 싸움을 좋아하는 성격이었다는 데 자꾸 놀라게 되네.'

어린 시절의 성격은 다른 아이들에게 항상 맞춰 주는 편이었다. 자기 성격을 드러내지 않고 다른 아이들의 말을 다 들어주다 보니 가방도 들어다 주고, 때로는 용돈까지 뜯기기도 했지만 미래가 옆에서 막아 주는 역할을 해서 크게 당하지는 않았었다. 싸울 일이 생겨도 용서를 구하고 지는 쪽을 택했기 때문에 싸움이나 다툼하고는 거리가 멀었었다. 그러다 바뀐 건 수도를 하고 수도 중에 나타난 신들 때문이었다. 기다란 칼을 들고 살벌하게 덤비던 장수와 맞닥뜨리고 섬뜩한 칼날이 자신에게 겨누어지면서 시작되었다. 살기 위해 도망치다가 엉겁결에 뻗은 팔에서 빛이 나가는 걸 알게 되었고, 짐승들은 물론 가지각색의 무기를 들고 나타나는 장수들도 상대했다. 그렇게 신계에서의 싸움을 예습한 셈이니 그동안 무영의 성격은 자신도 모르게 조금씩 변한 것이다. 외적으로는 여전히 마르고 소심해 보였지만 내적으로 점점 강해진 것이다. 또한 그것은 신계로 들어온 지금 이미 학습한 효과에 따라 엄청난 능력치로 발현되고 있었다.

'이승과 저승을 연결해서 학습을 시키고 써먹게 한다? 누가 나에게 이렇게 시키는 것인가? 아니면 우연인가?'

원래 운명이 그런 건지, 아니면 누군가 운명을 가지고 장난치는 건지……. 무영은 새삼스럽게 자신이 겪어 온 모든 게 우연이 아닐 수도 있겠다는 생각이 들었다.

무영이 집중하면 주변 상황이 훤히 보였다. 문득 다른 신들도 이런지 궁금해진 무영이 소영진에게 질문했다.

"바깥 상황이 어떤 거 같아요?"

소영진이 곧바로 대답했다.

"나가서 알아보고 올까요? 아니면 홀로그램을 볼까요?"

무영이 빙그레 웃었다.

"아뇨, 그냥 해 본 말이에요."

"행정관이 나가지 말랬으니까 안 나가는 게 답일 거예요. 무슨 일이 있으면 또 홀로그램을 보내겠죠."

역시 일반 신들은 돌아다니지 않으면 보이지 않는다. 파견된 군신들이 집 주위를 지키고 있고 별다른 이상 없이 일상이 유지되고 있었다.

얼마나 지났는지 밖의 군신들이 누군가를 주시하는 움직임이 포착됐다. 스카프를 쓴 백인 여자가 무영의 집 앞을 지나는 걸 군신들의 시선이 따라가고 있었다. 무영은 집 안에 앉아서 그 여자를 자세히 들여다보았다.

백인 여자였지만 스카프를 히잡처럼 마무리해서 아랍계라는 걸 나타내고 있었고, 자꾸 무영의 집을 곁눈질하면서 천천히 지나고 있었다. 그리고 이곳을 지나는 게 벌써 세 번째였다.

'탐색을 위한 것이다.'

무영이 지켜보는 가운데 호위 군신들이 자꾸 왔다 갔다 탐색하는 여자가 거슬리는지 주목하는 중이었다. 여자가 오른쪽에 있는 무영의 집 앞을 지나며 팔을 옆으로 쭉 뻗는 자세를 하자 즉시 결계와 부딪쳐 작은 빛이 튀었다. 그러자 주위에 있던 호위 군신 두 명이 와서 제지했다.

"뭐 하는 거냐?"

군신들이 집을 등지고 여자를 막자, 여자가 팔을 내밀었다.

"여기 이상해요. 뭐가 있는지 자꾸 빛이 튀거든요. 신기해서요."

"빛이 튀든 말든 당신이 알 바 아니니 어서 가."

여자가 지지 않고 무영의 집을 손으로 가리켰다.

"당신들은 뭐예요? 당신들이 뭔데 지나가는 신 붙잡고 가라 말라 하는 거예요?"

"이 여자가! 우린 이곳을 지키는 군신이야."

호위 군신 하나가 화가 나서 인상을 찌푸렸다. 여자의 얼굴을 유심히 지켜보던 또 한 명의 군신이 물었다.

"이곳은 왜 왔소? 어느 영역에서 왔소?"

"한국이 좋다고 소문이 나서 이곳에서 살기 위해 왔어요. 소문대로 살기는 좋은 것 같은데 군신이 일반 신을 붙들고 불편을 준다는 얘긴 못 들었군요."

"여긴 예외 지역이라 그렇소. 어디에서 왔냐고 물었소. 유럽계 같소만."

"네, 맞아요. 묻지 않아도 복장에서 딱 나타나잖아요."

여자가 자기 복장을 가리키며 넘어가려고 하자 군신의 표정이 바뀌었다.

"예쁘다고 봐주지 않소. 말 빙빙 돌리지 말고 대답하시오. 어느 영역에서 왔냐고 물었소."

여자의 눈꼬리가 조금 올라갔다. 여기저기서 군신들이 모습을 드러내고 있었기 때문이다.

"흥, 뭐 대단한 신이 있나 보군요. 군신들이 빙 둘러서서 지키고 있다니."

"이 여자 정말 안 되겠군. 하라는 대답은 안 하고 말을 돌려."

"이곳의 정식 군신인지 경찰인지 신분증도 제시 안 했잖아요."

"이 신이 왜 이래?"

군신 하나가 주머니를 뒤져서 신분증을 보이며 여자의 신분증도 요구했다.

"원래 가지고 다니다가 분실 위험이 있어서 일행에게 맡겼어요. 일행을 불러서 확인시켜 드릴게요."

"계속 수를 쓰네. 수상하니까 일단 연행해."

"그래! 아무래도 안 되겠소. 일행이 어디 있는지 모르지만, 신분이 확인될 때까지 가까운 곳으로 연행하겠소. 당신, 수상한 점이 한두 가지가 아니요. 어이!"

군신이 동료를 부르는 신호를 보내자, 사방에 흩어져 있던 군신들이 몰려들었다. 동시에 여자가 눈을 크게 뜨며 비명을 질렀다. 옆에 있던 군신이 여자를 안심시키기 위해 고개를 돌리자 여자가 품에서 무기를 꺼내 들었다. 호위 군신들이 놀라서 일제히 경계 태세를 갖추며 무기를 꺼내 들었다. 여자에게 겨눠진 총이 채 자리를 잡기도 전에 어디선가 광선이 빗발처럼 군신들을 향해 날아왔다.

군신들이 깜짝 놀라 급히 몸을 피하는 사이 여자가 높이 뛰어올라 광선이 발사된 곳으로 날아가 사라졌다. 군신 하나가 외쳤다.

"역시 위험한 여자였다. 잡아라!"

군신 일곱이 광선총을 쏘는 곳으로 가고 나머지는 집 앞을 에워쌌다. 군신들이 사라진 쪽에서 한바탕 총격전이 벌어졌는지 빛이 번쩍번쩍하더니 이내 잠잠해졌다.

군신 다섯이 도망갔던 여자와 턱수염이 시커멓게 난 남자 셋을 잡아 왔다.

"두 명은?"

"이놈들이 쏜 총에 소멸했습니다. 이놈들 셋도 소멸했고요."

여자만 멀쩡하고 잡혀 온 세 명도 팔다리가 너덜너덜해져 있었다. 여자가 아까와는 다르게 딱딱하게 굳은 표정으로 먼 산만 바라보고 있었다.

"추가 군신 보충하고 이놈들 족쳐 봐."

"아랍 신들이구먼. 서양 신들과 아랍 신들과는 확연히 다르지. 얼굴형도 수염도 머리카락도……."

군신 하나가 아랍 신의 주머니를 뒤지더니 수첩을 찾아냈다.

"어라, 국적이 중국인데?"

"중국이라고? 생긴 건 중동 계열인데?"

군신들이 중얼거리면서 여자와 남자들을 데리고 사라졌다.

잠시 후, 다른 군신들 여럿이 무영의 집 주변에 추가로 나타났다.

집 안에서 모든 걸 지켜본 무영이 생각에 잠겼다.

'중국 신이라고? 소영진 신과 내가 갔던 중국 북서쪽 끝자락 미르왕의 신자들과 같은 일행이다. 왜 미르왕의 신자들이 유독 그러는 거지? 종교에 대한 충성심은 태양왕 신자들도 대단한데…… 백호왕 신자들도 그렇고…….'

소영진이 들어왔다.

"행정관이 홀로그램을 보냈어요. 집 앞에서 소란이 있었대요. 중국 신들이었는데 여자 하나에 남자 셋, 모두 네 명이 잡혔대요. 이게 군신이 집 앞에서 잡아간 신들에 대한 거예요."

소영진이 손으로 허공에 네모 각을 그리자 홀로그램이 나타났다.

'중국 국적으로 모두 미르왕의 열렬한 신자임. 우리 영역의 재진입을 허가하지 않는 조건으로 추방했음.'

"새끼들, 하룻강아지 범 무서운 줄 모른다더니. 딱 그 모양이네요. 여기가 어딘 줄 알고 까불어. 일반 신도 못 이기는 주제들이 감히 신님을 해코지하려고 덤비다니요. 가소롭게."

"내가 있는 곳이 알려졌으니 이게 끝은 아닐 거요. 거처를 옮겨야 할 것 같아요. 여긴 신들의 왕래가 많은 곳이라 유사시에 다른 신들이 희생될 수도 있어요. 소영진 신의 집으로 갑시다. 그곳은 좀 한적하니까요."

"예? 아! 저야 좋죠."

"어!"

무영은 뭔가 큰 덩어리가 자신을 향해 빠른 속도로 다가오는 것을 느꼈다. 생각할 겨를도 없이 무영은 소영진의 손을 잡고 집을 뛰쳐나왔다. 그리고 집 주위에 바람을 일으켜 근처에 있던 신들을 모두 날려 보냈다.

"쾅!"

엄청난 소리와 함께 무영의 집 위로 엄청난 규모의 빛이 확 퍼졌다. 결계에 부딪혀 불꽃이 튀고 옆집과 도로가 일부 녹아 버렸다.

무영이에게 손목을 잡힌 채 멀찍이 떨어져 있어서 화를 모면한 소영진이 놀란 가슴을 쓸어내리며 무영을 쳐다봤다.

"세상에…… 신님! 큰일 날 뻔했습니다. 으아~ 잠시도 맘을 못 놓겠습니다."

"앞으로 계속 이런 식일 거요. 그러니 아직 늦지 않았어요. 죽기 싫으면 어서 떠나요."

잡았던 손을 놓자 소영진이 입을 씰룩거렸다.

"또 또 그런 말씀 하십니다. 그런 말씀 들을 때마다 제가 아주 쓸모없는 신이 되어 버린 것 같아 몹시 자괴감이 듭니다. 제발 그 말씀은 하지 마십시오."

"봤잖아요. 계속 겪고 있으면서 모르겠어요? 이승 속담에 '모진 놈 옆에 있다가 벼락 맞는다'잖아요. 내 옆에 있다가 오늘처럼 언제 벼락 맞을지 모른다고요."

"신님, 제가 그 벼락 맞을 테니까 그런 말씀 좀 하지 마세요."

"고집불통이군. 신이 벼락 맞으면 내 마음이 안 좋을 거요."

"의리라고 생각합니다, 저는."

"똥고집이지. 목숨과 바꿀 수 있는 건 없어요."

"멋진 의리를 폄하하지 마십시오."

"다시 말하지만, 목숨보다 소중한 건 없어요."

"저에겐 신님에 대한 의리와 신의와 믿음이 살아 있는 가치의 전부입니다. 이미 한 번 죽었는데 뭐가 무섭겠어요. 아니 이번까지 두 번이군요. 신님 옆에 있어서 살았으니 더 이상 쫓아내려 하지 마십시오."

"멋대로군요."

"예! 제멋대로 할 겁니다. 그나저나 중국이면 자연왕인데 왜 이렇게 신님을 못 잡아먹어서 안달일까요?"

"중국 신들의 소행이 맞기는 한데 어째 좀 이상한데요?"

"예?"

"중국 신들은 이런 정교한 무기를 퍼부을 능력이 안 돼요. 특히나 우리 영역은 이런 무기 반입이 금지되어 있으니 더 말이 안 되죠."

"어, 말씀을 듣고 보니 정말 그렇습니다. 어떻게 된 일일까요?"

"다른 왕신이라면…… 아니 왕신이 직접 한 걸까요?"

"예?"

어리둥절해하는 소영진 너머로 빛무리가 가라앉으면서 주위가 드러났다.

"저런, 위쪽 결계가 깨졌구나."

무영은 서둘러 집으로 가 보았다. 위쪽으로 둥그렇게 쳐 놓은 결계가 찢어져 구멍이 뻥 뚫려 있었다.

"어이구, 놈들 고약하네. 얼마나 쎈 폭탄이길래 이 정도까지 부서졌담."

소영진이 뻥 뚫린 결계 안을 들여다보다 깜짝 놀랐다.

"신님! 집은 전혀 안 부서졌어요. 결계에만 구멍이 뚫린 거예요."

"그렇네요."

무영이 무표정한 얼굴로 대답하고 결계 주위를 한 바퀴 꼼꼼히 돌아봤다. 다행히 결계가 튼튼하게 막아 주어 집은 안 부서졌지만 결계 밖의 옆집과 골목길 도로는 엉망이었다.

"이걸 어떻게 하지. 본의 아니게 민폐를 끼치게 되었네."

무영이 심란한 표정으로 내려다보며 중얼거렸다.

이때 무영의 바람으로 튕겨 나갔던 군신들이 무영의 주위로 모여들었다.

"안녕하세요. 신님! 그동안 우리가 지켰던 신님이시군요. 뵙게 되어 영광입니다.”

군신 하나가 머리를 깊숙이 숙여 인사하자 다른 군신들도 일제히 허리를 접어 인사했다.

“영광입니다.”

“그동안 고생들 하셨어요.”

무영이 같이 인사하며 작은 웃음으로 그동안의 노고를 치하했다.

“다치신 데는 없으십니까?”

군신 한 명이 무영에게 물었다.

“없어요. 나보다 그대들이 다친 곳이 있군요. 그쪽, 허리를 다쳤나요?”

무영이 한 군신을 가리키자, 그가 허리에 한 손을 짚고 무영의 앞으로 왔다.

“조금 다쳤는데 괜찮습니다. 신님이 괜찮으셔서 정말 다행입니다.”

무영이 다른 군신을 가리키며 나오라고 손짓했다. 그도 다쳤는지 한쪽 다리가 덜렁거렸다.

“나 때문에 이렇게 됐으니 미안해요. 치료는 내가 해 줄 테니 잠시 모두 우리 집으로 들어갑시다. 결계는 뚫렸어도 집은 부서지지 않았으니 쉬는 데는 지장 없을 거요.”

“안 됩니다. 신님과 친구분은 들어가시고 우리는 이곳에서 신님을 지키겠습니다.”

군신 하나가 완강히 거부하자 소영진이 웃었다.

“신님 덕분에 당신들도 산 줄 아시오. 물론 나도 그렇고요.”

“예! 물론입니다. 왜 나라신이 신님을 지키라고 하셨는지 이유를 알겠습니다. 전, 전 이렇게 빛나는 신을 본 적이 없어서……. 혹시 왕신님은 아니시지요? 제가 알기론 이렇게 빛나는 분들은 왕신님들밖에 없다고 들었거든요."

"그러니까 왕신이 바뀔까 봐 이렇게 신님을 없애려고 난리지요. 나쁜 놈의 새끼들."

소영진이 뚫어진 결계를 안타까운 마음으로 내려다보며 말했다.

"아! 우리 영역에서 왕신님이 나올까 봐…… 신님을 그래서 공격하는구나."

"신님을 지키는 황송한 일을 하게 되다니, 영광입니다."

군신들이 저마다 무영을 우러러보며 탄복했다.

군신들은 무영과 빛 때문에 일정한 거리를 두고 있었다. 무영이 다친 군신들 옆으로 다가와 다짜고짜 다친 부위를 움켜잡았다. 깜짝 놀란 군신들이 비명을 질렀다.

"아~악!"

"죽지 않으니 조용히 하시오. 몸이 저릿할 뿐이고 날아간 살이 돋아나는 것이라 좀 아플 것이오."

무영의 말에 허리와 다리를 잡힌 군신들은 고통을 참는 신음 소리만 내며 견뎠다.

주위에 있던 군신들이 눈을 휘둥그레 뜨고 둥글게 모여, 새살이 돋아나고 떨어져 덜렁거리던 다리가 제자리를 찾아가 붙는 것을 지켜보았다. 두 군신도 몸을 움찔거리면서 저리고 아픈 것을 참고 자신들의 몸이 정상으로 되돌아가는 과정을 눈에 담았다.

완벽하게 원래의 몸으로 돌아가자, 무영은 다시 자신의 빛 밖으로 군신들을 내보냈다. 주위를 둘러싸고 있던 군신들은 탄성을 질렀다.

"우~와! 역시 신님이십니다."

두 군신은 무영에게 넙죽 엎드려 큰절하며 고마워했다.

"감사합니다, 신님! 정말 감사합니다."

"많이 아팠을 거예요. 잘 견뎌 주셔서 내가 고맙네요. 나 때문에 다친 것이니 당연한 거요. 대신 나에게 이런 능력이 있다는 걸 누구에게도 말하지 마시오. 가까운 신이든 나라신이든 말이요."

"예?…… 예! 알겠습니다. 신님!"

"신님, 굉장한 능력이신데요. 나라신께는 알려야 하지 않을까요?"

치료받은 군신의 말에 무영이 검지손가락을 입에 댔다.

"아니요, 절대로 말하지 마세요."

무영이 주위의 집들까지 둘러보더니 고개를 흔들었다.

"나 때문에 이웃이 피해를 입게 되었어요. 또 이런 일이 생기면 안되니까 내가 이곳에 있으면 안 되겠어요. 저기……."

무영이 군신들을 쳐다봤다.

군신들이 황급히 머리를 조아리며 무영의 다음 말을 기다렸다.

"이 포탄을 누가 쐈는지 조사해 봐요. 날아온 방향은 저쪽이고 아직 범인들은 이곳 상황을 파악하느라 분주하군요. 잠시 뒤에 이곳에 들이닥칠 것이요. 나는 이곳을 피해 있을 것이니 당신들이 그 신들을 잡아서 잘 처리해 주시오."

말을 마치고 무영은 양팔을 휘둘러 구멍 뚫린 결계를 흔적도 없이 걷어 버렸다.

군신들은 눈앞에서 벌어지는 일에 놀라서 입을 다물지 못했다.

"뒤처리를 부탁합니다. 갑시다, 소영진 신!"

무영이 소영진을 붙잡더니 서둘러 자리를 떠났다.

"어, 어디로 가십니까? 우리는 신님을 지켜야 하는데요."

"신님!"

군신들이 난감해하며 무영과 소영진이 떠난 자리를 망연히 바라보았다. 그러나 감탄과 놀라움의 여운이 채 가라앉기도 전에 그들은 무영의 말을 수행하기 위해 재빨리 주변 집들 사이로 스며들었다. 잠시 후 십여 명쯤 되는 한 무리의 신들이 무영의 집 주위에 나타나더니 모두 놀라는 것 같았다. 그도 그럴 것이 무영의 집만 빼고 주위의 집들이 손상됐기 때문이다. 그들의 복장은 한국의 일반 신들과 다르지 않았지만, 얼굴은 아니었다.

"이거 왜 이래? 이 집을 겨냥했는데 이곳만 멀쩡하고 다른 집들만 부서졌잖아. 어떻게 된 일이야, 이게?"

"어. 타깃은 제대로 맞췄는데, 정말 이상하네."

"아까 정확하게 맞춘 거 확인했지?"

"확인했지. 정확히 맞췄다고."

"타깃은 정확했어. 봐. 주위 집들은 부서졌어. 이 집만 멀쩡하다고. 이건 말이 안 되는데."

"집이 부서지지 않았다는 건 안에 있던 신도 멀쩡하다는 거잖아."

다들 한마디씩 하며 시끌벅적 떠들고 있다가 한 신이 말했다.

"들어가서 확인해 봐야 할 것 같아. 집이 부서지지 않은 것으로 보아 멀쩡할 수도 있고, 충격으로 사망했을 수도 있으니까, 말이야."

"집이 멀쩡한데 어떻게 안에 있는 신이 죽을 수가 있겠어?"

"그래도 확인은 해야지. 안 그래?"

"맞아. 충격으로 죽을 수도 있으니까, 확인은 해야지. 내가 들어가 볼게."

낯선 신들이 무영의 집에 들어가려고 하자 주위에서 지켜보던 십여 명의 군신들이 일제히 덮쳤다. 당황한 외국 신들과 순간적으로 격투가 벌어졌다. 그 수가 비슷하다 보니 처음엔 대등한 것 같았지만 잘 훈련된 한국 군신들을 외국 신들은 당해 내지 못했다. 결국 차례차례 제압되고 가까운 군부대로 이송되었다.

소영진 소멸

무영은 소영진의 광주 집으로 돌아왔다.

"신에게 당분간 신세 좀 져야 할 것 같군요. 허락도 없이 내 집처럼 또 와서 미안해요."

"별말씀을요. 저야 영광이지요."

"큰일이네요. 대담하게도 서울 한복판에서도 나를 죽이려 들다니."

"그러게, 말입니다."

"아마 왕신들 전부가 나를 죽이려 한다면 난 누구의 손에라도 죽을 것 같아요. 나에게 우호적인 왕신은 없을 거니까. 중국 신들은 우리 영역에 많이 거주하고 있으니 언제라도 나를 공격할 수 있어요. 외모까지 우리와 비슷해서 구별할 수도 없고요. 난감하네요."

"덤벼봤자 다 박살 날 텐데요. 제 생각엔 다른 왕신님들보다 신님이 더 힘이 세요. 신님을 경계해서 저 난리를 치는 거 아니겠어요? 누가 오더라도 신님은 절대 지지 않아요."

소영진이 무영에게 힘이 되는 소리를 해 주었지만, 무영의 걱정은 계속되었다.

일개 신인 자신도 빛이 좀 난다고 이 정도의 힘을 쓰는데 다들 인정하는 왕신들의 힘은 얼마나 세고 다양한 능력이 있는지 알 수 없는 노릇이었다. 그렇다고 언제까지 도망만 치면서 방어할 수 있을까?

이 생각에 무영은 가슴이 답답해졌다. 변화가 필요했다.

무영은 두 팔을 들어 눈앞에 커다랗게 홀로그램을 띄웠다. 먼저 부모님을 찾자 연로한 모습으로 나타나 깜짝 놀랐다. 자신이 저승으로 올 당시 40대 후반이던 부모님이 60대에 들어서 있었다. 백발이 듬성듬성한 아버지는 정년퇴직을 앞두고 시간이 많아지자 정원을 가꾸는 데 취미를 붙여 시간을 보내고 있었다. 그 옆에는 아직 왕성하게 활동하면서 시간 날 때마다 아버지를 도와 풀을 뽑고 있는 어머니가 있었다.

'맙소사. 벌써 십수 년이 흘렀어. 신계에 들어온 지 얼마 안 된 거 같은데…… 훌쩍 세월이 흘러가 버렸네. 형은?'

대영은 대기업의 말단 간부가 되어 열심히 일하고 있었고 삼십 후반에 접어들었다. 결혼도 해서 예쁜 형수와 유치원에 다니는 조카들, 꽤 단란해 보였다. 노란색 가방을 메고 깡충거리며 깔깔 웃는 귀여운 조카들을 보자 흐뭇한 마음에 골치 아픈 생각도 잠시 떨쳐 버릴 수 있었다.

'자신도 이승에 있었으면 결혼도 하고 아이도 낳아 저렇게 살고 있을까?'

생각이 여기에 미치자 자연스레 미래가 홀로그램에 떠올랐다.

'헉! 미래가 이렇게 변했어?'

화장기 없는 맨얼굴에 긴 생머리를 뒤로 질끈 묶고 편안한 홈웨어 차림의 전형적인 아줌마 모습이었다. 소파에 앉아서 TV 리모컨을 만지작거리며 커피잔을 기울이는 여유 있는 모습에서 슬픈 그림자는 찾아볼 수 없었다. 삼십 대 중반이 된 미래는 회사원 남편을 만나 유치원생 딸을 두었다. 이십 대 중반에 소속 아이돌 팀이 해체되면서 솔로 가수로 활동을 이어오다 지인의 소개로 현재의 남편을 만나 가수 생활도 접고 결혼했다. 완벽히 자신의 존재를 지우고 현실에 충실한 평범한 일상을 살고 있었다. 여전히 하얀 피부에 날씬한 몸매를 유지하며 완숙미가 더해져 어릴 때의 청순미와는 또 다른 우아한 아름다움을 뿜어내고 있었다.

'다행이네. 여전히 예쁘고 사랑스럽고……'

유치원에서 돌아온 딸과 아기자기하게 노는 모습을 보니 조카를 보는 느낌과는 또 다른 묘한 감정이 들었다.

살아서 이승에 있다면 미래의 옆자리는 자신이어야 했고 아이도 자신의 아이여야 했다. 뭔지 모를 아린 감정이 밑바닥부터 올라왔다.

'나만 빼고 모두 잘살고 있어서 다행이다. 나만 지금의 상황에서 벗어나면 돼.'

감정을 누르며 홀로그램을 지우고 돌아앉았다.

'정화의 숲'에 스스로 찾아가는 것은 어떨까? 부를 때까지 기다리지 않고 스스로 찾아가는 신들도 종종 있으니 그렇게라도 하고 싶었다. '정화의 숲'을 바로 찾아가는 신들은 특별한 경우가 대부분이었고 '기록관' 신장의 허가가 있어야 했다.

'기록관' 신장이 허가해 줄지도 미지수였지만, 그렇게 되면 이 신계에서 얽힌 것으로부터 도망치는 것이었다. 곰곰이 생각하던 무영은 결국 모든 상황에 정면으로 부딪쳐 대응하기로 했다.

'어차피 여기까지 왔는데 모든 것은 순리에 맡기자. 죽든 살든. 죽으면 어차피 정화의 숲에 갈 테니까……. 상황이 바뀌기를 기다리자.'

숨을 들이쉬면 헛바람이 빠지는 것을 느끼며 숨을 고르고 앉았다. 그리고 주변에서 일어나는 것들이 변화하기를 기다렸다. 하다못해 면담하겠다던 나라신도 잊었는지 연락이 없었다. 인적이 뜸한 곳에서 외출도 안 하고 있으니 도발해 오는 곳도 없이 조용하였다.

"그거 보세요, 신님! 은신처로 여기보다 나은 데가 없어요."

"그런 것 같군요. 그건 뭐예요? 많이 보던 건데."

소영진의 손에 들린 것을 보고 무영이 물었다.

"댁에 가서 가져온 겁니다. 혹시 쓸 데가 있을까 해서요."

무영의 집에 있던 모자, 목도리, 마스크, 선글라스 등이었다.

"나갔다가 또 무슨 봉변을 당하려고 그래요. 그냥 이대로 있다가 '정화의 숲'에서 부르면 가야지요."

"근데 이 집에는 결계 안 쳐도 됩니까?"

소영진이 묻자 무영이 웃었다.

"발각돼서 뭐라도 날아들까 봐 걱정이군요?"

"아니, 그런 게 아니라……."

"결계를 쳤으면 벌써 발각됐을 거요. 그나마 내가 움직이고 있지 않으니, 기의 흐름이 읽히지 않아서 못 찾는 거예요. 내가 움직이면 바로 발견될지도 몰라요."

"그래서 가만히 계시는 거군요. 하지만……."

"하지만 뭐요?"

"밖에서 보면 집 안이 환해요. 다른 집들은 그냥 회색이고, 등이 있어도 조금 밝은 정도예요. 신들의 특성상 밝은 것은 피하니까요. 그런데 우리 집은 환해요. 저도 신님의 빛 때문에 간혹 녹아 버릴 것 같은 피로감을 느끼니까요."

"아! 그래서 이 방으로 오지 않고 거실에서 얘기하는 거군요. 그렇죠?"

"네, 맞아요. 제가 녹아 버리면 신님이 슬퍼하실까 봐요."

무영이 웃었다.

"그래서 집 안에 있으면서 이것들을 하고 있으란 거예요?"

무영이 소영진이 가져온 자신의 물건들을 받아 들며 물었다.

소영진이 멋쩍게 웃으며 얼버무렸다.

"아니 뭐, 신님이 하고 싶으시면 하시고요. 전 상관없습니다."

"아주 상관이 많아 보이는데요. 거 봐요. 나랑 있으면 불편하댔잖아요."

"불편하진 않습니다. 정말이에요. 간혹, 아주 간혹 신님의 빛이 너무 눈부셔서 제가 힘들 때가 있긴 하지만요."

"밖에서 보면 그 정도라 이거지요. 그럼 이미 들켰겠네요. 여기 있는 의미가 없겠어요."

"하지만 여긴 외딴곳이고 신들이 잘 지나다니는 곳이 아니니까 아직 모를 거예요. 알았으면 벌써 들이닥치지 않았을까요?"

"그럼, 조만간 들이닥치겠군요."

무영이 손에 든 걸 바라보다가 하나씩 맞추어 착용했다.

"어떤가요? 빛이 좀 덜한가요?"

"하하하. 조금은요. 잠깐만요."

소영진은 황급히 밖으로 나갔다가 다시 들어왔다.

"와! 확실히 조금 빛이 줄었어요. 효과 있습니다. 신님!"

"그럼 나 계속 이렇게 있어야 하나요?"

"그러시는 게 좋을 것 같아요."

"신계가 나에겐 답답한 세상이군요."

소영진이 웃으며 말했다.

"신님! 밖에 돌아다니셔도 되겠어요. 빛이 은은하게 나셔서 확 눈에 띌 정도는 아니거든요."

"아무래도 이전에 혼이 덜 나신 것 같네요. 밖에 나갔다가 무슨 일이 생기면 목숨을 장담 못 한다는 걸 알면서도 그러시는 거예요? 흠, 나도 맘대로 다니면 좋겠지만 목숨을 담보로 다니고 싶진 않아요."

소영진의 말에 제동을 걸면서도 무영은 내심 밖으로 나가는 생각을 해 보았다. 언제까지 집 안에 갇혀 지낼 수만은 없으니 잠깐씩 바람을 쐬고 오는 정도면 괜찮을 거라고 생각되었다.

소영진이 무영의 눈치를 보며 물었다.

"신님은 빛 때문에 '정화의 숲'에서 사신도 오지 않을 거예요. 그럼, 여기에 백 년 천 년 계실 건가요?"

소영진의 말이 옳았다.

"사신들이 누구 데려가는 거 본 적 있어요?"

"아유, 그럼요. 바로 옆에서 데려가던걸요. 그 사신들 일반 신과 비슷해서 옆에 나타날 때까지 몰라요. 정말 순식간에 나타나서 데려갈 신만 데리고 사라지더라고요. 강남 거리 다니시다가 그냥 사라지는 신들 보셨을 거예요."

"신들은 이동할 때 순간이동을 하니까 그래서 그런 줄 알았어요."

"사신 둘이 나타나서 양쪽에서 팔을 잡고 그대로 사라져요."

"아! 그럼, 본 것 같아요. 강남에서도 두어 번 봤고 길 가다가도 봤어요. 두 명이 나타나 양쪽에서 한 팔씩 잡고 그대로 홀연히 사라지더군요."

"네! 맞아요. 그들이 '정화의 숲' 사신들이에요. 일반 신들은 두 명의 사신을 거부할 수 없지만 왕신들은 거부할 수 있다더군요. 막강한 빛의 힘으로 사신들이 접근 못 한대요. 그러니 신님도 사신들이 오고 싶어도 못 올 걸요?"

소영진의 말에 무영이 고개를 갸웃거렸다.

"그럴까요? 그럼 난 이승에 어떻게 내려가죠?"

"못 가시죠."

"소영진 신은 내려가고 난 못 간다고? 난 다시 가서 더 수도해야 해요. 이건 불공평해요."

소영진이 웃었다.

"신님이 일반 신이라면 말씀대로 불공평하지만, 신님에게는 신계 누구도 쉽게 다가올 수 없어요. 그러니 받아들이셔야 할 겁니다."

"뭐 그럼, 나가 봅시다. 대신 나랑 좀 떨어져서 다니세요."

어느 틈에 모자와 선글라스, 마스크, 장갑까지 낀 무영이 두 손을 들어 보였다.

"음, 이렇게 둘둘 싸맸으니 한번 나가 봅시다. 전보다 빛이 덜 나니까 주목받진 않겠지요."

"아! 나가는 겁니까?"

소영진의 얼굴이 활짝 펴지며 확인하듯 물었다.

"나가는 건 좋은데 혹시 또…….

소영진은 좋아하면서도 한 발 빼고 걱정했다.

"나가 봅시다. 혹시 모르니 몸에 두를 것도 하나 줘요."

무영의 주문에 소영진이 검고 긴 천을 들고 나왔다.

"이거 제가 이승에서 죽었을 때 덮었던 천인데, 쓰실래요?"

"좋군요. 그런데 보통은 하얀 천으로 덮던데, 특이하게 검은 천으로 덮었네요."

"흰 천이 부족했나 봐요."

무영이 검은 천을 두르고 목 부분을 대충 매자 그나마 몸에서 나오던 빛이 확 줄어들었다.

"완벽해요."

소영진이 엄지를 추켜세우자, 무영이 자신을 보며 못마땅해했다.

"아니요. 희한한 패션이에요. 내 사전에 이런 황당한 패션은 없었는데 흑역사를 남기는 건 아닌지, 걱정되네요."

"피떡이 되어 팔다리 없이 다니는 신들도 있는데, 별말씀 다 하십니다."

"마음에는 안 들지만, 빛은 어느 정도 가려지는 것 같군요."

밖으로 나온 소영진이 들뜬 기분을 감추지 않고 호들갑을 떨었다.

"어이쿠, 그렇게 계시니 표정을 전혀 볼 수가 없습니다."

"내 표정은 눈과 목소리로 읽으세요."

"예!"

집도 드문드문 있는 데다 가게가 몇 개 있는 시내는 매우 작았다.

184

돌아다니는 신도 거의 없었을뿐더러 이따금 지나가는 신도 무영과 소영진을 눈여겨보지 않았다.

가게가 줄지어 있는 곳에 다다라 무영이 말했다.

"여기서 뭘 사려면 돈을 내야 하나요?"

"예, 그렇지요. 돈이 있어야 하지요."

"돈은 어디서 나죠? 여기서도 일해서 벌어야 하나요? 가게를 하든 가 일을 해서?"

무영의 질문에 소영진이 대답했다.

"죽을 때 망자를 위해 가족이 저승 노잣돈을 주어 장례를 치르면 그걸로 저승에서 좀 쓰고 다니기도 하고요. 가져온 게 없고 내게 필요한 게 있다면 어떤 식으로든 일해서 돈을 벌어야 하지요. 그래야 원하는 걸 가질 수 있으니까요."

무영이 과장된 말투로 말했다.

"어이쿠, 죽어서도 일을 해야 한다니. 죽은 것도 억울한데요."

소영진이 맞장구를 쳤다.

"그죠? 몸이 없는 것도 서글픈데 귀신이 되어서도 일하라니요."

"필요한 거 없으면 일 안 해도 되잖아요?"

"그야 그렇죠."

"귀신이 뭐 굳이 먹고 치장할 필요 없으니 그냥 지내면 되죠. 딱히 욕심만 내지 않는다면요."

"그렇죠."

"모든 화근이 욕심에서 시작되니 욕심만 버리면 행복은 그냥 찾아 오는 것을……."

"신님은 이승에서 어떤 욕심을 내셨습니까?"

"내가 이승에서 욕심낸 건 수도밖에 없었어요. 하지만 적당한 욕심은 자기 발전에 도움이 되니까 필요하다고 봐요. 만약 내가 내 밥벌이도 못 한다면 주위에 피해를 주게 되니까 그런 못난이가 되지 않으려면 최소한의 욕심은 부려야지요."

"일하지 않아도 되는 여기서도 일하는 신들이 있는 건 아마 버리지 못한 욕심과 일중독 때문일 거예요. 다른 영역에는 신계에서 일하는 신들 별로 없어요."

"신계까지 와서 일하려는 신들이 얼마나 되겠습니까? 거의 없다고 보면 되지요. 어차피 이승에 가면 또 뼈 빠지게 일할 텐데요."

"예! 그렇지요. 신님 말씀이 옳아요."

"정말 이렇게 다니니 이목을 끌지 않아서 좋군요."

"그래도 조심하셔야 해요. 빛이 중간중간 새어 나오고 있으니까요."

"움직이다가 그런걸, 어쩔 수 없지요."

"오랜만에 나오니까 좋으시지요?"

"한 꺼풀 뒤집어쓴 거 빼고는 다 좋군요."

소영진이 유쾌하게 웃었다.

"예, 신님! 날씨도 좋고, 다 좋습니다."

"잘못해서 다른 영역으로 빠지는 일이 없어야 하니 천천히 가요."

무영의 말에 소영진이 속도를 조절하며 경기도 외곽을 천천히 돌았다. 마음만 먹으면 순식간에 지구 반대편까지 이동할 수 있는 신의 입장에서 보면 정말 거북이 같은 속도였다.

이동 중에 기와집이 보이자 무영이 질문했다.

"신은 종교가 불교라고 했죠?"

"마누라가 기독교라 교회 좀 다니는 시늉을 했지만, 하나님은 안 믿었어요. 하나님이 있었다면 세상이 이렇게 돌아갈 리 없다고 생각했거든요."

"어떻게 돌아가야 절대자가 있는 세상이라고 믿을 건가요?"

"세상에 억울하게 죽은 사람들이 한둘이 아니잖아요. 여기 와서 보니 인과법에 따라 얽히고설킨다지만 그래도 너무 잔인하게 적용된다는 생각이 들어요. 없는 사람은 힘들게 고생해도 가난에서 못 벗어나고, 있는 놈들은 가진 걸로 쉽게 부풀려서 배 두드리며 살고, 없는 사람 업신여기고…… 공평하다고 생각하지 않았어요. 그러다가 광주에 와서 얼마 떨어지지 않은 곳에 절이 있어서 스님과 친분을 쌓다 보니 불교에 입문하게 됐죠. 신계에 오기 전까지는요."

"지금은 생각이 바뀌었나요?"

"인과법을 적용해서 계산한 법칙이니 이해는 가지만 그래도 짧은 인간사에 가혹하다는 생각은 떨칠 수 없습니다."

"인간적인 면에서는 그렇지요. 하지만 당하는 것도 다 자신이 그만큼 당해야 매듭이 풀어지니까 가혹하다는 생각은 버리세요. 안 그러면 계속 인과법의 굴레에서 벗어나지 못해요."

"네, 알면서도 그렇게 안 됩니다."

"머리는 이해하고 가슴은 받아들이지 못하는군요."

"네."

"정말 나에게서 아무런 빛도 느껴지지 않나요?"

"적어도 제가 보기엔 그렇습니다. 좀 새어 나오긴 하지만요."

"그럼, 강남에 가 봐도 괜찮을지 봐야겠어요."

"저 말고 다른 신에게서 확인하시게요?"

"예! 그래야 마음 놓고 돌아다닐 수 있을 것 같네요."

"그렇다고 그렇게 많은 신이 돌아다니는 곳을 굳이 가실 필요가 있을까요?"

"내가 돌아올 거라 생각하고 우리 집 근처에 매복하고 있을 거예요. 천왕 측이나 다른 왕신들이 보낸 자가 있다면 나를 금방 알아볼 거예요. 그럼, 이 가리개 작전은 쓸모없는 거고요. 그걸 통과하면 마음 놓고 돌아다녀도 된다는 거지요. 기왕이면 마음 놓고 돌아다니고 싶거든요."

"그러다 들키면 또 싸움이 날 텐데요."

"그러겠죠. 그러니까 이번엔 좀 떨어져서 다니세요. 위험할 수도 있으니까요."

떨떠름한 표정을 감추지 못하는 소영진과 함께 무영은 강남으로 갔다. 번화한 거리에 가니 역시 오가는 신들로 북적이고 있었다. 무영이 자주 가던 대형서점과 극장 타워도 보였다. 이승에서는 젊은 사람들이 북적였지만, 신계의 거리에서는 노인들이 많았고 가끔 보기 흉한 몰골로 돌아다니는 신도 보였다.

"역시 똑같아. 매일 보던 거리라 내가 신계에 들어와 있다는 걸 잊겠네. 마음의 안정감이 빠르게 찾아오는 것도 이 때문이겠죠. 그래서 귀소 본능도 생기는 거고요."

"정말, 다들 열심히 사는군요. 뭔 볼 일이 있어서 신들이 북적일까요?"

"볼 일이 있어서 돌아다닐까요? 우리처럼 그냥 돌아다니는 거지요."

"문득 생각난 건데요. 귀신들의 에너지원은 뭘까요? 신계에 들어온 지 꽤 된 것 같은데 먹은 것도 없는데 잘살고 있거든요. 저기 돌아다니는 신들도 먹지 않고도 살고 있잖아요. 이승에서는 안 먹으면 굶어 죽지만, 저승에서는 아니죠. 움직이는 것에는 에너지 공급이 필요한데 말이죠."

무영도 그 말에 공감했다.

"그러네요. 나도 신계에 들어와서 먹은 게 전혀 없는데 이렇게 잘 움직이고 있으니 궁금하긴 하네요."

"그죠?"

무영이 잠시 생각하다가 자기 생각을 말했다.

"기아로 죽은 사람은 '정화의 숲'에서 빨리 데려간다고 들었어요. 그건 이승에서 비축된 에너지가 없으니 빨리 환생시키려는 게 아닐까 싶네요. 반대로 적당한 에너지를 품고 신계로 오면 어느 정도는 아무것도 먹지 않아도 된다는 거죠. 우린 무게가 없잖아요. 아주 미세한 소량의 에너지만 있어도 살 수 있는 생명이란 말이에요."

"공중에 떠다니는 향기만 마셔도 배가 부르다는데, 그 말이 정말인가 봐요. 제사를 지내면 음식 낭비라고 생각했었는데……. 그럼, 젯밥도 귀신들에겐 양식이 되겠어요?"

"그렇죠. 귀신이 한 번 맛본 음식이니 사람들은 전혀 느끼지 못하겠지만 미묘한 차이가 나요. 그 에너지만으로도 귀신은 엄청난 활력을 얻고요."

"신님의 에너지와는 또 다르겠죠?"

"음식에서 섭취한 단순 에너지와 기의 에너지는 완전히 다르지요."

"기의 에너지요?"

"생명 유지에 필요한 힘과 수련에서 형성된 힘과의 차이라는 거예요."

"예~. 역시 머리로는 알겠는데 가슴으로는 또 모르겠습니다."

소영진이 머리를 긁적거리며 머쓱하게 웃었다.

"한적한 곳을 돌아다니다 북적거리는 곳에 오니 생기가 도는 것 같아요. 거 봐요. 아무도 신님을 눈여겨보지 않잖아요."

"그러게요. 이럴 줄 알았으면 진작 이럴 걸 그랬네요. 내 패션 감각과는 거리가 멀지만 안전하기만 하다면……."

"으히~ 이젠 마음대로 다닐 수 있겠군요."

이때 두 명의 신이 다가오는 것을 느끼고 잠시 말을 멈추었다. 돌아보니 바로 앞까지 와 있던 그들의 시선은 무영에게로 향해 있었다. 무영은 직감적으로 자신에게 해코지할 신들임을 느꼈다.

"어, 봐. 눈만 내놓고 있는데 광채가 나잖아. 다친 곳도 없는데 온몸을 둘둘 싸매고 있고……. 이상한 신이잖아."

비쩍 마르고 키가 큰 남자가 말하자 옆에 있던 작은 남자가 고개를 끄덕였다.

소영진이 나섰다.

"남이야 둘둘 싸매고 다니든 말든 댁들이 참견할 바가 아니니 가던 길이나 가시지요."

소영진이 두 팔로 앞길을 가리키며 가라는 시늉을 하자 작은 남자가 무시하고 곧바로 무영 앞으로 다가왔다.

"검은 천으로 둘둘 말고 있어도 여기저기서 빛이 새어 나온다해."

작은 남자가 무영에게 손을 뻗자, 무영이 순간적으로 팔을 내밀어 남자의 손을 쳐냈다. 작은 남자가 외마디 비명을 질렀다.

"억!"

키 크고 마른 남자가 작은 남자를 보며 의아한 표정으로 물었다.

"왜 그래?"

작은 남자가 인상을 쓰며 대답했다.

"몰라. 저 신 뭔가 있다해. 내 손을 쳐냈는데 전기에 감전된 것처럼 순간 전율이 흘렀다해."

소영진이 두 신의 대화를 듣고 무영의 앞에 나섰다.

"새끼들 짱개들이구만. 왜 남의 영역에 와서 시비야. 썩 꺼져라."

소영진이 버럭 소리치자, 작은 남자가 표정을 일그러뜨리며 품에서 뭔가를 꺼냈다. 소영진은 그가 꺼내는 것을 확인하고 잽싸게 남자의 팔을 후려쳤다. 작은 남자는 휘청거리기는 했지만, 손에 잡고 있던 것을 떨어트리지 않았다. 그가 다시 손에 든 것을 치켜올려 소영진을 향했을 때 이미 소영진도 품에서 총을 꺼내 발사하고 있었다. '퍽!' 소리가 나면서 작은 남자가 한 줄기 연기를 남기고 소멸하자 비쩍 마른 남자가 큰소리로 외쳤다.

"신을 죽였다. 중국 신을 죽였다."

비쩍 마른 남자가 양손을 번쩍 들고 방방 뛰며 난리를 치자 소영진이 소멸된 신이 떨군 총을 집어 들었다.

"시끄럽다. 이것이 네 동료가 우리를 향해 사용하려던 것이었다. 나는 방어를 한 것뿐이다."

소영진이 집어 든 총을 비쩍 마른 남자에게 들이대자 두 손을 든 채로 고래고래 소리를 질렀다.

"이 남자가 중국 신을 죽였다해. 이 남자가 중국 신을 죽였어."

"시끄럽다."

소영진이 남자의 얼굴을 후려쳤다.

"새끼야. 정당 방어를 한 거라고. 총을 안 꺼냈으면 나도 총질 안 했어."

"총을 쏘지도 않았는데 죽였잖아?"

비쩍 마른 남자가 따지자, 소영진이 어이없다는 표정으로 총으로 남자의 머리를 툭툭 쳤다.

"새끼야. 총을 쐈으면 내가 죽었을 거 아냐. 그럼 넌 이 영역에서 추방이야. 알아?"

"너무 폭력적이다해. 이거 치지 말고 말로 해라. 한국 신이 이렇게 폭력적인지 몰랐다해."

비쩍 마른 남자가 손으로 소영진의 손을 막으며 악을 썼다.

"아휴, 시끄러워라. 뙤놈들 시끄러운 건 알고 있었지만, 이놈은 더 심하네. 야, 너도 총 있으면 곱게 내놔."

"없다, 없어."

비쩍 마른 남자가 자신의 옷을 들추며 펄럭였다. 소영진이 총을 자신의 품에 집어넣고 비쩍 마른 남자의 몸을 더듬으며 뒤졌다.

"없다니까 그러네."

비쩍 마른 남자가 신경질적으로 말하자 소영진이 주먹을 들어 올렸다.

"정말 제대로 한 대 맞아 볼래? 확 그냥."

덩치 좋은 소영진이 인상 쓰며 협박하자 비쩍 마른 남자가 두 팔을 올려 방어 태세를 취했다. 그러다가 갑자기 후다닥 소영진을 지나 무영이 뒤로 숨었다.

"살려 달라해. 저 신이 이번에는 나를 죽이려고 해."

무영이 둘둘 말고 있던 검은 천을 비쩍 마른 남자가 잡자, 무영이 떨어지려고 하였다. 그러자 순간적으로 비쩍 마른 남자가 검은 천을 잡아당기며 위로 올렸고, 천에 가려져 있던 한쪽 팔다리가 드러났다. 가려져 있던 빛이 퍼져 나오자 비쩍 마른 남자가 눈을 크게 떴다.

"헉! 이게 뭐야? 이 신 뭐야? 어!"

무영이 비쩍 마른 신의 손을 뿌리치며 훌쩍 날아 소영진 뒤로 가서 검은 천을 다시 둘둘 말았다. 비쩍 마른 신이 자기 손을 감싸 쥐고 퀭한 눈으로 무영을 쳐다보았다. 소영진이 남자 앞에서 품에 손을 넣으며 소리를 버럭 질렀다.

"셋 셀 때까지 눈앞에서 사라지지 않으면 너도 죽이겠다. 하나!"

마른 남자가 두 손을 번쩍 들고 냉큼 사라졌다. 소영진이 손을 내리며 투덜거렸다.

"별 시답잖은 짱개놈들까지 껄떡거리고, 시비야. 하여튼 중국 놈들 너무 많아요."

"느낌이 별로 좋지 않으니 어서 이 자리를 뜹시다."

"예? 아! 중국 놈 하나 처리했다고 뭐 큰일 나지는 않을 텐데요."

"중국 신이 한둘이 아닐 수 있다는 거요."

"예?"

"아까 소영진 신이 자연왕 빛이 요즘 줄었다고 했지요. 중국이면 자연왕 아닙니까? 자연왕 귀에도 내 존재가 들어갔을 거예요. 우리 영역에는 중국 신들이 많고요. 중국 신이 왜 총을 가지고 다닙니까? 우리 영역은 총기류 반입이 금지되어 있잖아요."

"그렇죠. 그럼, 이 중국 신이 신님을 노리고 왔다는 건가요? 그래서 총을 가지고 있었던 걸까요?"

"글쎄요. 총이 있었다는 건 나를 겨냥했었을 수도 있고 다른 목적일 수도 있겠지만 왠지 내가 타깃일 것 같다는 생각이 드네요."

"어허, 그 한 놈도 마저 죽여 버릴 걸 그랬어요."

"나 때문에 소영진 신이 거칠어지고 있어요."

"신님 때문이 아니고요. 제 본성이 드러나고 있는 겁니다. 하하하."

"어? 잠깐."

무영이 갑자기 소영진을 붙잡더니 위로 솟구쳤다. 두 신이 있던 자리를 몇 개의 강한 빛줄기가 지나가 '퍽! 퍽!' 소리를 내며 폭발했다.

소영진이 눈을 크게 뜨며 놀랐다.

"아니 저게 뭡니까, 신님?"

"아까 그 중국 신이 자연왕의 끄나풀이었어요."

무영이 소영진의 손을 놓으며 대답했다.

"옴마, 그놈 살려줬더니 은혜를 원수로 갚네. 어디 있지. 이번에 눈에 띄면 그대로 죽여 버려야지. 새끼가 감히 어디다 무기를 들이대."

100m는 족히 넘어 보이는 거리에 한 무리의 신들이 나타났다. 무영이 손으로 그들을 가리켰다.

"저기, 중국 신들이에요. 나를 노리고 있네요."

소영진이 나타난 무리 속에서 조금 전의 비쩍 마른 남자를 발견했다.

"역시 그놈이 저기 있습니다. 신님! 인정사정 봐 줄 것 없겠어요."

소영진이 품에서 두 자루의 총을 꺼내 들고 의기양양하게 말했다.

"소영진 신은 뒤로 물러나세요. 저들이 들고 있는 것은 총이 아닙니다. 휴대용 대포에요. 우리 영역에서 어떻게 저런 포를 들고 나타났는지 모르겠지만 총으로 맞설 상대가 아니에요."

"예? 대포?"

이미 포탄이 그들을 향해 날아오고 있었다.

소영진 옆에 바짝 붙어서 무영이 자신을 둘렀던 검은 천을 젖히며 방어막을 펼쳤다. 포탄이 방어막에 닿으며 '퍽!' 소리를 내고 불꽃을 튕겼다. 뒤이어 몇 발의 포탄이 다시 날아왔고 무수한 총탄도 같이 날아왔다. 방어막에 연신 불꽃이 튀었다.

소영진이 욕을 퍼부었다.

"씨발…… 개 쌍놈들, 얻다 대고 대포질이야. 짱개놈들이"

계속되는 소영진의 욕이 듣기 싫었던 무영이 팔을 들어 올렸다. 그리고 잠시 무엇을 생각하는지 중국 신들을 노려보다가 팔을 휘둘렀다.

쏘아져 나간 빛줄기가 정확하게 중국 신들 절반을 소멸시켰다.

"어, 저 마른 놈은 살려 두셨네요?"

이십여 명 중 십여 명이 남았는데 그중에 비쩍 마른 남자가 있었던 것이다.

"소영진 신이 하실 일을 남겨 둔 거예요."

"예! 고맙습니다, 신님!"

소영진이 방어막 안에서 열심히 양손에 들려 있는 총을 쏘아 댔다.

십여 명의 중국 신들이 사방으로 흩어지며 총을 쏘아 댔다.

"저놈들이 머리를 쓰네요. 흩어지니까 맞추기가 어려워요. 다행히 포신을 쏘던 신은 소멸한 것 같습니다."

"네, 소멸됐습니다. 나머지는 총만 갖고 있어요."

"오~예! 한 놈 잡았어요. 어라, 저놈이 겁도 없이 가까이 왔네요. 에라."

소영진이 열심히 총질한 덕에 하나둘 중국 신들이 사라져 갔다. 그 와중에도 중국 신들은 계속 방어막을 향해 총질을 해댔다. 그사이 한 국 신들이 멀찍이 물러나서 여기저기 무리 지어 이 소란을 구경하고 있었다.

"저런, 또 한 무더기가 나타났네."

무영이 중얼거리며 한 곳을 바라보았다.

그곳에는 삼십여 명의 신들이 와글와글 몰려서 나타나더니 일제히 사방으로 흩어져서 무영의 방어막을 향해 무언가를 쏘아 대며 덤벼들 었다.

"총은 아니고 저거 뭐야?"

방어막에 부딪혀 '퍽! 퍽!' 소리 내는 강도가 달랐다.

"어이쿠, 신님! 저 짱개놈들이 휴대용 포신을 들고 나타났습니다. 어떡하지요?"

"안 되겠어요. 이곳을 벗어나야겠어요. 소영진 신!"

"저놈들도 중국 놈들인데요. 다 박살 내 버리지요."

"이곳은 서울 한복판이에요. 신들의 이목이 있으니 자리를 옮깁시다. 저들이 따라오게요."

무영과 소영진이 새로 나타난 패거리들이 쫓아올 정도로 천천히 움직였다. 따라오는 속도가 빨라서 얼마 못 가 잡힐 것 같자 속도를 올렸다. 중국 신들도 놓치지 않기 위해서 필사적으로 따라왔다. 이렇게 도망가다가 경기도 외곽으로 나오자 무영이 우뚝 멈췄다. 뒤따라오던 중국 신들이 속도를 줄이지 못하고 멈추다 보니 생각보다 가까워졌다. 삼십여 중국 신들이 무영의 방어막 주위를 순식간에 포위했다. 그리고 일제히 총을 품에 넣고 툭 튀어나온 바지춤에서 기다란 칼을 꺼내 들었다.

"억! 저건 뭐야? 칼이잖아."

소영진이 경악하며 소리 질렀다.

그들은 두셋씩 짝을 지어 칼을 들이대고 있었다. 처음에 나타났던 무리 중 몇몇도 응원군으로 합세해 빙 둘러서서 두 신을 포위한 채 칼을 겨누었다.

"하! 정말 나한테 왜 이러는 거야."

무영이 인상을 찌푸리며 양팔을 들어 올렸다.

"소영진 신! 잠깐 내 뒤로 가주세요. 내 빛 밖으로 나가지 말아요."

소영진이 얼른 무영의 뒤로 섰다. 방어막 앞에서 칼을 겨누던 신들이 무영의 행동을 보고 잽싸게 무영의 양옆으로 갈라지고 뒤로 돌아가기도 했다.

"신님! 저놈들이 제 앞에 다 몰려 있어요."

"예, 내 허리를 잘 잡아요. 아프셔도 참고요. 한바탕 해야 할 것 같으니까요."

소영진이 무영의 허리를 잡자, 무영이 뒤로 몸을 휙 젖히며 팔을 휘둘렀다.

펙! 펙! 펙!

순식간에 십여 명의 신이 흰 연기를 남기고 소멸하자 중국 신들이 화들짝 놀라 일제히 멀찍이 물러섰다.

소영진이 무영의 허리를 놓으며 조그마한 소리로 말했다.

"신님! 큰일이에요. 뒤쪽 방어막에 금이 간 것 같아요. 좀 전에 다섯 놈이 한 곳만 집중적으로 찔러 댔던 곳이에요."

무영은 놀랐다. 방어막에 흠이 생겼다는 건 자신들이 저들의 칼에 그대로 노출된다는 뜻이기 때문이다. 무영은 흠이 생긴 곳을 보았다. 막에 약간 이지러진 곳이 있었다. 다섯 명이 한 곳만 집중적으로 칼로 찔렀다면 충분히 뚫릴 가능성이 있다는 것을 보여 준 셈이었다. 무영은 일그러진 곳에 손을 대어 다시 원상복구 시켰다.

"아휴~ 다행이에요. 신님, 아까 그놈들이 집중적으로 그곳만 찔러 댈 때 엄청 불안했거든요."

무영이 빙그레 웃었다.

"나를 못 믿는군요."

"아닙니다. 아니에요. 그런 게 아니고요. 놈들이 너무 집요해서요. 아직도 스물이 남았어요. 제가 총으로 몇 놈 잡았고 신님이 열 놈 보냈는데도 저렇게 많습니다. 정말 쪽수로 미는데 질린다니까요."

"저들도 작전 회의를 하는 것 같군요."

무영의 말대로 중국 신들은 옹기종기 모여서 뭔가를 의논하는 것처럼 보였다.

"한군데 몰려 있어. 좋은 기회군요."

무영이 오른팔을 뒤로 뺐다가 몸을 돌리며 앞으로 내뻗었다. 강한 빛줄기가 중국 신들이 몰려 있는 곳으로 뻗어나갔다. 빛줄기는 정확히 무리 지어 있는 중앙을 관통했고 십여 명의 신들이 흰 연기와 함께 소멸하였다. 가장자리에 있던 신들은 급히 양옆으로 피해서 뿔뿔이 흩어졌다.

"그래도 십여 명이 남았군요. 정말 지긋지긋하네."

소영진이 다시 총을 올렸다.

"이젠 저도 돕겠습니다."

중국 신들은 안 되겠는지 칼은 모두 집어 던지고 다시 총을 꺼내 들었다. 십여 명의 중국 신들이 휙휙 날아다니며 산발적으로 총을 쏘았다.

"새끼들, 좀 작작 움직이지. 더럽게 팔랑거리며 날아다니네. 씨."

소영진이 쏜 총이 자꾸 빗나가자 구시렁거렸다.

안전한 방어막 안에서 한 명씩 처리해 나가다 다섯 명쯤 남았을 때였다. 돌연 중국 신들이 한자리에 모이더니 사라져 버렸다.

"새끼들, 있어 봤자 소멸할 게 뻔하니까 도망갔군요. 진작 그럴 일이지. 머릿수만 믿고 덤비는 미련퉁이 짱개들."

무영이 한 바퀴 돌아보고는 이상이 없자 방어막을 거뒀다.

"어디든 안심하고 다닐 곳은 없군요. 우리 영역에 중국 신들이 많으니 특히 조심해야겠어요."

"저런 조무래기들이야 뭐 한 방 거리잖아요. 쪽수만 많았지, 허깨비들이니까요. 그나저나 중국 신들이 우리 영역에 은근히 많다는 게 걱정이에요.”

소영진이 과장된 몸짓으로 총 쏘는 시늉을 했다가 품 안으로 총을 집어넣었다.

“우리 집 근처를 스치듯 거쳐서 바로 강원도로 갑시다.”

“예, 신님!”

순식간에 다시 강남으로 이동했다.

근처에 있는 무영의 집을 높이 하늘 위에 떠올라 내려다보았다. 언뜻 아무것도 보이지 않았지만, 무영의 눈에는 여기저기 웅크리고 있는 군신들이 보였다. 주인이 없어도 여전히 군신들이 무영의 집을 지키고 있었다. 자신 때문에 여럿이 고생하는 것 같아 미안해진 마음에 무영은 황급히 자리를 떠났다.

“갑시다.”

강원도로 이동한 두 신을 반기듯 금강산의 절경이 그들을 맞이하였다. 보이는 곳마다 감탄하던 소영진이 행복한 표정으로 말했다.

“귀신이라 공간의 제약을 안 받아서 이런 호사를 누릴 수도 있다는 생각은 왜 안 했을까요? 이거 너무 신나는데요.”

“그러게, 말이요.”

무영도 같은 생각으로 맞장구치면서 봉우리에서 봉우리로 옮겨 다니며 들떠 있었다. 한 봉우리에 올라앉으니 멀리 동해가 보였다.

“귀신이 되어 신선놀음을 하네요.”

“살아생전에 못 보고 못 누리던 거니 죽어서라도 누려봐야지요. 이런 절경을 살아서 못 보고 죽어서 보다니……. 그래도 다행입니다. 이렇게 멋진 곳이 우리 영역이어서요."

동해 바다가 빛으로 반짝거리며 마음을 포근하게 해 주었다.

"이 순간만큼은 누구도 부럽지 않습니다. 물론 신님도요."

"그럼, 여기서 사세요. 내 가끔 놀러 올 테니."

"그러고 싶습니다. '정화의 숲'에서 부를 때까지 여기 있을까 봐요. 너무너무 좋은데요."

무영이 흐뭇하게 웃자, 소영진도 따라 웃었다.

"제가 진짜 신선이 된 것 같아서 잠시 헛소리 좀 했습니다. 귀엽게 봐주세요."

덩치에 어울리지 않게 애교부리는 소영진의 말에 무영이 더 큰 소리로 웃었다. 그때 뭔가 이상한 느낌에 웃음을 거두고 주위를 돌아보았다. 무영의 눈에 멀찍이 떨어진 곳에서 자신을 보고 있는 신을 발견했다.

순간 무영은 머리가 쭈뼛거리며 가슴이 덜컹 내려앉았다.

'왕신(王神)이다.'

급히 선글라스를 약간 내리고 눈앞에 나타난 하얀 신을 뚫어지게 쳐다보았다. 하얀색 후드를 머리에 덮어쓴 그는 새하얀 긴 망토를 펄럭이며 손으로 얼굴을 가리고 눈만 내놓은 채 무영을 바라보고 있었다. 후드를 눌러 쓰고 있음에도 얼굴에서 뿜어져 나오는 광채는 빛났고 두 눈에서 나오는 빛이 멀리 무영에게 횃불처럼 크게 보이며 간담을 서늘하게 만들었다.

아직 왕신과 맞설 만큼 준비가 안 되어 있다고 생각한 무영이었다. 그래서 피하고 싶은 마음에 변장까지 하고 나왔는데 막상 마주치니 도망치고 싶은 생각이 먼저 들었다. 하지만 그것도 잠시, 왕신과 자신의 능력 차이가 얼마만큼인지 궁금해졌다. 또한 다섯 왕신 중에 어떤 왕신인지, 왜 나타났는지, 정말 자신을 죽이려고 왔는지도 알고 싶었다.

'백호왕과 싸우다 죽으면 더 이상 쫓기지 않아도 되고 정당하게 정화의 숲에 갈 수 있다.'

소영진이 무영의 심상치 않은 분위기를 감지하고 물었다.

"신님, 왜 그러세요?"

소영진은 아직 멀리 떨어져 있는 신을 발견하지 못한 것 같았다.

"왕신이요. 변장해도 소용없군요."

"예? 왕신이요?"

"백호왕 같아요. 하얀색이니."

그제야 소영진도 멀리 있는 신을 발견하고 몸을 앞으로 쭉 내밀었다.

"왕신이라니, 내 눈으로 왕신을 보다니요. 근데 정말 왕신 맞아요?"

"맞아요. 백호왕! 불교와 밀교, 모든 토속종교의 왕신!"

"흰색 후드에 망토, 좀 그렇게 보이기도 하는데….."

"좀 떨어져 있어요. 위험하니까."

무영이 소영진에게 떨어져 있으라고 말하자마자 멀리 있던 신이 한순간에 무영의 코앞까지 다가왔다. 소영진이 놀라서 급히 무영의 뒤로 멀찍이 떨어졌다. 무영은 물러서지 않았고 다가온 신은 얼굴을 가렸던 팔을 서서히 내렸다. 가려졌던 얼굴이 드러나며 더욱 환하게 빛났다. 하얀 피부에 오뚝한 코, 약간 두툼한 입술, 반쯤 감긴 듯한 눈이 강한 인상을 풍기면서도 입가의 연한 미소가 상반된 모습으로 보였다.

"나는 백호왕이다. 한국의 신인가?"

백호왕이 무영을 뚫어져라 쳐다보며 물었다.

"그래요. 한국의 신이요. 난 불교 신자도 아닌데 왜 날 찾아오셨나요?"

"날 두려워하지 않는구나. 역시 잘 찾아온 듯싶군."

이상하게 무영의 마음이 차분하게 가라앉았고 그게 백호왕의 눈에 읽힌 모양이었다.

"선글라스를 끼어 색 구분이 잘 안돼서요. 미안합니다."

무영이 선글라스를 벗고 모자도 벗었다. 목에 둘렀던 목도리까지 시원하게 풀고 검은색 천을 둘렀던 것도 벗어 던지자 가려졌던 빛이 온전히 드러났다.

백호왕이 놀라서 반쯤 감겼던 눈을 크게 뜨고 입까지 벌렸다.

"어, 생각보다 더 굉장하군요. 김무영 신!"

"제 이름을 아시네요."

"김무영 신도 나를 한 번에 알아봤잖소. 그거야 우리 정도의 능력이 되면 당연한 거요."

하얀빛에 싸여 하얀 망토가 바람에 나부끼고 있었다.

무영은 백호왕이 매력적으로 느껴졌다.

"저에게 어떤 일로 오셨는지요?"

"신계에 소문이 자자해서 어떤 신인지 궁금해서요. 숨어서 지낸다고 들었는데 이렇게 나와 있군요."

무영이 한숨을 쉬며 대답했다.

"죄지은 것도 없는데 숨어서 지내다니요. 그저 귀찮아서 그런 거지요. 숨어서 지낸다고 들었다면서 어떻게 내가 여기 있는지 알고 왔어요?"

"신 때문에 한국 영역에 신경을 쓰고 있었는데 조금 전에 소란이 있었잖아요. 그래서 알았고 또 잠적해 버리면 못 볼지도 모르니 바로 온 거요."

무영은 놀랐다.

"어디에 계셨는데요?"

"이 영역과는 좀 떨어진 곳이지요."

"먼 곳에서 벌어지는 일까지 다 감지하시나요?"

백호왕이 고개를 끄덕였다.

순간 무영은 자신이 생각하고 있는 것 이상으로 왕신들의 능력이 더 대단할 수 있겠다는 생각이 들었다.

"김무영 신은 신계에 와서 왕신들에 대해 들었을 거요. 자연히 왕신들이 어떤 능력을 가졌을까 하는 생각을 했을 거고요. 그런 것처럼 나도 김무영 신에게 어떤 능력이 있는지 궁금했고 어떤 신인지 궁금했거든요. 생각만 하고 있어 봤자 궁금증이 해결되는 것은 아니라서 이렇게 직접 왔지요. 보니까 잘 왔다는 생각이 드는군요. 생각했던 것보다 더 굉장해요."

"보는 것만으로 저에 대한 평가가 다 되었다는 건가요?"

백호왕이 입가에 미소를 잔잔하게 머금고 말했다.

"이미 김무영 신의 전력은 홀로그램 상으로 봤어요. 중국 끝자락에서 군대와 싸운 그림이었죠. 난 김무영 신의 그런 능력을 보고 싶지 않아요."

"실은…… 저도 그렇습니다."

본심을 말한 것이지만 왠지 지고 들어가는 기분이 들었다. 하지만 백호왕이 싸우러 온 게 아닌 것 같아 속으로 안심이 되었다.

"다섯 왕신님들이 저를 제거하려고 한다는 말에 계속 도망 다니고 있었는데 정말 의외네요. 백호왕께서 친히 이렇게 오셔서 말까지 건네주시고요."

"난 단지 궁금했을 뿐이요. 김무영 신이 얼마만큼 빛이 나길래 소문이 자자할까, 그래서 홀로그램이 아니라 직접 보고 싶었던 거죠."

"보시니까 어떠세요? 다른 왕신님은 저를 못 잡아먹어서 난리인 것 같던데요."

무영의 뼈있는 질문에 백호왕이 고개를 도리질했다.

"그건 아닐 거요. 신자들의 과잉 충성이 김무영 신을 못살게 굴었던 거죠. 자신들의 왕신에게 피해가 갈까 봐."

무영이 어리둥절한 표정을 짓다가 이내 눈을 크게 떴다.

"아!"

"왕신들을 굉장히 편협한 신으로 보고 있었군요. 이래 뵈도 신들의 마음을 움직이는 왕신인데요."

"아, 미안합니다. 왕신들이 저를 죽이려 한다는 생각에 도망 다니고 있어서요. 제가 오해하고 있었다고 생각해도 되나요?"

"나머지 왕신이 다 나와 같은 생각은 아니겠지요. 내가 다른 왕신의 머릿속까지 들여다볼 순 없으니까요."

"다른 왕신은 저를 제거할 마음이 있을 수도 있다는 말씀이군요."

"김무영 신은 나에게도 중요한 신이에요. 왜냐면 지금 빛을 보니 나와 비슷한 색이잖아요. 나는 흰색이고 김무영 신도 빛깔 없이 강하게 빛나서 언뜻 보면 흰색처럼 보여요. 만약 왕신들에게 위협이 되는 존재라면 내가 아니더라도 다른 왕신들에게 김무영 신은 제거될 수 있어요. 긴장해야 할 거요."

"나한테 그런 말을 하는 이유가 뭔가요? 백호왕도 저를 죽일 수 있다는 말씀인데요."

백호왕의 입가에 미소가 번지면서 눈꼬리는 올라갔다. 매우 섬뜩한 모습에 무영이 뒤로 살짝 물러섰다.

"그야 당연하지요. 누구라도 자기 목이 위태로우면 방어 수단으로 상대를 칠 수 있는 거 아니겠어요. 그런 의미요. 내가 아니더라도 김무영 신은 이 신계에서 주목받고 있고 그 빛의 파괴력이 어느 정도인지에 따라 왕신들의 경계 대상이 될 거란 말이죠. 물론 어느 정도 파악은 끝난 상태지요. 여러 번의 실험에서 보여 준 능력을 봤거든요."

"역시…… 그랬었군."

"김무영 신도 알고 있었잖아요. 본인이 테스트 당하고 있다는 거. 이제 왕신들이 어떻게 생각하느냐에 따라 김무영 신의 생사가 갈릴 수도 있다는 걸 명심하세요."

"협박하러 오신 거군. 난 또 날 걱정해 주러 온 줄 알고, 잠시 착각했었네요."

"둘 다 맞는 소리요. 현실을 일깨워 주고 그에 따라 걱정도 되고, 신은 어떻게 생각하고 있는지 궁금하기도 했고요."

"보시니까 궁금증은 풀리셨겠네요."

"그렇죠. 생각보다 강단이 있어서 좀 걱정이 돼요. 다른 왕신이 찾아오면 대들다 소멸될 것 같아서요. 도망가는 방법도 있는데 말이죠."

"칭찬인지 비웃는 건지, 알 수가 없네요."

"김무영 신의 능력을 과신하지 말고, 왕신의 능력을 과소평가하지 말라는 말이요. 왕신에게 대들다가 죽을 수도 있어요. 물론 김무영 신의 능력도 출중하지만 말이요."

"젠장, 뺨치고 어르고, 결국 협박이었네. 지네들 잘났으니 덤비지 말라는 협박. 다른 왕신들과 협의하고 대표로 온 건가요?"

백호왕이 약간 미간을 찌푸렸다.

"왕신들 간에 왕래는 없소. 각 종교 간 치열한 세력 다툼이 있고 그에 따라 내 편의 신이 죽으면 감정이 좋을 수가 없으니까요. 종교의 왕신들과는 왕래가 없지만 종교의 왕신이 아닌 천왕과 자연왕은 이해관계에 따라 만나기도 합디다. 아마도 김무영 신을 공격했던 세력은 누구인지 어느 정도 짐작은 가요?"

"아니요. 중국 변방까지 잡혀갔을 때, 그곳은 미르왕의 세력권이었어요. 미르왕과 자연왕의 세력권이었죠."

"아, 거긴 미르왕 신에게 과잉 충성하는 집단의 소행이었고요."

"나도 서울에서의 공격은 천왕이나 자연왕으로 추정하고 있어요. 두 왕신에게 저의 출현이 가장 껄끄러울 테니까요. 제가 종교하고는 상관이 없어서요."

무영의 말에 백호왕도 공감했다.

"그렇죠. 한국이라는 작은 나라에서 김무영 신처럼 빛나는 신이 나타났다는 건 앞으로 천왕이나 자연왕이 바뀔 수도 있다는 거요. 현재 엄청나게 발전하고 있는 한국에서 빛이 나는 신이 나타났으니까요. 그건 한국이라는 나라가 신계와 이승을 휘어잡는다는 얘기가 되니까 두 왕신으로선 당연한 거죠.”

“내가 종교의 왕신님들에겐 덜 위협적인 존재라는 말씀이네요.”

“아뇨. 반드시 그렇진 않아요. 왜냐하면…….”

백호왕은 말을 멈추더니 더 이상 말을 잇지 않았다.

무영이 눈치를 채고 고개를 흔들었다.

“음, 역시 이래도 저래도 다 제겐 적이네요.”

무영의 체념 섞인 말에 백호왕이 물었다.

“김무영 신은 신계의 전설을 들은 적 있지요?”

“영역마다 하도 전설들이 많아서 어떤 전설을 말씀하시는지…… 우리 영역만 해도 전설이 수천 개, 수십만 개는 되거든요.”

말은 이렇게 하면서도 일전에 행정관이 홀로그램 뉴스로 보여 준 전설의 신을 떠올렸다.

“그런 전설 말고요. 아주 오래전부터 왕신들에게 해당되는 전설 말이요. 그리고 이승과 저승 통틀어 해당되는 전설이기도 할 거요. 신계와 인간계에 온갖 이상 현상이 나타나고 엉망으로 망가져 멸망으로 다가설 때 찬란한 빛을 내는 신이 나타난다고 했어요. 신계와 인간계가 하나가 되고, 그 신은 망가진 신계를 고치고 인간계를 하나의 종교로 통합하지요. 모든 것을 하나로 묶는 엄청난 힘을 발휘한다고요. 그 신이 나타난다면 다섯 왕신은 사라진다고 했으니 그 신에게 죽거나 어떤 식으로든 소멸된다는 얘기요. 그러니 어떤 왕신이든 새로 나타나는 신에 대해서 예민할 수밖에 없어요. 그 하나의 신이 절대신이 되는 거거든요.”

“내가 그 전설의 신이 될 가능성이 있다고 보시는 건가요? 그래서 이렇게 확인하러 오신 건가요?"

백호왕이 말없이 무영을 바라보았다.

무영이도 시선을 피하지 않고 백호왕을 똑바로 바라봤다.

"내가 빛이 나긴 하지만 나와 같이 수련했던 분들도 하나같이 다 빛이 났어요. 인도나 티베트 등 다른 영역에서도 빛이 나는 신들은 많을 거예요."

"있었지요. 지금까지 무수히 많았지요. 하지만 김무영 신처럼 밝게 빛나는 신은 없었어요. 그래서 적극적으로 어떤 왕신이 테스트까지 해 본 거구요. 대부분은 테스트 과정에서 소멸하는데 김무영 신은 살아남았어요. 그럴 뿐만 아니라 김무영 신은 왕신들이 생각하는 이상의 능력을 가지고 있어서 필사적으로 제거하려고 하지요."

"그래서 난 왕신들의 공동 표적이 된 건가요? 백호왕은요?"

"난 김무영 신을 호기심에 보러 왔다고 했어요. 현재는 그게 다예요."

무영이 피식 웃었다.

"어차피 다른 왕신이 처리해 줄 거니까 내가 직접 손 쓸 필요 없다, 이렇게 생각하시는군요. 그렇죠?"

"맞아요. 김무영 신이 우리에게 위협적인 존재인 건 확실하니까요. 그렇다고 내가 김무영 신의 능력도 모르는데 맞서고 싶진 않아요. 나도 나의 신도들을 위해서 좀 더 살아야 하거든요. 다치는 것도 싫고요."

"참 내, 고마워해야 하는지, 화내야 하는지, 모르겠네. 백호왕이 호기심에 저를 찾아오셨다고 해도 저에게 조심하라고 경고를 해 주기 위해 오신 것 같으니 일단 고맙습니다. 참고하여 살아남는 데 도움이 되었으면 좋겠네요."

"그러기를 바라는 마음으로 왔어요. 전설의 신만 아니길 바라요."

무영이 백호왕을 빤히 바라보다가 질문했다.

"만약 제가 백호왕이 말씀하셨던 그 전설의 신이라는 확신이 든다면 백호왕은 저를 죽이실 건가요?"

"아마도……."

"지금 절 안 죽이는 건 그 전설의 신이 아닐 수도 있다는 생각인 거죠? 아무런 색깔도 없으니 자연왕이나 천왕이 될 수도 있다는 생각이죠?"

"세속의 신…… 그럴 가능성도 충분히 있지요. 지금 성소도 멀쩡하고 신계가 망가진 것도 아니니까."

"아! 그렇네. 신계가 멀쩡한데 왜 전설의 신을 들먹이는지 모르겠네."

"빛이 투명해서 모든 가능성이 있다는 거요. 세속의 왕신이 바뀐다면 나로선 한국 영역에도 신자가 많으니 나쁠 것 없지만, 혹시라도 상황이 급격하게 바뀌어 신계가 위태로워진다면 그때는 종교의 왕신들도 긴장해야겠죠."

"그런 위급 상황이 닥치면 신장들이 가만히 있을까요? 어떤 조치라도 하겠지요. 지극히 정상인 신계를 너무 걱정하시네요."

백호왕이 고개를 삐딱하게 꺾고 살래살래 흔들었다.

"아니, 아니죠. 요즘 무기가 엄청난 거 아시죠? 한 방이면 작은 영역이 통째로 날아갈 정도요. 그런 게 엄청나게 많이 있어요. 어떤 미친

신이 마음 한 번 잘못 먹으면 신계가 위험해지는 건 한순간이죠."

"너무 평화로우니까 별생각을 다 하시네요."

"흐, 별생각이라고."

"어! 잠깐만요."

무영이 뭔가 생각난 듯 손을 들자, 순간적으로 백호왕이 뒤로 훌쩍 날았다. 백호왕의 행동에 놀란 무영도 뒤로 날아서 두 신의 거리가 순식간에 꽤 벌어졌다. 무영이 당황해서 올린 손을 내리며 백호왕을 쳐다보았다.

"아니, 난 뭐 좀 물어보려고 했는데요."

망토가 펄럭이며 싸늘한 표정의 백호왕이 공격 자세를 취한 채 차가운 음성으로 물었다.

"무엇이냐?"

"아이고, 무서워라. 백호왕! 십년감수했네요."

무영이 손을 완전히 내리며 놀란 가슴을 쓸어내렸다. 백호왕이 공격하는 줄 알고 소스라치게 놀랐었는데 원인은 무영이 무심코 올린 팔때문이었다. 무영이 공격하는 줄 알고 백호왕이 놀라서 피한 것이다.

"아, 미안해요. 아무 생각 없이 움직이는 바람에 백호왕이 놀라신 것 같아서요. 정말 아무 생각이 없었어요. 미안합니다."

무영의 거듭되는 사과에도 백호왕의 표정은 바뀌지 않았다.

"무엇을 물어보려 했는가?"

"아…… 그게, 먼저 제 사과를 받지 않는 건가요? 계속 무섭게 쏘아보실 건가요?"

백호왕이 대답을 안 하자 무영이 계속 얘기했다.

"내가 잘못했다고요. 갑자기 떠올라서 묻고 싶었던 건요, 종교의 왕신들은 어떤 힘이 있는지, 각각 다른 힘이 있는 걸로 아는데 그걸 알고 싶었거든요."

여전히 대답 없이 백호왕이 무영을 무섭게 쏘아보았다.

"나와 대화하기 싫어졌나요?"

"종교의 왕신들 힘을 알아서 뭐 하려고. 네가 종교의 왕신들을 죽일 것이냐?"

"예? 뭐라고요?"

무영은 백호왕이 오해하기 시작한 것을 깨달았다.

"아! 내 질문이…… 그런 뜻은 아니었는데요. 나도 단지 궁금했을 뿐이에요. 백호왕이 나를 궁금해했듯이 나도 왕신들에 대해 궁금한 게 많다고요. 그런 내게 백호왕이 나타나서 궁금한 것을 물은 건데, 질문이 잘못됐나요?"

무영을 노려보던 백호왕의 표정이 조금씩 풀리고 있었다.

"빛의 색깔에 대한 능력이 다 다르다고 하더군요. 난 아무 색도 없는 투명한 빛인데 말이에요."

"그 투명한 빛으로도 그렇게 막강한 힘을 쏟아 내고 있으니 내가 궁금했던 것이다."

드디어 백호왕이 다시 입을 열었다.

"나의 어떤 힘을 보셨나요?"

무영이 재차 질문했다.

"중국 접경지에서의 전투를 봤지. 놀라운 힘이었다. 방어막을 펼치고 힘을 자유자재로 쓰더군."

이번에는 무영이 말없이 생각에 잠겼다.

'그걸 모든 왕신이 봤다면 종교의 왕신이든 세속의 왕신이든 견제의 대상이 되는 건 당연하다. 상황이 고약하게 됐네. 백호왕이 여기까지 찾아온 것도 단지 호기심 이상의 무엇이 있을 것이다.'

"그에 비하면 조금 전의 전투는 시시했지만 소소한 재미는 있었어요."

무영이 정신을 차리고 반문했다.

"조금 전의 전투? 소소한 재미요? 언제부터 나를 따라다니고 있었나요?"

"조금 전의 전투로 김무영 신의 방향을 찾았고 그 전투를 지켜봤지요."

"그래서 소소하게 재미있었다고요? 신들이 소멸되는데요?"

"흔히 볼 수 있는 광경은 아니니까요."

"종교의 왕신이 할 소리가 아닌 것 같습니다."

백호왕이 피식 웃었다.

"종교의 왕신은 싸움 구경에 작은 재미도 느끼면 안 된다는 거요?"

"아무래도 일반 신과는 좀 달라야 한다고 생각해서요."

"무엇이 달라야 하죠?"

"일반 신들을 정신적으로 이끌어 주는 왕신이잖아요? 그렇다면 나로 인해 소멸되는 신들에게 연민을 느끼셔야 할 텐데…… 작은 기쁨을 느꼈다고요? 말씀이 좀 이해가 안 돼서요."

백호왕이 냉소적인 표정을 지었다.

"종교의 왕신은 감정도 없는 신으로 보는군요."

"그 감정을 완벽하게 다스릴 줄 아는 신이 종교의 왕신이잖아요?"

"아니요. 그거야말로 완벽한 오해요. 종교는 왕신이 만드는 게 아니라 따르는 신들이 만드는 거요. 난 가만히 있었는데 신들이 자기들의 이익에 따라서 나를 왕신으로 만들어 놓고 자신들의 이익을 요구하는 거지요. 매우 이기적인 집단이 만들어 낸 것이 종교라는 거요."

"예? 뭐라고요? 백호왕을 믿고 따르는 신들에게 그런 마음을 가지고 있다니…… 너무 충격적이군요."

"충격받을 거 없소. 김무영 신은 종교가 없으니까. 하긴 워낙 잘나셨으니까."

"빈정대지 마세요. 백호왕 신자가 지금 백호왕의 말을 들었다면 사기꾼이라고 했을 거예요."

"피차 마찬가지요. 서로의 이익을 위해서 알고도 모른 척하는 거요."

"피차의 이익이요? 일반 신들은 그들의 이익을 백호왕에게 빌고 요구한다지만, 백호왕의 이익은 뭐죠?"

"종교의 왕신은 그들의 염원이 곧 힘이죠. 그래서 종교의 왕신들 간에 직접적인 싸움은 없지만 세력 다툼은 종종 있어요. 신도들을 부추겨서 상대의 신도를 빼앗는 거지요."

"그럼, 신도가 많으면 빛이 더 나고 힘도 강해지겠군요. 그렇죠?"

"맞아요."

"지금은 어느 왕신의 신도가 가장 많지요?"

"거의 비슷해요. 태양왕, 미르왕, 나, 삼등분되어 있지요. 김무영 신처럼 무교인 신들도 간혹 있지만요."

"다행이네요. 힘의 균형이 잡혀 있어서……."

"하지만 그 균형에도 기울어지는 곳이 내 쪽이에요. 나를 따르는 신들은 토속종교, 밀교, 불교를 아우르는데 이들은 대체로 이승에서 힘을 쓰지 않아요. 태양왕의 신자들이나 극성맞은 미르왕 신자들에게 괴롭힘을 당하기 일쑤죠. 그러다 보니 신자 수는 비슷해도 힘의 균형은 맞지 않아요."

"태양왕이 우세하군요. 미국과 영국 같은 잘 나가는 영역이 태양왕의 신자니까요."

"그렇죠."

백호왕이 순순히 인정했다.

"종잡을 수가 없네요, 백호왕."

"뭐가?"

"미르왕의 신도들은 거칠고, 태양왕의 신도들은 잘살고 힘도 세잖아요. 그러니 백호왕의 뒷배만 믿고 있는 가난하고 힘없는 신들은 당하기만 하는데 백호왕은 그들에게 해 주는 게 뭐에요? 미르왕의 신도들이 거칠어서 싸움박질하다가 못사는 것과 다르잖아요."

"적어도 나를 따르는 신도들은 '천 개의 방'을 적게 드나들고 따라서 다시 이승으로 갈 때 짐승으로 내려가는 일은 다른 왕신 신도들보다 월등히 적지요. 그게 나를 믿는 신도들의 목적이기도 하니까요."

"하, 그래요. 정말 그렇네요."

"김무영 신을 만나서 오랜만에 말을 많이 했어요. 덕분에 궁금증도 조금 해소됐고요."

"나도 반가웠습니다. 왕신을 만나 본 적이 없어서 나도 궁금했었거든요. 매우 강렬한 분위기를 가지셨습니다."

"그건 김무영 신도 마찬가지요. 투명한 빛이지만 매우 강력한 힘을 가졌고 어쩌면……."

백호왕은 더 이상 말을 잇지 못하고 잠시 생각하는 것 같았다.

"뭐죠?"

되묻는 질문에도 대답을 안 하고 있었다.

무영이 백호왕을 쳐다보다 인사했다.

"백호왕! 이제 가 봐야겠어요. 만나서 즐거웠어요."

"김무영 신!"

뒤돌아서려는 무영을 백호왕이 다시 불러 세웠다.

"살아남으시오. 나라신이 되고 세속의 왕신이 되시오."

"예? 아, 예! 살아남아야지요. 그래서 나도 필사적으로 싸우고 있어요."

백호왕이 대답 없이 무영의 뒤쪽 허공을 바라보는 것 같았다.

"백호왕!"

무영의 부름에 백호왕이 표정 없이 무영을 보았다. 그리고 왼손가락을 한 번 튕기는 것이었다. 튕긴 손가락에서 가느다란 빛줄기가 짧게 쏘아져 나갔다.

무영은 뒤에서 나지막이 들리는 외마디 비명에 고개를 돌렸다. 멀리 떨어져 있던 소영진이 하얗게 변해 있었다.

"소영진 신!"

무영이 큰 소리로 부르며 소영진에게 다가갔을 땐 이미 머리부터 하얀 가루가 되어 흘러내리고 있었다.

"소영진 신! 안 돼!"

무영이 보는 앞에서 소영진은 몸 전체가 하얀 가루가 되어 바람결에 흩어져 날렸다. 소영진을 잡은 무영의 손가락 사이로 차가운 하얀 가루가 다 빠져나가고 발끝까지 흩어져 버렸다. 소영진이 흔적도 없이 사라지자 두 팔을 벌리고 망연자실하게 바라보던 무영의 눈에 눈물이 맺혔다. 그리고 이내 정신을 차리고 백호왕에 대한 분노로 몸을 부들부들 떨면서 고개를 돌렸다.

"무슨 짓을 한 거야. 신을 소멸시키다니…… 제정신이냐, 백호왕?"

소영진을 잃은 무영이 이성을 잃고 백호왕을 노려보았다.

무영을 쳐다보던 백호왕이 담담하게 말했다.

"왕신에게 도전하지 마시오. 저렇게 될 수 있다는 걸 눈으로 확인시켜 주는 것이오. 다음에 다시 만날 기회가 있다면 그때는 내가 김무영 신을 어떻게 할지 장담 못 하니 몸조심하시오. 끝까지 살아남아 나라신이 되든가."

"뭐?"

분노에 사로잡힌 무영이 마구 휘두른 팔에 빛다발이 쏟아져 나갔다. 하지만 백호왕은 너무 쉽게 옆으로 피하면서 살짝 웃는 모습을 보였다. 웃음의 잔상을 남기고 백호왕은 사라졌다.

"씨발, 이놈 어디 갔어. 야! 야! 백호왕!"

평소에 할 줄 모르던 욕까지 스스럼 없이 나오며 여기저기 돌아봐도 백호왕은 보이지 않았다.

화를 추스르고 나니 문득 사라진 소영진이 생각났다.

"소영진 신! 소영진 신!"

큰 소리로 불러 봤지만 이미 소멸된 소영진은 어디에도 없었다.

"젠장, 이게 뭐야."

마음 한켠이 무너져 내린 것처럼 소영진을 잃은 충격은 컸다. 신계에 들어와 유일하게 자기 편이 되어 주고, 마음의 위안이 되어 주었고, 모든 것을 함께 해 주었던 신이었다. 함께 웃고 대화했던 모든 순간이 떠오르며 가슴 저미는 고통이 느껴졌다.

"으아 아아—."

아무리 가슴을 쥐어뜯고 소리쳐도 공허한 메아리가 오히려 소름 끼치는 전율로 되돌아왔다. 자신 때문에 허무하게 죽은 소영진에게 무영은 말할 수 없는 슬픔과 미안함을 느끼며 깊은 자책에 빠졌다. 그리고 마지막 사라지기 전 슬쩍 웃던 백호왕이 원수처럼 뇌리에 박혔다. 당장 무엇을 어떻게 해야 할지 막막한 심정이 되자 자신이 얼마나 소영진을 의지해 왔는지 새삼 깨달으며 입술을 잘근잘근 깨물었다.

문득 얼마 전에 했던 대화가 떠올랐다. 무영이 자신의 옆에 있으면 위험하니 떠나라고, '모진 놈 옆에 있다가 벼락 맞는다'라고 했을 때 소영진이 대답했었다. '그 벼락 맞을 테니까 그런 말 하지 마시라'고. 결국 소영진은 모진 벼락을 맞은 것이다.

'다시는 누구에게 의지하거나 마음을 주지 말자. 나도 모르는 사이에 소영진 신에게 너무 기대고 있었어.'

마음을 다잡으면서도 계속 떠오르는 소영진을 추억하고 지우느라 무영은 마음고생을 해야 했다.

나라신과 만나다

주인 없이 빈 소영진의 집에 웅크리고 있던 무영에게 홀로그램이 떴다. 행정관이었다.

'방문하겠습니다.'

홀로그램이 사라지고 곧바로 행정관이 나타났다.

"신님, 괜찮으십니까? 소영진 친구가 연락이 안 되어 찾아왔습니다. '정화의 숲'에서 사신이 다녀간 기록은 없고 이 친구가 소멸되었다고 나오는데 어떻게 된 겁니까?"

소영진이 소멸했다는 사실을 알고 온 것이다.

"죽었어요."

"예! 그러니까 어떻게 죽었어요?"

행정관이 되물었다.

"소멸했다고요. 나 때문에."

무영이 괴로운 표정으로 다시 말했다.

행정관이 눈을 크게 뜨고 다시 물었다.

"그러니까 소멸했다고 나와서…… 깜짝 놀랐거든요. 정화의 숲에서 데려간 게 아니라면, 신님이 계신데 어떻게……. 믿기지가 않아요.

언제요? 어떻게요?"

무영이 한숨을 한 번 내쉬고 숨을 고른 다음 대답했다.

"저를 찾아온 백호왕에게 당했어요."

"예? 백호왕?"

행정관은 점점 더 놀라서 눈은 동그랗게 되었고 이마에는 주름이 잡혔다. 무영은 그동안의 일을 행정관에게 얘기했다. 이야기가 끝나자 잠시 침묵이 흐르고 행정관이 입을 열었다.

"참 좋은 친구였어요. 말이 없고 진중하고 속 깊은 친구였지요. 신계에서 그나마 믿을 만한 친구였는데 이제 이곳에 남은 친구는 한 명도 없게 됐어요. 다 이승으로 내려가 버렸지요. 마지막 남은 친구였거든요. 나도 이제 사신들이 찾아올 때가 되었는데."

"미안해요. 나 때문에 소중한 친구를 잃으셔서…… 정말 죄송해요."

무영은 진심으로 미안해서 어쩔 줄을 몰랐다. 그동안 행정관과 소영진의 관계를 보아 왔기 때문에 더욱더 미안했다.

"신님이 미안해하실 일은 아니죠. 그 친구의 운명인 거예요. 참 그 친구가 신님을 매우 좋아했고 정말 행복해했어요. 그 친구가 그렇게 말을 많이 하는 거 별로 못 봤었거든요. 다 신님 덕분이었죠."

행정관의 말에 울컥했지만, 눈물은 나오지 않았다.

"그렇게 말해 줘서 고마워요. 하지만 나 때문에 소영진 신이 소멸된 건 사실이잖아요. 원망하셔도 괜찮아요."

"원망이라뇨. 영진이 운명이 거기까지였던 거고 '정화의 숲'에 갈 때도 되었어요. 이참에 나라신을 보러 가시지요. 그러잖아도 모시고 가려고 연락한 건데 이 친구가 연락이 안 되어 뒤져 보니 소멸했다고 나와서 신님께 연락드린 거예요. 정말 깜짝 놀랐어요. 어쨌든 늦었지만 나라신이 보자고 하십니다."

"지금은 천왕의 끄나풀이 나라신 곁에 없나요?"

"일전과 상황이 많이 바뀌었어요. 그런 상황 이야기는 나라신께 들으십시오. 나라신이 몹시 보고 싶어 하시니까요."

무영은 행정관을 따라갔다.

순식간에 긴 회색빛 터널을 지나 도착한 곳에는 머리에 은은한 빛이 나는 이가 있었다. 그다지 넓지 않은 공간에 주위에는 아무런 장식도 없고 오로지 작은 탁자와 의자만 있었다.

"김무영 신을 모시고 왔습니다. 나라신!"

행정관이 무영이 도착했음을 알리자, 홀로그램을 보느라 등을 돌리고 있던 나라신이 천천히 몸을 돌렸다. 쌍꺼풀이 크게 져서 부리부리한 눈매, 우뚝 솟은 코, 두툼한 입술과 어우러져 매우 잘생긴 얼굴이었다. 게다가 얼굴에서 빛이 나서인지 잘생긴 얼굴을 더욱 돋보이게 하고 있었다.

무영이 허리를 굽혀 인사를 하자 잘생긴 나라신이 놀라는 표정으로 인자하게 웃었다.

"어이쿠, 놀라라. 오! 정말 놀랍군요, 놀라워. 우리 영역에 큰 인재가 들어왔다는 소리를 듣고 너무 보고 싶었어요. 잘 오셨습니다. 김무영 신!"

나라신이 한 손을 가슴에 얹으며 의자에 앉기를 권했다.

"예! 감사합니다."

"내가 정말 보고 싶었어요. 그런데 정말 상상 이상으로 놀랍군요. 어쩌면 이렇게 밝은 빛을 지녔을까? 우선, 김무영 신이 굉장히 젊다는 데 놀랐어요. 굉장한 영력(靈力)이 있으면 사고나 질병도 예방하는 능력도 갖추게 되잖아요. 그래서 당연히 연세가 지긋할 줄 알았거든요. 젊어도 이렇게 젊으실 줄은 생각도 못 했어요. 어디 보자. 아! 심장마비라고……. 음, 젊은 나이에 심장마비라니 좀 의외인데요?"

나라신이 무영의 눈을 보며 이승의 행적을 더듬으며 말했다.

"심장마비 걸릴 일이 있었어요."

무영의 대답에 나라신이 고개를 갸웃거렸다.

"예방할 수 있었을 텐데요. 김무영 신 능력이면."

"예방할 수 없었습니다. 수도 중에 태아, 갓 태어난 아기들의 공격을 받았거든요. 그 아기들을 해칠 수가 없어서 당하고 있으니까 조상신들이 나서 주었는데 아기 해치는 걸 못 보겠더군요. 그래서 조상신을 말리다가 조상신들에게 죽었어요."

나라신이 입을 쩍 벌렸다.

"태아의 신? 어이쿠, 맙소사! 제 생각보다 김무영 신은 더 큰 신이네요. 누구도 가 본 적이 없는 아득한 단계까지 가셨어요. 그래서 이렇게 엄청난 빛이 나고…… 눈앞에 보고 있으면서도 믿기지가 않네요. 내가 보기에 어쩌면 자연왕과 천왕을 훨씬 넘어선 것 같아요."

"천왕, 자연왕……이요?"

"그래요, 그 두 왕신의 빛보다 환하게 빛나고 있어요. 김무영 신은."

나라신은 함박웃음을 지으며 무영을 한껏 치켜세웠다.

"나라신께서도 매우 환하십니다. 제 생각보다 젊고 미남이신 데다 빛이 더해져서 더 잘생겨 보이시네요."

"어! 그래요. 하하하, 내가 잘생겼다는 소리는 좀 듣지요. 하하하. 어이구 사회생활도 바르게 하시고요."

나라신이 유쾌하게 웃으며 손으로 얼굴을 한 번 쓰다듬어 내렸다.

"실은 처음부터 김무영 신을 바로 보려고 했었는데 천왕과 자연왕의 인사들이 계속 와 있었어요. 나처럼 별로 빛이 없는 신들이야 신경 쓸 일이 없지만 환하게 빛나는 신에겐 왕신들이 예민하거든요. 전에도 빛나는 신들이 신계에 들어오면 어떤 왕신의 끄나풀들이든 그 손에 다 죽었다고 하더군요. 그래서 조심스러웠어요. 천왕이든 자연왕이든 종교의 왕신이든 다 적일 수 있으니까요."

나라신의 말을 들으니 새삼 나라신이 얼마나 조심했는지 알 수 있었다.

"지금은 천왕과 자연왕의 신들이 물러갔나요?"

"물러갔다기보다 상황이 많이 바뀌었죠. 잘 알고 있을 거예요. 질병이 한바탕 휩쓸면서 자연왕의 빛이 많이 사그라들었어요. 거기에 자연재해가 연달아 겹쳤거든요. 그건 중국의 힘이 많이 빠졌다는 것을 의미하지요. 물론 미국도 그 질병으로 엄청난 타격을 입어서 천왕의 빛도 바랬지만 그래도 천왕이라…… 아직은 건재합니다. 천왕과 자연왕이 대결하는 구도였는데, 자연왕의 빛이 대폭 줄어드니 그 자리를 혹시 김무영 신이 대신하지 않을까 하는 바람을 갖고 있어요. 최근 한국의 국력, 국격이 수직 상승하고 있고 그에 걸맞은 신이 등장했다고 보는 거죠. 처음에는 천왕도 견제하는 태도가 역력했는데요. 자기들 우방인 한국에서 자연왕이 나온다면 든든할 테니까 얼마 전과 다르게 태도가 바뀌었어요. 그래서 지금은 조금 마음 놓고 김무영 신과 만날 수 있는 겁니다. 자연왕은 여전하고요."

무영이 미간을 찌푸렸다.

"그래요? 그래서 천왕이 태도를 바꿨다고요? 역삼동에서 나를 공격한 게 천왕 측이었던 것 같았는데요. 나타난 건 중국 신들이지만 중국 무기가 아니었어요. 매우 정교했거든요. 한국 내에서 중국이 구할 수 있는 무기가 아니었어요."

나라신이 한숨을 쉬었다.

"알고 계셨군요. 천왕 측이 김무영 신 견제가 심해서 제가 애를 먹었는데 그 와중에 한국에 있던 미국 군대 진영에서 중국 신들이 무기를 훔쳐서 김무영 신 집으로 최신형의 고성능 미사일을 쐈어요. 미국 측에서는 도난당했고, 실수라고 말은 그러는데 그걸 그대로 믿을 바보가 어딨습니까? 성능 좋은 소형 미사일로 정밀 타격한 것인데 제가 그때 얼마나 놀랐는지 몰라요. 눈물이 날 지경으로 화가 나고 분해서 부들부들 떨고 있는데 집이 안 부서졌더군요. 그리고 김무영 신의 혼줄도 그대로 있어서 안도를 했지요. 그런 공격에 살아남은 신이 지금껏 없었어요. 어쨌든 지금까지 말로는 동맹국이라고 해 놓고 서울 한복판에 미사일을 쐈으니 있을 수 없는 일이죠. 실수라는 것도 말이 안 되고요. 그때 혹시 다친 곳은 없었어요?"

"뭐가 다가오는 게 느껴져서 간발의 차로 피한 뒤에 폭탄이 터졌어요."

무영의 말에 나라신이 새삼스레 가슴을 쓸어내렸다.

"그랬군요. 제가 그때 너무 놀라서 천왕과 여러 차례 싸웠어요. 제

224

입장에선 얼굴도 못 보고 소멸되면 그보다 더한 치욕이 없으니까요. 천왕에게 따지고 화를 내고 있는데 김무영 신이 살아 있다는 거예요. 주변 집들이 다 피해를 봤는데 김무영 신의 집이 멀쩡하다고 보고받고 보니까, 정말 기가 막히게 김무영 신의 집만 멀쩡하더군요. 그래서 속으로 한숨 돌렸지요. 천왕도 그때 생각이 바뀐 것 같았어요. 천왕과 얼굴을 붉히고 핏대 세우고 언성을 높이고 있었는데 그런 보고를 받고 보니 천왕이 김무영 신의 능력에 다시 한 번 놀라는 것 같았어요. 그전에 중국과 연합해서 김무영 신을 없애려고 했던 거 알아요. 그래서 그들의 눈이 있는 곳에서 김무영 신을 보면 위험하겠다는 판단하에 면담을 미뤘던 것이죠."

"또 뭔가가 있군요."

"지금 정세가 복잡하게 돌아가고 있어요. 지금 중국은 내란 직전이에요. 자연재해로 식량난이 심화하고 경제난이 겹치면서 불만이 팽배해 있지요. 그런 내부를 강압적으로 단속하다 보니 불만이 쌓인 신들이 여기저기 난리예요. 그래서 불만의 눈을 외부로 돌리려고 먹잇감을 찾고 있어요. 김무영 신도 그 대상에 포함되어 있고요."

"먹잇감이요? 저 말고 또 다른 먹잇감은요?"

무영은 자신이 중국의 먹잇감이 되었다는 말에 묘한 감정을 느끼며 질문했다.

"전쟁을 일으켜 내부의 불만을 외부로 돌리기 위한 먹잇감이죠. 그 대상은 중국 아래의 작은 섬이 유력해요. 그 섬은 중국의 통치권 밖이었는데 미국 때문에 공격을 못 하고 있을 뿐이죠."

"그렇습니까?"

무영이 무덤덤하게 대답했다.

"악수라도 하고 싶은데 빛 때문에 가까이 갈 수조차 없군요."

나라신이 두 손을 맞잡고 비비며 아쉬워했다.

"백호왕에게 같이 있던 친구를 잃었다는 소식을 들었어요. 그 때문에 마음에 상처를 입으셨다는 얘기도 들었고요. 친구분 일은 안됐습니다. 제가 좀 더 빨리 오게 했으면 막았을 일이었는데."

"누구 탓이 아닙니다. 제 탓이지요."

"아니요, 귀하신 분을 천왕과 자연왕에게 잃을까 봐 전전긍긍하며 제대로 지키지 못한 내 과실이에요. 정말 면목 없습니다. 하지만 백호왕이라니요. 왜 하필 백호왕이죠? 제가 김무영 신 집에 미사일이 터졌을 때 백호왕을 부르며 도와달라고 울며 기도했었는데요."

"백호왕 신자세요?"

깜짝 놀란 무영이 기가 막힌 심정으로 물었다.

"한국의 뿌리가 불교이고 내 전전 전생이 중이었으니 당연히 백호왕의 신도지요. 그런 백호왕이 우리 영역에서 신을 소멸시키다니 믿을 수가 없어요. 백호왕이 그렇게 거친 왕신이었는지 몰랐습니다."

"그러고 보니 소영진 신도 백호왕의 신도였네요. 자기 신도를 죽이다니……. 불교가 들어온 지 오래되어 우리 영역에 백호왕의 신도가 많을 수밖에 없어요. 아! 정말 다른 왕신에게 당했으면 욕이라도 후련하게 할 텐데, 제기랄. 백호왕을 부른 신이 나라신이라니요."

"미안합니다. 하필이면 백호왕이 왜 그랬을까요? 김무영 신을 죽이려고 나타났으면 김무영 신을 공격했을 텐데 뒤에 있던 소영진 신을 공격했다는 게 좀 납득이 안 가요. 김무영 신은 무교잖아요."

"예! 보는 신마다 묻더군요. 이승부터 지금까지 믿는 신은 없어요."

"성격이 강한 거예요. 일반적으로 어려운 일이 생기거나 정신적으로 힘들 때는 어딘가 도움을 청하거나 기대고 싶어 하는 기본적인 감정이 내재되어 있거든요. 그걸 스스로의 의지로 다 이겨냈다는 거잖아요. 대단하신 거예요."

무영이 미세하게 입꼬리를 올렸다.

"이승의 엄마는 나에게 겸손하지 못하다고 했어요. 일요일이면 교회에 같이 가자고 말씀하셨는데 한 번도 따라가지 않았거든요. 신을 믿고 하늘 무서운 줄 알아야 한다고 귀에 딱지가 앉도록 잔소리를 들었어요. 나라신의 말씀을 들으니 제가 겸손하지 못한 게 맞네요."

나라신이 미소 지었다.

"아드님이 이렇게 큰 신인 걸 몰랐던 거죠. 아드님의 실체를 제대로 아셨으면 그런 말씀 못 하셨을 겁니다."

"그랬을까요?"

"그럼요. 저도 천왕과 자연왕을 가끔 일 때문에 보는데요. 그들보다 김무영 신의 빛이 더 강합니다. 정말 엄청나요. 우리 영역에서 이렇게 빛이 강한 신이 나타날 거라는 생각을 해 본 적이 없었고 만나 보기 전까지도 어느 정도 빛이겠다 생각은 했었거든요. 그런데 제 생각을 초월해서 이렇게 빛이 크고 강할 줄 몰랐어요. 왕신들이 견제할 만합니다. 백호왕의 행실은 유감이지만."

"소영진 신을 소멸시키기 전까지 저도 백호왕은 좋은 이미지였어요."

"백호왕을 미워하지 않습니까? 무슨 말을 하셨어요?"

"소영진 신을 소멸시킨 건 당연히 밉지요. 하지만 소영진 신을 죽이기 전까지 저에게 항상 긴장하라는 말을 했어요. 일종의 조언처럼 들려서 좋게 생각했었죠. 왜 나를 찾아와 그런 말을 하냐니까 그냥 호기심에 궁금해서 왔다더군요. 소문이 자자해서 호기심에요. 친구를 구하기 위해 중국 변방에 갔던 거, 집에 미사일 떨어졌던 거, 이승에 내려가 검은 그림자들과 싸웠던 거를 다 알고 있어서 이미 저에 대한 테스트도 끝났고 검증은 되었다는 의미심장한 말을 하면서 주의하라고 했어요. 모든 왕신 신자들의 표적이 될 거라면서요."

"모든 왕신 신자들의 표적요? 천왕과 자연왕 아닌가요? 김무영 신은 종교의 왕신들과 상관없잖아요. 지금까지 덤벼든 국적을 보면 중국 신들이었어요. 오히려 백호왕이 나타난 게 이상할 정도지요."

"그러게요. 종교의 왕신들과는 상관없는데 신계에 들어오자마자 미르왕신의 신자들이 제 앞에서 나타났었고 두어 번 싸움도 했고요. 백호왕은 직접 나타나 저를 보고 친구를 소멸시키고 갔고요."

"천왕과 자연왕은 이해가 가는데 종교의 왕신들은 왜 그럴까요? 이유를 아세요?"

나라신은 알 수 없다는 표정을 지으며 물었다.

"저도 모르죠. 종교의 왕신과 신자들이 다 덤비면 전 정말 신계 전체와 싸워야 하는 거예요. 대부분 어느 왕신이든 믿고 있으니까요."

"잠깐만요. 제가 모르는 뭔가가 더 있을 수 있습니다. 잠시만요."

나라신이 홀로그램을 띄우고 뭔가를 열심히 넘겨 가며 자료를 뒤지기 시작했다. 그러다가 갑자기 손을 멈추고 떠 있는 내용을 숙지하며 읽어 내려갔다.

"얼마 전에 뉴스 홀로그램에 뜬 게 있어요. 무기가 나날이 발전하여 한 방에 한 영역이 멸망하는 무기가 등장하게 된다. 그리고 그 무기가 터져서 삼대 성소가 무너지고 이로 인해 신계와 인간계가 한꺼번에 엄청난 재앙을 맞게 될 것이다. 이 삼대 성소를 고칠 수 있는 신은 오로지 다섯 왕신의 능력을 합친 신이 나타나야 하리라. 삼대 성소가 망가진 시기에 나타난 그 신은 인간계와 신계를 아우르는 유일한 신이 될 것이고 모든 것을 새롭게 하리라⋯. 이 내용은⋯ 뭐지요?"

예전에 무심코 한 번 들었던 무영이 깜짝 놀라 물었다.

"그게 언제부터 있던 내용이에요?"

"잠깐만요. 이 홀로그램이, 최근 홀로그램 뉴스로 나와 있는 거예요. 오래된 전설이라는군요. 아득히 오래된 것으로 보이는데 너무 오래돼 이런 예언은 잊혀져 있었던 거래요. 자신들의 목이 걸린 입장이니까 왕신들은 기억하고 있었던 거겠죠. 다섯 왕신을 아우르는 전설의 신!"

나라신이 홀로그램에서 눈을 떼고 무영을 보았다.

"김무영 신을 보니까 어쩌면 다섯 왕신들이 기를 쓰고 덤벼드는 이유를 알겠어요. 정말 이 전설이 맞다면 지금 시기에 김무영 신이 나타난 건 우연이 아니요."

"지금 시기가 전설 속의 그 시기와 맞아떨어진다는 건가요? 신계도 인간계도, 삼대 성소도 멀쩡해요."

"한 방에 한 영역을 날려 버릴 무기가 지금 있어요. 그것도 여러 영역에 아주 많이요. 천왕의 영역을 비롯해서 신계의 각 영역에 엄청 많이 산재해 있어요. 엄청난 파괴력으로 작은 영역쯤은 통째로 날려 버릴 수 있지요."

"그래도… 삼대 성소는 멀쩡하잖아요."

"그게… 지금도 신계 어느 곳에서는 서로 총질해 대면서 싸우는 곳
이 있어요. 신들도 끊임없이 욕심을 부리다 보니 전쟁은 일어날 수밖
에 없지요."

"전쟁은 일어나선 안 돼요. 모든 게 망가질 거예요."

"그렇죠. 다른 곳에서도 그렇게 생각해 줬으면 좋겠는데, 감정에
충실한 신들이 많아서 문제군요."

"천왕과 자연왕을 자주 보시죠?"

무영의 관심사였던 두 왕신에 대해 주저 없이 물었다.

"아! 그 왕신들은 나라신이기도 해서 나라신들 모임이 있을 때 간
혹 봅니다. 홀로그램으로는 자주 보는 편이지요. 이번에 김무영 신 집
을 폭격한 건으로도 천왕과 얼굴을 붉히며 홀로그램 상으로 다퉜으니
까요. 미국이 직접은 안 했다고 했지만 어쨌든 도난당한 것도 미군 측
이니까 책임이 없다고 할 수 없지요. 믿지도 않지만요."

"동맹국의 수도 한복판에 도난당한 미사일이 터졌는데… 미국을 몰
아붙이면서 한국에 이익이 될 만한 걸 얻어 내셨나요?"

"그럼요. 최대 동맹국이라는 미국이 그랬으니 그냥 넘어가면 안 되
죠. 물리적인 보상과 함께 통일시켜 달라고 요구했어요. 그랬더니 주
변국 입 다 틀어막고 통일시켜 주겠다고 하더군요."

"예! 잘하셨네요. 통일이 되어야 주변국이 얕잡아 보지 않고요. 영
역이 넓고 신들의 수도 있어야 큰소리칠 수 있어요."

"미국이 움직이니까 될 거 같아요. 천왕의 얘기로는 러시아는 군소

리 없이 찬성했고 중국은 내부 문제로 골머리를 앓고 있어서 한반도 문제까지 신경 쓸 여유가 없다며 미루고 있고요. 일본이 극렬하게 반대할 거라더군요. 일본은 한반도에서 전쟁이 나 줘야 다시 한 번 부흥할 수 있는 기회가 오는데 마지막 희망을 미국이 꺼 버리려니까 화가 나겠지요. 경제가 완전히 바닥인 북쪽 신들도 남쪽만 쳐다보고 있으니까 미국이 손을 내밀면 못 이기는 척하면서 잡아 줬으면 좋겠어요. 그럼, 정말 기쁠 텐데요."

"희생은 있었지만 대가도 확실하게 챙겼네요."

"네! 덕분에요."

"하지만 저로 인해 주변에 피해가 발생해서 마음이 무겁네요. 소영진 신도 잃었고요."

"그건 이미 벌어진 일이요. 앞으로 김무영 신을 제가 신들의 눈에 띄지 않는 곳에 보호할 거예요."

"신계에서 신들의 눈에 띄지 않는 방법이 있나요? 집에만 있어도 다 알고 찾아오는데요. 행정관부터, 백호왕까지."

"지금 김무영 신과 내가 있는 이곳은 달라요. 천왕이나 다른 왕신이 이 옆을 지나도 모를 거예요. 신들의 기가 완전히 차단된 공간이거든요."

"그럼, 신들도 못 드나들어요?"

"정해진 문으로만 드나들 수 있어요. 그것도 밖에서 안으로 들어가려면 암호를 알아야 하지요. 신들의 특성상 공간에 제약받지 않고 아무 곳이나 불쑥불쑥 나타나니까 우리의 기술로 이런 특수한 비밀 공간을 만든 겁니다. 몇 군데가 있는데 영역의 기밀을 지키기 위해서 만들어졌지요. 미국을 비롯해서 몇몇 영역도 이와 같은 시설을 갖추고 있어요."

"그럼, 삼대 성소를 나오자마자 나라신을 찾아왔었으면 다른 이들이 희생당하는 일은 없었겠네요."

무영이 나라신을 원망하듯이 말하자 나라신이 굳은 표정으로 말했다.

"천왕 측의 신들이 끊임없이 주위에 있었고 자연왕 측의 신들도 계속 들락거렸어요. 내가 김무영 신을 부를 걸 알고 있었던 거지요."

"처음부터 제가 왕신들에게 견제당할 걸 아셨나요?"

"처음엔 몰랐어요. 굉장히 빛나는 신이 들어왔다는 보고를 받고 부르려고 관리신을 보냈잖아요. 그런데 나를 보기 전에 천왕이 보낸 미국의 관리신이 먼저 김무영 신을 보았고 천왕이 김무영 신을 보겠다면서 미국으로 데려가겠다고 했다지요. 우리 관리신도, 김무영 신도 미국 관리신의 요구를 거절하고 행정관의 친구, 아까 백호왕에게 소멸되었던 신의 집으로 갔어요. 그다음부터 미국 관리신들이 계속 내 주위에 이런저런 이유를 대가며 붙어 있었죠. 또 사이사이 중국의 관리신들도 오고요. 그래서 이상한 느낌을 받았고 행정관에게서 김무영 신의 빛의 크기를 듣고는 놀랐죠. 전생에 얼마나 도를 닦았길래 그 정도의 도력을 가질까, 혹시 나와 전생에 인연이 있지 않을까 해서, 봤더니 저와 인연은 없더군요. 어쨌든 천왕 측과 자연왕 측이 과잉 반응하는 거 아닌가 했는데, 조심해서 나쁠 거 없으니까 무리하게 김무영 신을 노출하지 않으려고 했던 거예요. 이승에 내려갔다가 중국까지 가셨고, 거기에서 있었던 일을 듣고서 확실히 알았죠. 왕신들이 김무영 신을 어떻게 생각하는지를 말이죠. 천왕의 미사일까지 맞으니까 정신이 번쩍 들면서 미적거리면 안 되겠다는 생각이 들어서 천왕부터 맞짱 뜬 겁니다. 잘 먹혀서 다행이지만 죽을 각오로 덤볐더니 다 수용해 주더 군요. 재발 방지와 미군의 이동 문제를 우리가 언제든 요구할 수 있고, 통일 문제까지 일시에 해결하는 성과를 이루었지만, 동맹국 수도 한복 판에 미사일을 쏘는 건 정말 있을 수 없는 일이었죠. 생각만 해도 분합 니다."

"그 미사일로 제가 소멸했으면 어땠을까요?"

나라신이 잠시 생각에 잠겼다가 입을 열었다.

"아마 이렇게 요구한 거 다 들어주지 않았을 겁니다. 왕신 감이 사 라졌으니 천왕이 제 요구를 들어주지 않았겠죠. 한국의 미래 비전이 사라졌는데 굳이 자신들이 손해 볼 일을 하겠어요? 사과와 재발 방지 를 약속하고 물리적인 보상이나 조금 해 주고 다른 시시한 요구 사항 이나 들어줬겠지요. 천왕도 자연왕도 김무영 신을 자신들을 대체할 왕 신으로 생각하고 있는 겁니다. 지금 나 역시도 그렇고요."

"저를 공격한 건 중국 영역의 미르왕 신자들이 많았는데 실속은 천 왕에게서 챙겼네요."

"동맹국에 실수라도 그런 실수를 하면 안 되죠. 더욱이 그들이 실 수한 곳은 서울 한복판, 우리 영역의 미래를 짊어질 신이 있는 곳이었 으니까요."

"너무 부담을 팍팍 주시네요."

나라신이 호탕하게 웃었다.

"부담 느끼시오. 김무영 신! 나도, 이 영역의 모든 신들도 앞으로 김무영 신에게 많은 기대를 가지고 지켜볼 겁니다. 왕신이 되든 안 되든 상관없이 김무영 신에게 내 뒤를 이을 나라신 후보 자격을 주겠습니다."

"나라신 후보요?"

"아무나 될 수 있는 것은 아닙니다. 여기 허리띠 보이지요?"

나라신이 자신의 허리띠를 손으로 가리켰다. 나라신의 빛에다 무영의 빛까지 반사되어 허리띠 문양이 선명하게 보였다. 세 개의 둥그런 원이 중앙에 박혀 있고 색이 각기 달랐다. 둥그런 원의 양옆으로 세 개의 줄이 왼쪽에서 오른쪽까지 이어져 있었다.

"네."

"나라신에게는 각기 신표가 있습니다. 이건 우리 영역을 대표하는 영력이 출중했던 세 분의 영이 모여 이 신표를 지키고 있지요. 이 신표가 인정해야 나라신이 됩니다. 신표가 거부하면 제가 원해도 안 될 수 있어요. 나중에 김무영 신을 이 신표가 잘 받아 주었으면 좋겠습니다."

"받아들이거나 거부하는 걸 어떻게 압니까?"

"거부하면 허리에 감기지 않아요. 간단하죠."

"그렇군요. 우리 영역을 대표하는 영력이 출중했던 세 분은 어떤 분인가요?"

"신표의 주인이지요. 지·덕·체 삼신이에요. 가운데 붉은빛을 뿜고 있는 이분은 가장 오래된 신이세요. 체(體)의 기운을 담당하시는 신은 치우천, 전쟁의 신이라 불리던 배달국 14대 환웅이셨죠."

나라신이 가운데 가장 큰 붉은 원을 가리켰다.

"아!"

무영의 탄성을 뒤로 하고 나라신이 계속 말했다.

"중국의 황제 헌원과 싸워 74전승을 거뒀어요. 중국의 공정으로 인간계에는 마지막 탁록전투에서 치우천왕이 죽었다고 기록했는데 그때 죽었던 건 아우 치우비였어요. 치우비가 죽은 데 화가 난 치우천왕이 헌원을 쳐서 완전히 굴복시켰지요. 그래서 중국에서도 전쟁의 신으로 추앙받았고 촉한의 유비도 전쟁에 나설 때면 치우천의 묘가 있는 곳을 향하여 제사를 지내고 전쟁터에 나갔고 기어이 삼국통일을 이루어 냈지요. 가장 기의 흐름이 왕성하여 가운데서 중심을 잡아 줍니다."

나라신이 치우천의 오른쪽 푸른빛을 내는 원을 가리켰다.

"이분은 지(知), 지혜의 상징인 이도, 한글 창시자시죠. 인간계에서 많은 일을 했지만, 그중에서도 한글은 우리 영역을 넘어서 세계적으로 영향을 미칠 정도로 위대한 글이죠. 무식한 신들을 줄이는 데 크게 이바지했고 한국 이미지를 높이는 데 엄청난 기여를 했어요. 그리고 모든 연구와 사고는 영역의 신들이 생활하는 데 편하게 하여서 그 공로로 신표의 한 자리를 차지한 거예요. 대단히 총명하신 분이지요."

"지(知)의 자리에 계실 만하군요. 왼쪽의 노란색은요? 지·덕·체 중에서 '덕'인가요?"

이번에는 무영이 먼저 물었다.

"아! 예! 맞아요. 이분 엄청난 영력을 지니신 분인데 전혀 세상에 드러나지 않았던 분이세요. 여러 생에 걸쳐서 주위 사람들에게 알게 모르게 선한 영향력을 끼치면서 결코 척을 짓지 않아서 살아 있는 성자로 불리던 신이에요. 신표에 자리 잡기 전 이름이 '박순돌'이셨어요. 신표로 들어오지 않은 분들 중에도 우리 영역에는 영력이 높은 신들이 다른 영역에 비해서 얼마나 많은지 몰라요. 아마 김무영 신도 우리 영역에서 빛나는 신을 볼 기회가 있을 겁니다."

무영이 말없이 고개를 끄덕였다. 자신이 알고 있는 서금화, 윤검군, 이서경, 성진도 당연히 빛이 났고, 크기는 달랐지만 다들 나름대로 지상에서 도를 닦아서 머리에 희미한 빛을 내고 있었다.

"이렇게 막강한 세 분이 신표로 계신데 왜 그동안 한국이 외세에 힘없이 흔들렸을까요? 중국도 일본도 넘보지 못하게 막강한 힘을 발휘해서 우리 영역의 신들이 시달리지 않았으면 좋았을 것을요."

"정말 질문 잘하셨어요. 나도 그것 때문에 답답했었으니까요. 신표가 나라신을 정하진 못합니다. 나라신이 마음에 둔 신에게 신표를 주었을 때 신표가 거절할 수는 있지요. 그것도 마냥 거절할 수 없어서 나라신이 '정화의 숲' 사신들이 왔을 때 주변에 있던 신들 중 한 명에게 신표를 건네기 마련인데 그때 마땅한 신이 없으면 허접한 신이 나라신이 될 수도 있어요. 나라신 주변에 제대로 된 신이 없었을 때도 그렇고요."

"그렇군요."

"운이 안 좋아서 나라신이 한두 번 그렇게 바뀌면 지상에선 수백 년이에요."

나라신이 한숨을 쉬었다.

무영이 분위를 바꾸기 위해 또 왕신에 대해 질문했다.

"네, 나라신이시니 천왕과 자연왕은 자주 보시겠어요. 그들은 어떤 성격이고 어떤 능력을 가지고 있나요?"

나라신이 빙그레 웃으며 대답했다.

"정말 대단한 신이지요. 나라신들 중에서도 으뜸이니까요."

"어떻게 대단한데요?"

"그거야, 이 신계의 흐름이 두 왕신의 패로 갈라져 있는 것만 봐도 알 수 있지요. 천왕의 개인적인 능력은 노란색이에요. 땅의 기운이지요. 땅은 모든 것의 중심이에요. 어떤 능력이 특별하지는 않지만 모든 기운을 조금씩 가지고 있어서 매우 조화로운 기운을 사용할 수 있어요. 빛과 물과 바람 등을 무기로 사용할 수 있지만 아주 강력하다고는 할 수 없어요. 김무영 신의 전투를 홀로그램으로 봤는데, 전투 능력 면에서 김무영 신이 압도적이라고 할 수 있어요. 그건 제가 장담합니다. 천왕이 직접 어디에서 싸웠다는 기록은 없어요. 그런 능력을 사용한다는 말만 들었을 뿐이지요. 그리고 자연왕은 바람을 자유롭게 사용한다고 들었어요. 돌풍이나 회오리처럼 바람을 사용할 수 있다고 들었는데 이 또한 들었을 뿐이요."

나라신의 말에 무영이 고개를 갸웃거렸다.

"나라신만 못 본 것인가요? 아니면 아무도 본 적이 없는 건가요?"

"누가 봤다면 기록이라도 있거나 홀로그램으로 남아 있을 거예요. 하지만 그런 홀로그램도 없고 기록도 없어요. 단지 그런 말만 떠돌 뿐이지요."

"혹시 천왕이나 자연왕이 전쟁터에 나온 적이 있나요?"

"없습니다."

"그럼, 힘이 검증된 바 없군요."

"맞아요. 그래서 김무영 신의 거침없이 드러나는 힘이 경이로운 겁니다. 그들은 능력이 검증된 바가 없고 말만 떠도는 거거든요."

무영이 말없이 고개만 살짝 끄덕였다.

"우리는 이 세계에서 유일하게 분단된 영역이다 보니 천왕의 눈치도 봐야 하고 영역을 맞대고 있는 자연왕의 눈치도 봐야 하니 참 고단한 위치에 있어요. 이건 이 영역에 있는 신들이라면 누구나 알고 있는 사실이에요. 지금은 그렇지 않지만요."

"나라신 덕분인 것 같아요."

"그것도 조금은 있겠지요. 원래부터 고단한 위치는 아니었는데 잠깐 한눈팔고 우리끼리 아옹다옹하는 내분 때문이었죠."

"네, 그렇죠! 언제나 정신 차리고 있어야 했는데. 앞으로 잘하면 되잖아요. 나라신께서 지금 힘써 일하시니까 점점 더 좋아질 거라 믿어요."

"어이구, 김무영 신 첫인상은 고지식한 샌님처럼 보였는데, 아부하실 줄도 알고, 의외네요."

"저 그렇게 고지식하지 않습니다. 그나저나 두 왕신의 힘을 가늠할 방법이 없을까요?"

"두 왕신의 힘이라… 보인 적이 없다고 말씀드렸는데요. 그 왕신의 힘도 궁금하겠지만 그것보다 내가 김무영 신을 보자고 한 게 더 궁금하지 않나요?"

"예? 아… 네. 아까 말씀하시지 않았나요? 나라신 후보라고."

나라신이 유쾌하게 웃었다.

"정말, 성격이 마음에 들었다 안 들었다 하는군요. 내가 왕신들보다 뒷전인 거 같아서 섭섭하기도 하고 이것저것 관심이 많은 것 같아서 마음에 들고…."

"저를 부른 또 다른 목적이 있습니까?"

"그러니까, 내 생각이 맞다면 김무영 신은 전생과 전전생에 걸쳐 상당히 오랫동안 도(道)를 닦은 걸로 알고 있어요. 맞지요?"

"네."

"김무영 신의 이승의 행적을 보니 애국심이 있어 보였어요. 그래서 단도직입적으로 말해서 나를 도와달라는 부탁을 드리려고요."

"전 아직 어려요."

"왜 이러십니까? 여긴 이승이 아니요. 이승에서야 기억이 기워진 상태에서 모든 걸 새로 배우고 익혀서 써먹어야 하는 과정을 거치지만, 이 저승 세계에서는 과거의 생까지 다 더해진 기억과 도력이 존재한단 말이오. 김무영 신을 어리다고 누가 학생이라고 부르던가요?"

"뭘 부탁하시려고요? 전 되도록 얌전하게 있다가 '정화의 숲'으로 갔으면 합니다만."

"그러기에 딱 적합한 일입니다."

"일요?"

"예! 도와달라고 부탁드리는 겁니다."

"언제 '정화의 숲'에서 올지 모르는데요."

무영이 뭔지 모르는 일에 대해 발을 빼려고 하자 나라신이 두 팔을 벌렸다.

"나를 포함해 우리 영역에 있는 신 중에서 '정화의 숲'을 거부할 수 있는 신은 아무도 없습니다. 만약 있다면 김무영 신 정도겠지요."

"'정화의 숲'은 왕신들이나 거부할 수 있다고 들었습니다."

"김무영 신의 특별한 능력을 말하고 있는 겁니다. 유사 이래 김무영 신 같은 빛을 가진 신이 이 영역에 없었단 말이죠."

"어떻게 압니까? 있었을 수도 있지요."

"그랬으면 좋겠지만 유감스럽게도 없습니다. 그리고 빛이 났던 신들 중의 일부는 영역을 위해 그 힘을 쓰지 않았다는 겁니다. 그래서 우리 영역이 곤란을 겪었고요. 김무영 신은 그래선 안 됩니다."

"저더러 영역을 위해 일을 하란 말씀이군요."

"그래요."

"인간계에서는 도 닦느라 시달렸고, 신계에서는 도 닦은 결과로 나타난 이 빛 때문에 시달리네요."

나라신은 무영을 새삼스럽게 위아래로 훑어보았다.

"이런, 보면 볼수록 왕신을 넘어선 수준의 빛인데요. 김무영 신은 무교라고 들었는데 치료의 능력이 있다고 들었어요. 그건 종교의 왕신 능력이거든요. 알고 있죠?"

"네, 들었습니다."

"그것 때문에 백호왕이 김무영 신에게 나타난 것일까요?"

"글쎄요⋯. 제 능력을 꿰뚫어 보고 계시는데 무슨 말씀을 하고 싶으신 거죠?"

무영이 고개를 갸우뚱거리자 나라신이 말을 받았다.

"백호왕과 김무영 신 중에 어느 분 빛이 더 강하던가요?"

"백호왕이요."

무영이 주저 없이 대답했다.

"그럴까요? 백호왕이 월등히 강했다면 김무영 신에게 찾아올 이유도 없었을걸요?"

"그건……."

"소영진 신이라고 했죠? 친구분이 백호왕에게 당했을 때 김무영 신은 대적 안 했습니까?"

소영진 얘기에 무영이 깊은 한숨을 내뱉었다. 잊고 있던 감정이 다시 올라온 것이다.

"그러니까 제가 못나서 그렇죠. 백호왕이 실실 웃는 바람에 저를 좋게 보는 줄 알았거든요. 마음 놓고 있었는데 소영진 신을 그렇게 날려 보낼 줄 몰랐죠. 생각할 틈도 없이 허무하게 소멸되었어요. 제가 좀더 주의를 기울였다면 소영진 신이 살았을지도 몰라요."

"김무영 신의 잘못이 아니에요. 어떤 신이든 끝은 있으니까 소영진 신의 소명을 다한 겁니다. 행정관에게 전해 들은 바로는 친구분이 김무영 신을 매우 좋아했다더군요. 김무영 신을 만나서 기뻐했다고요."

생전에 소영진이 하던 얘기를 나라신이 하자 무영은 조금 위안이 되었다.

"김무영 신도 친구분과 합이 잘 맞았다고 들었는데 상심이 크셨겠어요."

"그렇죠. 신계에 들어와서 처음 사귄 친구였으니까요."

나라신이 고개를 갸웃거리더니 다시 물었다.

"친구분과 여기저기 많이 돌아다니신 것 같던데요. 신계에서도 추억을 만든다는 게 역시 특별하신 분의 행적다워요."

무영은 그제야 깨달았다. 그동안 누군가 쳐다보고 있다는 느낌을 지울 수 없었는데 미행이 따라붙고 있었던 것이다.

"혹시, 저를 감시하고 있었나요?"

"네. 물론 처음부터는 아니었고요. 영역에 눈에 띄게 빛나는 분이 있다는 소리를 들었는데 조상신과 만난 다음 어디론가 사라졌다가 다시 집으로 돌아왔다고 하더군요. 모셔 오려고 했는데 미국 관리신들 때문에 행정관의 친구 집에 가셨다고요. 그래서 표 안 나게 멀리서 지켜보라고만 했어요. 그런데, 역삼동 집은 놀랍게도 결계를 쳐서 보호하셨더군요."

무영이 가만히 고개를 끄덕이자 나라신이 다시 물었다.

"김무영 신을 지켜본 신들이 한결같이 하는 말이 왕신을 뛰어넘는 능력이라는 겁니다. 결계를 치는 건 빛이 있다고 해도 할 수 없는 능력이에요. 김무영 신 집을 호위하기 위해 배치한 군신들도, 행정관도 김무영 신이 엄청난 능력의 소유자라는 의견은 일치했어요. 행정관에게 들은 말로는 김무영 신은 집 안에 있어도 빛이 밖으로 나갈 정도라더군요. 그러니 어디에 있어도 김무영 신을 찾으려고 마음만 먹으면 다 찾을 수가 있다는 겁니다. 그래서 한적한 곳에 칩거 중이던 신에게 김무영 신을 부탁했던 행정관의 판단은 정말 잘한 거였죠. 그 신과 친구가 되어 잘 지내신 것까지는 좋았는데…… 안타깝게 됐습니다."

"제가 지켜 주지 못해 속상합니다. 백호왕이 내게 왜 그랬는지 모르겠어요."

"김무영 신은 불교 신자가 아니잖아요?"

"아니죠. 그런 제게 왕신이 굳이 찾아와서 제 친구를 왜 죽여야 했는지 화가 나요. 아, 참! 그리고 한 가지 여쭤볼 게 있습니다."

소영진의 얘기가 나오자 무영이 뭔가 생각난 듯했다.

"뭐죠?"

242

"보통 신들이 소멸될 때 '퍽!' 소리를 내며 없어지거나 형체가 순간 적으로 투명해졌다가 사라지잖아요. 이번에 백호왕이 친구를 소멸시 킬 때는 하얗게 변하더니 곧바로 가루가 되어 바람에 흩날렸습니다. 그 하얀 가루가 뭘까요?"

나라신이 고개를 갸우뚱거렸다.

"그렇지. 백호왕이요, 우리 영역에서는 한 번도 본 적 없고 그가 출 현했다는 소리를 들은 적도 없어요. 김무영 신에게 백호왕이 찾아갔다 는 것도 놀라운데 종교의 신이 신을 소멸시키다니요. 제가 백호왕 신 자로서 매우 마음이 안 좋고 그 또한 놀라운 소식이었어요."

"전혀 모르시는군요."

"어쩌면…… 하얀 가루로 만드는 것이 백호왕의 능력인지도 모르지 요. 김무영 신은 다섯 왕신들에게 공공의 적이랄 수 있어요. 천왕이 자 연왕을 견제하기 위해 김무영 신이 자연왕이 되었으면 좋겠다고 했지 만, 솔직히 그 속을 어떻게 안답니까? 김무영 신의 빛에는 아무런 색 이 없어요. 자연왕이 바뀔지, 천왕이 바뀔지, 아니면 오대 왕신의 빛을 다 쓸어 담을 그릇인지 아무도 모르죠. 지금 왕신들은 그게 두려운 거 예요. 그래서 조심하셔야 하고요."

"좀 전에 저에게 도와달라고 하셨잖아요? 무엇을 도와달라는 말씀 인가요? 저는 밖으로 돌아다닐 수도 없는 상황인데요."

"내가 말했지요. 그 빛이 힘이라고. 중국이 자연왕을 배출하면서 영역의 힘이 급성장했지요. 중국이 이렇게 빠른 시간 내에 성장하리라 곤 아무도 생각 못 했지만, 해냈어요. 자연왕의 힘이 대단했던 거지요. 나에게도 빛은 있지만 그들과는 비교가 안 될 정도예요. 그래서 나는 얼마 전부터 우리 영역의 도력이 높은 신을 모아 내 곁에 두고 있어요. 그들의 힘과 내가 가진 모든 걸 합쳐서 우리 영역의 발전과 안녕을 위해서 노력하고 있지요. 김무영 신도 나를 도와서 이 영역의 발전에 힘을 보태 주시오. 이게 내가 하고 싶은 말입니다."

"저어…… 그 빛깔의 힘은 영역의 발전과 어떤 상관관계가 있나요? 왕신들 개인의 힘이 어떻게 영역 전체에 미칠 수가 있지요?"

나라신이 잠시 생각하더니 웃었다.

"이런, 내가 부르는 게 아니라 김무영 신이 나를 찾아왔어야 했군요. 그렇게 궁금한 게 많은데 어떻게 참고 있었어요?"

"네, 그래서 좀 알아보러 다니려고 했어요. 마음만 먹고 있던 차에 나라신이 부르신다고 해서 기다렸다 온 거고요. 지금까지 전 저를 해코지하려는 신들을 물리치려고 싸웠기 때문에 누구를 위해 빛의 영향력이 미치는 건 생각을 안 해 봤습니다. 직접적인 빛의 힘만 썼으니 그 외의 힘은 아직 사용법을 몰라요. 그런데 천왕과 자연왕은 그 힘을 영역 전체를 위해 쓰고 있는 것 같아서 드리는 질문이에요."

"잘 질문하셨어요. 도의 결정체인 빛은 인간계에서는 자신 외에는 별다른 영향을 미치지 못해요. 하지만 신계에서는 눈에 띄게 되어 있고 직접 힘을 쓸 수도 있지만, 간접적으로 영역의 신들에게 두루두루 좋은 영향을 미치게 됩니다. 그래서 영역의 경제가 매우 활성화된다거나 문화가 꽃피워진다거나 능력이 출중한 신들이 배출되어 잘살게 되는 토대가 마련되는 거지요. 그래서 왕신에 목을 매는 거예요."

"아! 그렇군요. 아참, 잊고 있었네요. 이런 말씀 드리기 좀 그렇지만, 제 친구들도 이곳에 왔습니다. 그 친구들 중 두 분이 저와 같이 빛이 나는 신입니다. 물어보진 않았지만, 그분들도 나라신을 뵙고 싶어할 거예요. 지금 그분들을 모시고 와도 될까요?"

무영은 잊고 있던 서금화와 윤검군이 생각났다.

"어떤 신이지요?"

"한 분은 전생에 사명대사셨고요. 또 한 분은 여자분이신데 전생에 북창 선생이셨어요. 아마 나라신께서 보시면 한눈에 알아보실 겁니다."

"정북창, 사명당! 오! 잘 알다마다요. 김무영 신! 나는 전생에 누군지 아시겠습니까?"

나라신이 빙그레 웃으며 질문하자 무영이 고개를 끄덕였다.

"인간계에서도 나라를 위해 고생하셨는데 이곳에서도 역시 나라신으로 고생하고 계시네요. 서산대사 님! 그 사이에 이승을 또 세 번 다녀오셨고요."

나라신이 기분 좋게 거침없이 웃었다.

"하하하…… 맞아요. 아까 사명당과 같이 있었다고 했지요. 나도 보고 싶소. 우리가 전생에 깊은 인연이 있었잖아요. 어서 모시고 오세요."

나라신의 허락이 떨어지자 무영이 문 쪽에 있는 관리신들을 향해 말했다.

"들으셨지요? 제 친구들을 이곳으로 모셔 와 주세요. 한 분은 윤검군, 한 분은 서금화 님이세요."

관리신 둘이 고개를 살짝 숙이더니 이내 사라졌다.

"우리나라가 부쩍부쩍 성장하는 이유가 나라신이 힘써 주신 덕분이었군요. 그럴 줄 알았어요."

"다 같이 잘 살고 행복해지는 게 도를 닦는 궁극적인 목표라면, 굳이 뒷전에서 훈수나 두고 지켜보는 게 도리는 아니라고 생각했습니다. 마땅한 누군가가 나타날 때까지 내가 이 자리를 지키면서 최선을 다해 영역의 힘을 길러야 했지요."

"지금도 잘하고 계신데 누굴 기다려요?"

"글쎄올시다. 어쨌든 나는 나보다 이 영역을 잘 이끌어 나갈 누군가를 기다리고 있습니다. 그게 누구든 그런 신이 반드시 나타날 거란 확신이 있었거든요."

나라신이 무영을 보면서 싱긋이 웃었다.

"다른 왕신의 능력을 보려고 하지 마세요. 그들의 능력을 제대로 본 신도 없거니와 알아보겠다고 맞설 필요도 없습니다. 오로지 김무영 신의 능력만 믿으면 됩니다. 아셨습니까?"

"네. 제가 나라신을 돕는다면 어떤 식으로 도우면 됩니까?"

나라신의 속마음을 어느 정도 알고 나니 잠깐이나마 나라신을 못 믿은 것에 미안한 마음이 들었다. 나라신이 흡족한 미소를 머금고 잠시 기다리라는 듯 손으로 제지했다.

"북창도 함께 있다면서요. 그들과 인사하고 그분들에게도 도움을 요청할 겁니다. 잠시 기다려 주세요."

문을 통해 누군가 들어오고 있었다. 그들의 눈앞에 기가 뭉치면서 점점 사람 형상의 무리가 나타나기 시작했다. 두 관리신이 나타나고 뒤이어 윤검군과 서금화가 나타났다. 그들은 나라신과 무영을 발견하고 반가운 미소를 지으며 나라신을 향해 두 손을 모으고 공손히 허리를 굽혔다.

"유정! 어서 오시오. 오랜만이요. 북창 선생도 잘 오셨습니다."

윤검군과 서금화가 고개를 들며 눈을 동그랗게 떴다. 전생에서 인간계 이름을 부르는 나라신이 누군지 고개를 들며 알아보았기 때문이다.

"스승님!"

윤검군은 몇 전생의 스승이었던 서산대사를 한눈에 알아봤다. 비록 서산대사가 먼저 인간계로 환생했고 신계로 다시 들어온 것도 먼저였지만 그들의 몇 전생에 대한 인연은 정말 대단한 것이었다.

"그래요. 이곳에 잘 오셨다고 말하면 안 되겠지만 그래도 반가워요."

"저는 이승에서 살 만큼 살다 왔는데 스승님은 한참 때에 이곳에 오셨군요. 너무 젊으셨을 때 오셨어요."

"아, 6·25동란 때문에 어쩔 수 없었어요. 그 때문에 내가 나라신이 되기로 마음먹은 계기도 됐고요. 젊을 때 온 걸로 치면 여기 풍헌 최씨가 더 젊은 나이에 들어왔어요."

"어, 저도 어쩔 수 없는 상황이었어요."

무영의 말에 윤검군이 맞장구를 쳐 줬다.

"맞아요. 무영 도사도 어쩔 수 없었어요."

모두 웃음을 터트리며 화기애애한 분위기가 되었다. 나라신이 윤검군, 서금화와 차례로 악수했다.

"김무영 신을 보자고 하셨는데 저희까지 줄줄이 와서 번거롭게 해 드린 건 아닌지 조심스러웠는데, 이렇게 따뜻하게 맞아 주셔서 정말 감사합니다."

서금화가 인사차 말을 건네자 나라신이 활짝 웃었다.

"북창이 여자로 환생했을 줄은 몰랐어요. 아름다우십니다. 성함이?"

"서금화예요."

"저는 윤검군입니다. 스승님!"

"서금화! 윤검군! 정말 춤이라도 추고 싶을 정도로 기쁘군요. 김무영 신이 나에게 큰 선물을 주셨어요. 자, 모두 앉아서 이야기할까요."

나라신이 작은 탁자에 의자 네 개가 놓여 있는 자리를 가리키며 앉으라고 권했다. 나라신이 탁자의 앞에 앉고 옆으로 윤검군이, 앞으로 서금화가 앉았다. 빛 때문에 무영이 좀 떨어져 의자만 가지고 가서 앉았다. 모두 자리에 앉자 나라신이 입을 열었다.

"김무영 신을 만날 때까지도 두 분이 같이 계신 줄은 몰랐습니다. 이렇게 인재를 한꺼번에 얻게 되다니, 우리 영역에 앞으로 좋은 일이 많이 생길 것 같습니다."

"무영 도사에 정신이 팔려서 저희는 안중에도 없으셨군요. 저 삐질까 봐요."

윤검군이 고개를 돌리며 어설프게 삐친 척을 하자 일동이 웃음을 터트렸다.

"하하하! 화내십시오. 미안합니다. 하지만 내 입장이 되면 김무영 신을 안 돌아볼 수 없어요. 모두의 시선이 쏠려 있으니까요."

"맞아요. 신계 전체에 소문이 파다해요. 길거리 홀로그램에서는 전설의 신이 나타날 때의 징조를 이야기하고 있어요. 신들이 모인 곳이면 요즘 전설의 신 이야기로 떠들썩해요."

"보세요. 그럴 만하잖아요."

서금화의 말에 나라신이 고개를 끄덕였다.

"아직도 길거리 홀로그램에 그런 내용이 나온다고요?"

무영이 묻자 윤검군과 서금화가 대답했다.

"그럼요. 무영 도사도 그 홀로그램을 보셨군요. 지금 난리예요."

"홀로그램 내용이 딱 무영 도사 얘기예요."

무영이 기가 막혀서 한탄했다.

"어…… 어이구. 그럼, 이제 신계 전체가 나를 못 잡아먹어서 난리겠네요."

윤검군과 서금화가 조금 놀란 표정으로 물었다.

"왜요?"

"지금까지도 여러 번 공격 당했는데 이제 모든 신들이 저를 보면 덤비겠어요."

"공격을 당했다고요? 누구한테요?"

"여기저기서요."

무영이 고개를 흔들자 나라신이 대신 두 신에게 무영에게 있었던 일들을 간략하게 얘기했다.

"김무영 신, 이제 그럴 일 없을 겁니다. 내가 지킬 거니까요."

윤검군이 새삼스럽게 무영을 훑어보며 감탄했다.

"이야! 잘됐어요. 역시 이승 때부터 알아봤다니까요."

나라신이 윤검군을 보며 웃었다.

"우리도 이승에 있을 때 좀 더 분발할 걸 그랬어요."

"전 도력을 임진왜란 당시에 다 썼나 봅니다. 이렇게 평범해졌어요. 하하하."

윤검군도 웃으며 너스레를 떨었다.

"그건 그렇고, 무영 도사와 우리를 왜 부르신 겁니까?"

윤검군이 물었다.

"네, 내가 6·25로 이 신계로 들어왔는데, 우리 영역이 너무 힘이 없어서 외세에 치받쳐 이리 치이고 저리 치이고…… 많은 사상자와 이산가족을 남기고 분단까지 되었잖아요. 전생에 우리가 함께 이승에 있을 때도 임진왜란으로 왜구에게 이 땅이 유린당하고 많은 이들이 숨졌지요. 그때 우리가 힘을 보탠다고 했지만 나라 인구의 절반이 왜구의 칼날에 숨졌어요. 이 영역의 후손치고 왜구의 칼날에 조상이 희생되지 않은 후손 있으면 나와 보라고 하십시오. 아마 한 명도 없을 겁니다. 신계에 들어와서 전체적으로 돌아가는 모양새를 파악했고 나라신의 힘이 그 영역에 엄청난 영향을 미치는 걸 발견했지요. 그래서 우리 영역의 나라신을 찾아가 봤어요. 그런데 나라신이 일반 신과 똑같더군요. 빛도 없고 그냥 허울만 나라신이었던 겁니다. 오히려 다른 영역의 나라신에게 핍박받고 있었지요. 나라신이 나를 보더니 그럽디다. 나에게는 다른 나라의 나라신처럼 빛이 나고 있고 지금까지 한 일로 보아 믿을 수 있으니 기꺼이 자리를 물려주겠다고 하시더군요."

그는 자신이 나라신이 된 과정을 이야기하고 있었다.

"나라신이 되고 나서도 여러 가지 일을 겪었지만 역시 빛이 나는 신들이 많아야겠다고 생각했어요. 그래서 여러분들을 보자고 한 겁니다."

지금까지 가만히 대화를 듣고만 있던 서금화가 말했다.

"그 생각은 무영 도사도 하고 있었어요. 신계의 구조라든지, 왕신들의 힘과 신장들의 하는 일, 자신의 몸에서 빛이 나는 이유와 힘에 대해서 알고 싶어 했고요. 그것을 알기 위해서 많은 생각을 하는 것 같았어요. 그렇죠, 무영 도사?

무영이 말없이 고개를 끄덕였다.

나라신이 미소 지으며 말했다.

"미국도 중국도 요즘 천재지변과 내부 사정으로 두 왕신의 빛이 점점 줄어들고 있어요. 특히 중국 자연왕은 빛이 줄어들고 있어서 교체될 거란 소리가 여기저기서 나올 정도지요. 그 후보가 김무영 신이란 말도 있어서 자연왕 측이 신경을 곤두세우고 있는 것 같소. 그리고 또 한 가지는 아까 홀로그램의 내용 말입니다. 그것 때문에 빛이 좀 난다 하는 신들은 거의 왕신들의 끄나풀들에게 죽임을 당했어요. 이번에 김무영 신도 그래서 각 왕신들의 타깃이 된 거지요. 지금까지 잘 버텨 주셨는데 앞으로도 그래 주세요. 그리고 개인적으로 난 김무영 신이 자연왕이 아니라 그 전설의 신이길 바랍니다. 지금까지 본 신 중에 김무영 신처럼 빛나는 신을 본 적이 없어요. 그래서 우리 영역이 더 이상 주변 영역들에게 괴롭힘당하지 않고 우리 신들이 당당하게 가슴 펴고 다닐 수 있기를 바라요."

나라신의 말에 서금화와 윤검군이 무영을 쳐다보며 전폭적인 동감의 뜻으로 박수를 쳤다.

"정말 그랬으면 좋겠어요."

"내가 일하다 보니까 나라신의 역할도 중요하지만, 옆에서 돕는 관리신들의 역할도 못지않게 중요하더군요. 그래서 많은 도움이 필요해요. 주위에 관리신들이 도와주고 있지만 그대들처럼 영역을 걱정하는 신들이 더 필요해요. 아까 김무영 신, 풍헌 최씨에게도 말했지만 그래서 도와달라고 요청했고요. 윤검군, 서금화 님도 나를 도와주세요. 그러실 거지요?"

윤검군과 서금화가 서로 흘끔 보더니 윤검군이 먼저 입을 열었다.

"영역을 위하는 일이고 스승님을 돕는 일인데 마다하겠습니까. 돕게 해 주시면 오히려 영광이지요."

"예! 저도 돕겠습니다. 뭐 딱히 할 일이 없거든요. 수도할 수 있는 환경도 아니라서요."

서금화까지 대답하자 나라신이 만족스러운 미소를 지으며 말했다.

"오늘은 기쁜 날이요. 오랜 친구들을 다시 만나서 반갑고 같이 일할 동지까지 생겼으니 정말 이보다 더 좋을 수 없습니다."

무영이 박수를 치자 맞은편에 앉아 있던 윤검군과 서금화도 따라서 박수를 쳤다.

"인간계에서 펼치지 못했던 나래를 펴는 건가요? 생기가 넘쳐 보이십니다."

윤검군의 말에 서금화가 대답했다.

"사실 우리에게 이런 기회가 주어진 적도 없었으니 못했지, 능력이나 충성심이 없는 건 아니죠. 갖출 건 다 갖췄는데 단지 세상이 우리를 원치 않아서 산속에 처박혀 세월을 건너뛰며 도를 닦고 있었던 거지요. 뭐 그 전에 불렀으면 능력이 모자랄 수도 있었겠지만요. 호호호."

나라신이 얼굴 전체에 미소를 머금고 앉아 있는 이들을 둘러보았다.

"자! 이제 그 능력을 발휘할 판을 깔아 드리겠으니 마음껏 능력을 발휘해서 이 영역을 발전시켜 주세요. 여러분은 아직 '정화의 숲'에 가시려면 시간이 있으니 일하실 시간 충분히 있습니다. 아셨지요?"

"예!"

일동이 입을 모아 대답했다.

나라신이 박수를 쳤다.

"먼저 김무영 신은 앞으로 이곳에서 빛의 힘에 대해서 스스로 탐구하고 연마하세요. 그런 장소를 제공할 거고 훌륭한 동반자가 되어 줄 사람도 소개해 드리겠습니다. 잠깐만 기다리세요. 누구 좀 모시고 올게요."

나라신이 문으로 사라졌다. 잠시 후 나라신이 한 명의 신과 함께 문을 통해 들어왔다. 머리에서 빛이 나는 남자는 나이 들어서 신계로 들어왔는지 꽤 늙은 모습이었는데 인상은 온화하고 인자해 보였다.

"안녕하세요? 정강순이라고 합니다."

놀라고 있는 일행에게 노인이 먼저 인사했다.

"인사하시지요. 나를 도와 관리신들을 적재적소에 배치해 주시는 일을 하고 계십니다."

"아, 예! 안녕하세요."

윤검군 일행이 고개를 숙여 인사하자 노인이 빙그레 웃었다.

"나라신께 이야기는 전해 들었습니다. 여러분들을 뵙게 되어 정말 영광입니다. 과거부터 존함을 익히 들어왔는데요. 과연, 선인들 명성에 걸맞은 빛을 지니셨습니다. 반가워요, 앞으로 잘 부탁드립니다."

윤검군이 의아해하며 물었다.

"정강순?…… 어디서 선도를 닦으신 분이십니까?"

"저는 도라고 할 것도 없습니다. 특히 세 분에 비하면 한참 모자라요. 몇 번의 생을 산속에서 생활하면서 그저 평범하게 살았지요. 농사도 짓고 수렵도 하면서요. 한 번은 속세에 잠시 내려왔다가 너무 맞지 않아서 다시 산속에 들어가 이 저승 세계로 들어왔습니다. 전전생도 부모님 봉양 문제로 도(道)와는 거리가 멀었고요. 한참 모자란 제가 여러분들과 일하게 되어 감사드리고 최선을 다할 것이니 많은 가르침, 부탁드립니다."

세 사람은 놀랐다. 세상에 알려지지 않은 선인들이 많다지만 이 정도 빛을 내는 선인은 어떻게든 이름이 나기 마련이었다. 그럼에도 셋 다 전혀 들어본 적이 없어서 속으로 적잖이 놀라고 있었다.

"어머, 별말씀을……. 저희야말로 잘 부탁드립니다. 이번 생의 이름이 서금화입니다."

"정말 우리야말로 선인에게 배워야 할 겁니다. 저도 잘 부탁드리고요. 윤검군입니다."

"전 김무영입니다."

줄줄이 이름을 대며 머리를 숙이자 정강순이 인자한 웃음을 띠며 두 손을 앞으로 모으고 말했다.

"김무영 신은 전생이 풍헌 최씨였다고요. 정말 놀랍습니다. 말씀 듣고 얼마나 흥분이 되던지요. 넘치는 빛의 기운을 이 영역 발전을 위해 노력을 기울여 주시기 바랍니다. 그리고 윤검군 신도 이미 나라를 위해 많은 일을 하셨지만, 이 영역은 아직 나라신을 보필할 능력 있는 신을 필요로 합니다. 바로 여러분 같은 신이지요. 특히 전생에 기회가 없어서 능력을 펼치지 못했던 풍헌 최씨와 정북창께선 이번 기회에 그 능력을 맘껏 발휘하시길 나라신께서 기대하고 계십니다."

무영이 쑥스러워하며 질문했다.

"이곳에 정선인과 같은 분이 또 계신가요?"

"더 계시지요. 아마 '천 개의 방'에서 한 분이 오실 겁니다. 시간이 걸리겠지만 그분도 절차를 거쳐서 이곳에 오실 겁니다."

정강순의 말이 끝나기가 무섭게 무영이 또 물었다.

"그분의 성함이 어떻게 되시나요? 천 개의 방에 계신 분이요?"

"예? 아! 그분이 이번 생에서는 이서경이라고, 전생에서 선인으로 득도하고 이미 나라를 위해 많은 일을 하셨던 분이에요. 전전생에 율곡 이이로 많이 알려진 분이세요."

무영뿐 아니라 옆에 있던 윤검군과 서금화도 깜짝 놀랐다.

정강순이 미소를 띠며 물었다.

"다 전생부터 아시는 사이시지요?"

"네!"

인사가 끝나고 정강순까지 의자에 앉자 나라신이 입을 열었다.

"여기 정강순 관리는 우리 영역 내의 관리인사를 총괄하는 부서의 대장신입니다. 전생에는 초야에 묻혀 지내서 우리가 잘 몰랐던 분이었지만 제가 운 좋게 이 신계에서 만나게 되어 도와달라고 모셨어요. 성품이 온화하시면서 사심이 없고 매우 강직하시니 여러분과 일하는데 잘 맞으실 거라 생각됩니다. 여러분 성격도 비슷하니까요."

"우리가 어떤 일을 하게 됩니까?"

윤검군이 묻자 나라신이 대답했다.

"정 대장신과 의논했는데, 윤검군 님과 서금화 님은 외교 쪽으로 도와주세요. 지금 신계의 영역 간 알력 다툼이 최고조에 달해 있어서 살얼음판 같습니다. 자연왕에 줄을 선 쪽과 천왕에 줄을 선 쪽의 대립

이 심각하거든요. 자연왕 쪽에서 천왕 쪽으로 많이 갈아탔지만, 힘의 불균형이 깨지면서 중국이 여기저기 도발하고 있습니다. 그래서 두 분의 능력을 외교 쪽에 보태 주세요. 외무 대장신!"

인간계의 장관에 해당하는 대장신을 부르자 문을 통해 작달 만한 남자신 하나가 들어왔다.

"부르셨습니까? 나라신!"

"여기 두 분과 인사하세요. 앞으로 대장신을 도와 외교 문제를 풀어가는 데 큰 도움이 되실 신들입니다."

나라신의 소개에 윤검군과 서금화를 훑어본 외무 대장신이 머리에서 희미한 빛이 나는 것을 확인하고 머리 숙여 인사했다. 옆에 있던 무영에게도 눈길이 갔으나 나라신이 무영에 대해서는 말이 없었기 때문에 두 신에게만 인사를 건넸다.

"잘 부탁드립니다. 외무 대장신입니다."

"저야말로 잘 부탁드립니다. 윤검군이라고 합니다."

"서금화입니다."

외무 대장신은 윤검군, 서금화와 차례로 악수했다.

"나라신! 우리 영역이 번창할 것 같습니다. 훌륭한 인재가 이렇게 한꺼번에 몰려오다니요. 정말 굉장합니다."

외무 대장신이 무영까지 꼼꼼히 훑어보며 흡족한 미소를 지으며 말했다.

"그렇지요? 나도 얼마나 기쁜지 모릅니다. 합을 맞춰 잘해 보세요."

나라신의 수신호에 외무 대장신과 윤검군, 서금화가 나라신에게 머리 숙여 인사하고 서서히 사라졌다. 그들이 사라지자 무영이 나라신에게 시선을 돌렸다. 무영과 시선이 마주치자 나라신이 싱긋 미소 지었다.

"김무영 신은 빛이 강해서 밖으로 돌아다니는 일을 하시면 안 돼요. 이미 블랙미르의 표적이 됐고 다른 단체에서도 노릴 겁니다. 특히 자연왕 세력이 경계의 대상인데 유감스럽게도 자연왕의 신들이 우리 영역에 많이 거주하고 있습니다. 우리 영역이라고 해도 자연왕의 신들이 없는 곳이 없으니 각별히 조심하셔야 합니다. 그래서 정 대장신과 의논한 끝에 김무영 신은 이곳에서 미래에 닥칠 일을 준비하고 계획을 세우는 일에 적합하겠다고 의견을 모았습니다. 영역의 방위 쪽으로요."

"영역 방위요?"

"고도로 발달하고 있는 신계의 방위 산업은 엄청난 파괴력을 지닌 무기들이 개발되고 있고 우리 영역도 마찬가지입니다. 힘이 없어 열강들에 휘둘려야 했던 과거를 거울삼아 자력으로 방위가 가능한 그날까지 매진하기 위해 엄청난 노력을 기울였어요. 지금 어느 정도 결실을 보고 있어서 무기를 다른 영역으로 수출까지 하고 있지요. 그래서 영역을 지키는 방위군의 두뇌가 되어 주세요. 하시는 일은 사무 처리를 하시면서 영역 내의 방위 상황을 총괄 보조하는 업무입니다. 무기의 종류, 성능이나 수량 파악, 군대의 배치·이동을 한눈에 파악하는 중요한 자리예요. 신계에서 움직이는 무기라든가 각 영역의 갈등까지, 모든 자료가 김무영 신에게 갈 겁니다. 물론 국방 대장신이 있지만 김무영 신이 국방 대장신을 보필하면서 개선점을 눈에 띄는 대로 고쳐 나가도록 해 주셨으면 좋겠어요."

"그러겠습니다."

"잠시만요, 국방 대장신!"

나라신이 좀 전에 외무 대장신이 나타났던 문을 향해 말하자 금방 기가 뭉쳐지며 군신(軍神)복을 한 남자가 나타났다.

"부르셨습니까? 나라신!"

한눈에 보기에도 건장하고 근육질의 다부진 몸매를 지닌 군신이었다. 눈이 크고 코가 오뚝한 데다 수염까지 짧게 기른 잘생긴 미남자의 전형이었다.

"여기 새로 오신 국방부장 김무영 신입니다. 이분, 외부 활동은 보내지 말아 주십시오. 보시다시피 빛이 강해서 악신(惡神)들의 표적이 되고 있습니다. 한국 신을 제외한 모든 신들이 노린다고 생각하시면 됩니다. 솔직히 한국 신이라도 외부 세력에 포섭되지 말란 법 없으니 사무실 내에서, 지극히 제한된 신들만 접촉하게 하세요. 비밀 장소를 제공해 주시고요. 외부로 안 나가야겠지만 부득이 어디 다닐 때는 능력 있는 군신을 붙여서 되도록 혼자 다니지 않도록 해 주십시오. 이건 명령입니다."

나라신은 블랙미르의 존재를 잊지 않았고 무영의 보호를 위해 국방 대장신에게 당부하고 있었다.

"예! 알겠습니다. 정말 매우 특별한 분이군요."

"잘 부탁드립니다. 김무영입니다."

무영이 고개를 숙이며 인사하자 국방 대장신이 웃으며 손을 내밀었다. 하지만 빛에 닿자마자 감전된 듯한 느낌에 바로 손을 거두었다.

"어이쿠, 놀라라. 저야말로 잘 부탁드립니다. 이성순입니다. 삼전생은 이순신이었습니다."

"아! 이순신…… 장군님요!"

말하지 않아도 이미 알고 있었던 무영이 새삼스럽게 국방 대장신을 쳐다보았다. 현대의 군복을 입은 모습이었지만 수염을 짧게 기른 모습에서 강인한 군인의 모습을 언뜻 찾아볼 수 있었는데 빛은 찾아볼 수 없었다. 무영이 고개를 갸우뚱거리며 열심히 국방 대장신을 훑어보자 나라신이 말했다.

"국방 대장신은 우리 영역의 신들에게는 영웅이나, 인명을 살상한 죄는 그대로 남았어요. 그래서 '천 개의 방'을 수없이 거치는 동안 전생에 닦았던 도력을 다 소진하셨습니다. 윤검군 님처럼요. 이후 두 번의 환생을 거쳐 신계에서 평범하게 계시는 걸 제가 나라신이 되면서 안 하시겠다는 걸 어렵게 설득해서 모셨어요. '천 개의 방'에 오래 계셨기 때문에 우리는 그동안 인간계를 세 번 다녀왔고, 국방 대장신도 후다닥 두 번 다녀오셨으니 언제 '정화의 숲'에서 모시러 올지 모릅니다. 오늘일지 내일일지……. 그래서 김무영 신이 되도록 국방 대장신이 하는 일을 빨리 배워서 이 영역을 다른 세력들이 넘보지 못하도록 해 주세요."

"아…… 예! 알겠습니다."

이성순이 씨-익 웃으며 농담을 건넸다.

"저보다 나라신이 먼저 '정화의 숲'에 가실 수도 있습니다."

이성순이 다시 손을 뻗다가 무영의 빛에 닿자 충격이 갔는지 잽싸게 손을 뺐다.

"죄송해요. 그래서 제가 악수를 못 해요."

"아니, 아니요. 신경 쓰지 말아요. 정말 빛 자체가 무기군요. 아니 몸 자체가 무기네요. 우하하…… 정말 대단합니다."

나라신이 이성순에게 당부했다.

"누가 먼저 '정화의 숲'에 갈지 모르지만, 만약 내가 먼저 '정화의 숲'에 가면 김무영 신을 잘 부탁해요."

언제 나타났는지 서금화와 윤검군, 외무 대장신이 다시 모였다. 외무 대장신과 윤검군, 서금화가 나란히 서고, 국방 대장신과 김무영이 나란히 도열해 섰다.

"자! 지금 신계의 정세가 매우 어지럽게, 빠르게 돌아가고 있습니다. 각자 맡은 임무에 최선을 다해 주시고 업무에 빠르게 적응해 주시기 바랍니다. 각 대장신들, 잘 부탁드립니다."

나라신의 당부와 함께 무영은 눈빛으로 인사를 하고 윤검군 일행과 헤어져 국방 대장신을 따라왔다.

사무실은 별다르게 꾸민 것 없이 굉장히 검소했다.

'위인전 책에서 보던 성격 그대로인가 보다.'

무영이 사무실을 한 번 둘러보고 이성순의 성격을 가늠하고 있었다.

"앉으세요. 지금 우리 영역의 돌아가는 사정을 먼저 알아야지요. 다른 관리 같으면 밑에 부관에게 시키겠지만 김무영 신은 나라신뿐 아니라 제가 보기에도 매우 특별한 신입니다. 그래서 제가 김무영 신을 직접 챙길 건데요. 혹시 불편하시면 말씀해 주세요. 지금부터는 김 부장으로 부르겠습니다."

"저야 대장신께서 직접 챙겨 주시면 고맙지만 번거로우실 텐데요."

"제가 국방 대장신으로서 가끔 주변 영역의 고위 관리신들을 만날 기회가 있습니다. 그 고위 관리신들 중에도, 김 부장처럼 빛이 나는 신이 있어요. 그들은 머리에서 조금 나는 정도였지만 김 부장은 온몸에서 나고 있어요. 지금까지 제가 봐 온 신 중에 김 부장 빛이 제일 빛납니다. 최근의 자연왕이나 천왕보다도 훨씬 더요. 아까 나라신이 혼자 어디 나가게 하지 말라는 말씀에 일리가 있다고 생각하고 있습니다만 혹시 그동안 무슨 일이 있었던 거죠?"

"아! 네. 전에 중국 변방에서 '블랙미르'라고 저를 노리고 두어 번 공격해 온 적이 있었습니다. 그건 잘 방어했어요. 국내에서도 중국 신들에게 여러 차례 공격당했고요. 그리고 백호왕이 느닷없이 찾아와서 얘기하다 갈 때쯤 제 친구를 소멸시켰어요. 그 일을 나라신이 아시고 걱정하셨습니다. 누구도 믿지 말라고 하셨거든요."

"그랬군요. 그래서 김무영 신을 밖에 혼자 있게 하지 말라고 하신 거군요. 그 '블랙미르'는 미르왕의 추종자들인데 지금 신계에서 악명을 떨치는 집단들과 연관이 있어요. 정말 잘 방어해서 다행입니다."

"네. 저도 다행이라고 생각해요."

국방 대장신이 무영을 빤히 보다가 엷은 웃음을 띠고 말했다.

"그런데 백호왕이 김 부장을 찾아왔다고요? 그게 더 놀라운데요? 종교의 왕신이 신계 어느 곳에 나타났다는 말은 듣지 못했습니다."

"저도 놀랐어요. 종교도 없는데, 불심이라곤 티끌만큼도 없는데 갑자기 백호왕이 찾아와서 저도 놀랐습니다. 얘기를 할 땐 나름 호의적이라고 생각했는데, 갈 때쯤 한참 뒤에 있던 친구를 죽이곤 사라졌어요."

이성순이 잠시 생각하더니 입을 열었다.

"일종의 경고군요."

"저도 그렇게 생각하긴 하는데 그렇더라도 신을 죽이면서까지 경고라니요, 너무하잖아요? 게다가 그 친구는 백호왕의 신자였습니다."

소영진의 안타까운 죽음에 언성을 높이자 국방 대장신이 무영의 어깨를 다독이는 시늉을 했다. 빛 때문에 손을 댈 수 없으니 흉내만 낸 것이다.

"만약 소멸한 신이 친구가 아니라 김 부장일 수도 있다는 경고잖아요. 가까운 거리에서 이야기했을 텐데 만약 백호왕이 친구가 아니라 김 부장을 공격했다면 막을 수 있었을까요?"

"아뇨……. 긴장은 하고 있었지만 어떻게 됐을지 저도 모르겠습니다. 아마 제가 소멸되었겠지요."

"백호왕은 김 부장에게 좋은 감정을 가지고 있는 것 같습니다. 그래서 친구를 통해서 경고한 거예요. 백호왕이 김 부장을 죽이려고 마음먹었다면 그렇게 순순히 물러나진 않았을 거란 말입니다."

"그렇겠죠."

홀로그램 하나가 떴다. 나라신에게서 온 내용이었다. 내용을 다 읽은 국방 대장신의 표정이 심각해졌다.

"다섯 왕신에게 공공의 적일 수도 있다니…… 자연왕, 천왕, 종교의 왕신에게도. 그래서 백호왕이 나타났던 건가요? 아까 우호적이라고 했는데 아무래도 우호적일 수 없겠어요. 이건 생각보다 심각하군요. 왕신들의 표적이 되면 그 아래 집단에서 움직일 거란 말입니다."

무영이 말없이 고개를 끄덕였다.

"어떤 집단의 표적이 된다는 건 위험하니 바깥에 나갈 생각조차 하지 않는 게 좋겠습니다. 갑갑하더라도 참으세요. 우리 영역에 비밀 공간이 몇 개 있는데 신들의 눈에 띄지 않고 외부와 완벽하게 차단되어 있어요. 홀로그램은 한 단계 거쳐서 들어가니 정보를 받는 데는 지장이 없습니다. 그러니 답답하더라도 비밀 공간에서 지내 주길 바라요. 아셨죠?"

이성순의 다짐에 무영이 천천히 대답했다.

"네."

"음, 김무영 신 빛의 힘은 어느 정도인가요?"

"예? 빛의 힘이요? 아…… 그게 저도 그걸 잘 몰라서 가끔 뭔가 하나씩 발견될 때마다 놀라곤 해요."

"예를 들면요?"

무영은 잠시 생각하다가 이성순에게는 숨길 필요가 없다고 생각되어 그동안 있었던 일들을 얘기해 주었다.

"신계에 들어온 지 얼마 안 됐는데 많은 걸 겪었군요. 김 부장이 그 상황을 만들었지만요. 음…… 김 부장은 자기 능력에 대해 어떻게 생각하죠?"

"부담스러워요."

"부담스럽다고요?"

"혹시 나 때문에 누가 또 죽을 수도 있고, 주변 신들이 피해를 입을까 봐서요."

"아!"

이성순이 갑자기 큰소리로 웃었다.

"하하하……. 정말 순수하고 맑은 영혼이군요. 갑자기 존경하고 싶어집니다. 김 부장! 나라신 말씀처럼 김 부장이 뭐가 되든 우리 영역을 위해 확실히 뭔가 해줄 신이라는 걸 나 또한 믿습니다. 그런 의미에서 내가 김 부장에게 해줄 수 있는 게 뭘까요?"

"대장신까지 저에게 부담을 주시는군요. 전 아직 제가 가진 능력을 잘 모릅니다. 그래서 능력에 대한 실험 장소가 필요해요. 아무도 모르는 곳이었으면 좋겠는데 그런 곳이 있을까요?"

이성순이 잠시 고민을 하는 듯하더니 이내 대답했다.

"우리 영역에 아무도 모르는 곳은 아마 없을 겁니다. 비밀의 방도 우리 영역의 고위 관리신들 몇은 알고 있으니까요. 최대한 신들이 드나들지 않는 곳을 찾아보도록 하지요."

"파괴가 있어도, 소리가 나도 신들이 보고 들을 수 없는 곳이어야 합니다."

"어려운 주문이군요. 정말 일반 신과는 엄청 차이가 나는데 꼭 마술사 같습니다. 방어막도 그렇고, 빛다발…… 이건 우리 신계에서 쓰는 무기의 전형이거든요. 그걸 손으로 만들어 내어 쓴다고요? 허허허. 도대체 상식을 벗어나는군요. 공격의 파괴력은 얼마나 되는지 아십니까?"

"그런 것까지 계산해서 힘을 쓸 정도로 싸울 때 여유 있지 않았어요."

"어이쿠, 미안합니다. 목숨 건 싸움 중에 그런 걸 생각한다는 것 자체가 이상한 거지요. 잘못된 질문이었습니다."

"백호왕은 나에게 힘에 대한 진리를 깨우쳐 주었어요. 이승이든 저승이든 힘이 진리인 거죠. 힘이 없으면 맞고 짓밟혀도 하소연할 데도 없잖아요. 난 내 힘을 최대한 끌어낼 수 있도록 연마해 보겠습니다. 그러니 대장신께서 도와주세요. 제가 다시는 주위의 신들에게 민폐가 되지 않도록요."

이성순이 큰 눈을 껌벅이며 고개를 끄덕였다.

"그러세요. 만약 비슷한 상황이 왔을 때 방어와 공격을 같이 해 보는 건 어떨까요?"

"방어와 공격을 같이요? 그건 지금까지 그렇게 싸워 왔어요. 방어막을 치고 공격하는 거요."

"그렇군요. 그럼 어떤 훈련을 하시겠다는 건지 모르겠지만 훈련장을 알아볼 때까지는 일단 체력 단련장에서 훈련해 보세요. 일하는 틈틈이 군신들을 위한 단련장에서 여러모로 시험해 보세요. 비어 있을 때가 간혹 있거든요. 빛이 힘과 비례한다면 이 영역에서 제일 강한 에너지를 가진 신은 김무영 신이요. 그리고 그 빛은…… 왕신들의 빛을 넘어섰다고 하더군요, 나라신께서. 내 생각 역시 같소."

"왠지 그 말씀은 들을 때마다 거북하네요. 저보다 훌륭하신 신들이 이 영역에 많이 계신데요. 아까 인사 담당 대장신을 보고 깜짝 놀랐어요."

"맞아요! 저도 그런 분이 있는지 몰랐는데 대단하신 분이요. 그렇더라도 김무영 신은 차원이 다른 신이니 그런 말에 부담 갖지 마시오."

이성순이 짧은 수염을 쓸어내리며 인자한 미소를 지었다.

"대장신을 만나게 되어 정말 기쁘네요. 그러잖아도 친구를 잃어 기분이 안 좋았는데 덕분에 떨쳐 버릴 수 있을 것 같습니다."

"다행이요. 이승에서 우리는 한때 같은 임금의 치세에 살았잖소? 제가 알기로 그 당시 풍헌 최씨가 선도에서 으뜸이었던 걸로 들었어요. 임금의 허락을 구하지 않고 백성을 위해 그 능력을 펼치지 않은 이유가 무엇이오? 만약 풍헌 최씨가 백성을 구하고자 마음만 먹었다면 나라가 그 정도로 풍전등화는 아니었을지도 모릅니다."

"원망하시는 겁니까?"

이성순의 말에 힘이 들어가 있어서 위압적으로 들리자 무영이 되물었다.

"원망이라고 해도 좋소. 당시 모자란 내 능력으로 전심전력을 다해서 힘들게 전쟁을 치렀습니다. 도통한 스님이든 선인이든 능력이 있으면 남을 구하는 데 그 능력을 써야 할 것 아니오? 산속에 도사리고 앉아서 자기 몸 지키고 성불하면 그게 도 닦는 목적이고 자세랍니까? 모두가 살자고, 이 세상을 좋게 만들자고 도 닦는 거 아닌가요? 옆에서 왜구들 칼날에 백성이 죽어가고 부녀자와 어린아이까지 도륙당하고 처절한 비명이 그칠 날이 없었는데…… 외면이 됩디까? 눈 감고 안 보고, 귀 막고 안 듣고 있었습니까? 참으로 강심장이요. 도인이든 선인이든."

무영은 잠자코 있었다. 이성순은, 아니 이순신은 쌓인 게 많은 듯 다시 말문을 열었다.

"나를 믿고 몰려드는 백성들을 볼 때마다 나도 힘들었습니다. 힘들 때마다 기댈 데라도 있었으면 좋겠다는 생각을 수도 없이 했지만, 명성이 자자한 잘난 도인, 선인들은 코빼기도 보이지 않습디다. 조정조차 날 외면했으니까요. 오로지 나를 도와준 이들은 백성들뿐이었소.

나를 도와준 백성들을 위해서 내가 하늘님께 기도하고 천지신명께 마음속으로 간절히 기도하면서 전쟁을 치렀단 말이오."

무영은 고개를 끄덕였다.

"미안하게 생각하고 있습니다. 그래서 더 이상 그러지 않기로 했어요."

"그러시오. 그러니까 이제라도 그 능력 아끼지 마시오. 그나마 그 당시 내륙에서 스님들이라도 도우셨으니 망정이지, 아니었다면 도 닦는 분들 두고두고 원망하고 욕했을 것이오."

"이해합니다."

무영은 잠자코 수긍했다.

"아마 나라신이 '정화의 숲'에 가고 나면 김무영 신이 나라신이 될 거요. 어쩌면 그 이상이 될 수도 있겠지만 예전에 빚진 거 갚는다는 생각으로 그 능력을 영역을 위해 다 써 주시오. 오신 지 얼마 안 됐으니 '정화의 숲'에서 금방 모시러 오진 않을 테니 시간은 있습니다. 어쩌면 그 능력으로 '정화의 숲' 사신마저도 물리칠 수 있을 거요. 내가 알기론 왕신들은 빛 때문에 '정화의 숲'에서도 데려가지 않는다고 합디다. 아무것도 신경 쓰지 말고 오로지 영역에 진 빚을 갚는다는 생각으로 일해 주시오. 지켜보겠소."

"예! 알겠습니다!"

전생에 백성을 돌보지 않았다는 이유로 풍헌 최씨가 이순신에게 한바탕 혼나고 있었다. 이승에 있을 때부터 마음속에 짐 같은 것이 있었는데 이순신이 말한 것이 바로 그 짐인 것을 알고 있어서 한 마디 반박도 하지 않았다.

'내가…… 그래서 이 의원님을 적극적으로 도왔었어. 그나마 마음의 짐을 덜려고……? 기억 저편 어딘가에 있던 마음의 빚을 확실하게 일깨워 주시는구나.'

빛이 없어 일반 신과 다를 바 없었지만, 이순신의 기개는 그대로 살아 있었고 자신이 빛이 없는 이유까지도 당당했다.

"한 가지만 여쭤보겠습니다. 대장신!"

"뭐요?"

"이승에서 죽으면 신계로 들어오잖아요. 신계에서 소멸되면 어디로 가나요? '정화의 숲'인가요? 아니면 영영 없어지는 건가요?"

"그게 왜 궁금하지요?"

"저 때문에 소멸된 친구를 이승이든 신계든 다시 만날 수 있는지 궁금해서요."

"이곳에서도 많은 신들이 소멸된다고 들었어요. 이승만큼은 아니지만 싸움도 일어나고 전쟁도 나니까요. 그런 신들은 바로 '정화의 숲'으로 갑니다. '정화의 숲'에서 다른 신들보다 오래 있다가 이승으로 내려간다고 들었는데 정확히는 나도 모릅니다. 들은 얘기니까요."

"'정화의 숲'에 길게 있다가 사람으로……요?"

무영으로서는 착잡한 대답이었다. 소영진이 긴 시간 '정화의 숲'에 있을 것을 생각하니 또다시 기분이 가라앉았다.

무영에게도 비밀 공간에 사무실이 하나 배정되었다. 명색이 국방 대장신 아래 부장신으로 국방부의 세 번째 서열이었다. 하지만 김무영의 존재는 아무도 몰랐다. 나라신과 국방 대장신, 그에게 배속된 비서

관리신만이 알고 있을 뿐이었다. 외근 없이, 철저하게 내근만 하면서 영역의 군신들 배치나 군에 관련된 통계 자료들을 모두 볼 수 있는 자리였다.

무영은 두 명의 비서관도 배정받았다. 한국 군대 내용뿐만 아니라 각 영역의 특이 동향에 대한 자료도 두 비서관을 거친 홀로그램이 시시각각 들어왔다. 나라신들의 정치적인 행보나 행사, 어디서 큰 폭동이 일어나는지, 어디서 자연재해가 크게 나는지 등도 포함되었다.

생각보다 자연재해가 빈번하고 크게 일어나고 있는 것이 무영의 관심을 끌었다. 먼저 천왕의 영역인 미국과 캐나다 영역은 여름엔 너무 더워서 산불이 나는 곳이 많아졌는데, 일단 산불이 나면 쉽사리 끌 수 없는 대형 산불이었다. 이런 산불이 해마다 되풀이되었고, 한쪽에서는 토네이도와 홍수로 모든 게 휩쓸려 몸살을 앓고 있었다. 이런 이유로 천왕이 노심초사하고 있다는 정보가 있었다.

'천왕이라고 다 할 수 있는 게 아니네. 하긴 자연재해를 누가 막을 수 있겠어. 왕신의 능력과는 상관없는 게지.'

중국은 홍수와 지진이 해마다 일어나서 신들을 괴롭히고 있었다.

무영은 천왕과 자연왕의 능력을 가늠해 보다가 나라신의 입장도 생각해 보았다. 그러다가 갑자기 신계에 막 들어왔을 때 신관이 했던 말이 생각났다.

'나라신이 될 때까지 살아남으라'고 했다. 나라신이 되면 이렇게 쫓기지 않아도 된다는 것인가? 왜?…… 신표 때문인가?'

갑자기 머릿속이 복잡해졌다. 천왕도 자연왕도 나라신이었다. 그들도 나라신이 되기 전에 쫓겼을까? 이런 문제는 어디에 물어봐야 할까?

능력검증

어느 날, 국방 대장신 이성순이 무영을 불렀다.

이성순 옆에는 또 다른 신이 있었다. 키가 호리호리하게 크고 마른 몸매에 상큼한 느낌을 주는 젊은이였다.

"서로 인사하세요. 이쪽은 말씀드렸던 국방부 부장 김무영 신이요. 이쪽은 국방차관 선봉준 신입니다. 그동안 국제회의로 출장 중이었는데 이제 돌아왔어요."

이성순이 차관신을 무영에게 소개하자 무영이 꾸벅 인사했다.

"안녕하세요. 김무영입니다."

"우와! 정말 놀랍습니다. 정말 반가워요, 선봉준입니다. 역시 들은 대로네요. 소문 듣고 정말 보고 싶었거든요."

선봉준이 활짝 웃으며 손을 내밀었다가 빛에 닿는 순간 뒤로 물러섰다. 무영이 미안해하자 이성순이 대신 손짓하며 말했다.

"빛에 전류가 흐르는지 감전된 것처럼 온몸이 저려요. 손은 잡지 말고 그냥 인사만 하세요."

"아, 예! 예! 정말 몸에서 이렇게 빛이 나는 신을 우리 영역에서 본 적이 없어서요. 아…… 천왕과 자연왕도 빛이 나긴 하지만 더 빛나는 것 같아요. 그렇죠, 대장신?"

이성순이 말없이 고개를 끄덕였다.

"이 정도 빛이면 모든 왕신을 넘어설 거예요."

이성순이 약간 흥분한 선봉준을 말렸다.

"이보시오, 차관신. 이 빛 때문에 앞으로 김무영 신은 외부 행사 자리에 나가지 않을 것이오. 혹시 나간다면 혼자 나가지 않게 하시오. 이 빛 때문에 김무영 신을 죽이려고 덤비는 무리들이 있으니까 말이오. 이건 나라신의 명령이고 부탁이오."

"이 빛이면 그럴 만합니다."

선봉준은 자리에 앉아 영역 외 회의에 다녀온 경과를 얘기하기 시작했다.

"국방부에 관한 얘기이니 같이 경청해 주세요."

미르왕의 과격한 신자들이 유럽 전역에 걸쳐 태양왕의 신자들을 향해 무차별적인 테러를 자행하고 있었다. 이 문제를 의논해 해결하고자 태양왕의 추종 영역인 유럽의 국방 관리신들이 모였다. 모든 면에서 위상이 높아진 한국이라 어떤 문제로 회의를 하면 빠짐없이 초대되고 있었다. 이번에도 유럽연합의 방위 회의에 초대되어 다녀온 것이다. 무영이 호기심을 가지고 귀를 기울였다.

가만히 듣고 있던 대장신이 선봉준의 말을 막고 질문했다.

"잠깐만요. 도대체 미르왕 추종 단체가 몇 개입니까? 또 생겼나요? 우리에게도 굉장히 민감한 문제라 정확히 알았으면 좋겠습니다. 김 부장도 알아야 하고요."

"예! 그러니까, 큰 줄기로 '블랙미르단'과 '미르왕국'이 있습니다.

'블랙미르' 산하에 여러 개의 단체가 또 있고요. 악명을 떨치고 있는 '알아 알라무'도 '블랙미르단' 산하고요. '미르왕국' 산하에도 여러 개 단체가 있습니다."

"익히 들어온 이름들이군요. 혹시 그들 중에 우리 영역에 들어온 신이 한 명이라도 있습니까?"

이성순의 말에 차관신이 고개를 흔들었다.

"전에 서너 번 들어오려다 쫓겨난 이후 없는 걸로 압니다."

"김 부장의 소문이 신계에 파다하니 종교의 왕신들을 추종하는 집단들이 김 부장을 해코지하려 들 것이오. 그중에 과잉 충성심에서 개별적으로 행동하는 신들도 있을 수 있으니 이 비밀 공간에 우리 일반 관리신도 허락 없이 들어오는 것을 금지합니다. 이 또한 내 말이 아니라 나라신의 명령이오. 김 부장을 보호하기 위해서지요. 김 부장도 갑갑하더라도 지금처럼 바깥에 나가지 마시고요."

"예!"

대답은 했지만 사실 답답하긴 했다. 이성순이 화제를 돌리기 위해 불쑥 질문을 던졌다.

"그 회의는 우리와는 잘 안 맞는 회의였을 겁니다. 그래도 경우의 수를 생각해서 보고서를 올려놓으세요."

"예! 유럽의 입장과 우리 영역은 많이 다르죠. 그래도 다른 영역에서 우리의 문화나 경제를 보기 위해 활발하게 신들이 들락날락하고 주저앉기도 합니다. 그들은 문화가 다름에도 한국을 선망하여 들어왔지만, 검은 목적을 가지고 들어온 신들까지 우리가 걸러내지는 못하고 있어요. 그래서 이 영역에 거주하는 신들뿐만 아니라 새로 들어오고 있는 신들까지 신경 써야 합니다."

이성순이 선봉준에게 말했다.

"바로 그거요. 그 신들 중에 혹시 딴마음 먹은 신들 없게 잘 살펴서 소란 피우지 않게 하시오."

"예! 힘닿는 데까지 열심히 하겠습니다. 하지만, 정보는 김 부장이 관할하니 김 부장이 정보를 주어야 제가 어떻게 할 수 있는데요."

차관신이 무영을 보자 무영이 씨-익 웃었다.

"저를 이 자리에 보낸 이유를 알겠네요. 주변 정보를 파악해서 저 자신을 알아서 지키라는 거지요. 지금도 충분히 여러분께 심려를 끼쳐 서 죄송한데, 저도 죽기 싫으니까 제 몸 보호는 제가 잘하겠습니다."

"그러시오. 그게 나라신의 뜻이기도 하고 이 땅 모든 신의 바람이 기도 합니다. 우리는 김 부장이 왕신이 될 거라 굳게 믿고 있거든요. 왕신이 될 때까지 부디 살아 있어 주세요."

이성순이 또 한 번 신신당부했다.

"또 그 소리시네요."

무영이 질색을 하자 차관신이 정색을 했다.

"이건 이 영역을 위해서 대단히 중요한 일입니다. 김 부장 개인의 일이 아니라고요."

무영은 이 소리를 듣는 데 지쳤다. 신계에 들어와서 소영진, 행정 관에게 여러 번 들었고, 윤검군과 서금화, 나라신과 다른 관계에 있는 신들에게도 여러 번 듣다 보니 이젠 부담을 지나쳐 진절머리가 났다. 듣기 좋은 소리도 처음 몇 번이지, 자주 듣다 보면 지겨운 법이다.

이성순이 무영의 눈치를 살피더니 작은 소리로 말했다.

"부담되더라도 현실이 그래요. 우리 영역이 신계에서 잘 나가는 영역이다 보니 그러잖아도 주변 영역의 부러움과 견제를 한꺼번에 받고 있습니다. 천왕과 자연왕도 빛이 줄어들어 두 왕신 중 하나가 바뀐다는 둥, 잊혔던 전설이 다시 소환되어 전설의 신 등장이 회자될 정도이니 김 부장에게 우리가 기대하는 것은 당연합니다. 부담되거나 기분 나쁘게 받아들이지 않았으면 좋겠소."

무영이 이성순의 말에 제동을 걸었다.

"아니, 전 그냥 제가 왕신 감은 아닐 거라는 얘깁니다. 그 전설의 신은 더구나 아니고요. 그러니 그런 소리 들을 때마다 속으로 거부감이 드는 것은 어쩔 수 없지요. 제 마음도 이해해 주시기 바랍니다."

"그 마음 이해해요. 어떻든 몸조심해 주세요."

"이해하다마다요. 김 부장의 겸손은 우리에게 또 다른 희망인걸요."

두 신이 다독이며 위로하려 했지만 무영에게 전혀 와 닿지 않았다.

얼마 후 이성순이 무영을 널찍한 공간으로 불렀다.

"김 부장의 그 빛의 파괴력을 좀 알고 싶어서요."

무영 자신도 잘 모르는 빛의 힘을 이성순도 무척 궁금했던 모양이었다. 뒤이어 선봉준도 나타났다.

"저도 저의 힘을 잘 모르니까 이렇게 내부 공간 말고 외부 공간이 낫지 않을까요? 아무래도 다 박살 날 것 같아서요."

"그럼, 잠깐만 외부로 나갑시다. 하지만 빠른 시간 내에 복귀해야 합니다. 외부에 김 부장이 노출되기 전에요."

이성순의 말에 무영이 흔쾌히 승낙하고 외부의 군신 훈련장으로 자리를 옮겼다. 군신들의 출입을 막고 본격적으로 무영의 능력 시험이 시작되었다.

"먼저 일반 광선총을 쏠 테니 방어막을 펴 봐요."

이성순이 말하고 바로 무영을 향해 총을 겨누었다. 무영이 두 팔을 들어 얼굴을 X자로 가리자, 주위에 빛의 막이 둥글게 쳐졌다. 혹시나 맞을까 싶어서 이성순은 약간 비껴 쐈다. 광선총의 빛줄기가 방어막에 부딪히며 '퍽!' 소리를 내며 소멸되었다. 다시 이성순이 정조준하여 몇 발을 더 쏘았지만 모두 막에 부딪혀 소리를 내며 사라졌다.

"됐어요. 방어막은…… 광선총이 뚫지 못할 정도라면 방어막은 김 부장을 지키는 데 대단한 효과가 있겠어요."

입을 벌리고 지켜보던 선봉준이 물었다.

"방어막이 폭탄도 가능하다고 들었는데요. 정말인가요?"

"네."

이성순이 총을 내던지고 손으로 쏠 수 있는 소형 미사일을 집어 들었다.

"이것도 가능할까요?"

이성순의 질문에 무영은 짧게 대답했다.

"예!"

"이게 뭔지 아세요?"

"무기죠."

조준했던 무기를 내려놓으며 걱정되는지 무영에게 물었다.

"이거 미사일이에요. 화력이 엄청난데 정말 괜찮을까요? 이러다 김 부장을 내가 죽일까 봐 걱정됩니다."

무영이 씨-익 웃었다.

"괜찮습니다. 더한 것도 견뎠는걸요."

"더한 거? 어떤 거요?"

"제가 무기 이름은 몰라서요. 하지만 최신 무기까지 다 맞아 봤어요."

선봉준이 끼어들었다.

"맞아요. 서울 한복판 김 부장 집에 미국 최신형 초소형 미사일이 떨어졌었어요. 미국 측에서 엄청난 위력이라고 자랑했는데 잃어버렸다고 신고했던 무기요. 그 무기에서도 김무영 신은 멀쩡했죠. 그리고 중국 변방에 친구분 구하러 가셨을 때 온갖 미사일과 로켓포를 집중적으로 맞았는데 그걸 이겨내고 적을 싹 쓸어 버리셨더군요. 거기에 있던 군대를 몰살시켰어요."

이성순은 고개를 저었다.

"아! 그래도 혹시 잘못될까 봐 조마조마해서요."

선봉준도 옆에서 잔뜩 긴장한 얼굴로 지켜보다 한마디 했다.

"알고는 싶은데 굳이 이렇게까지 해서 알아야 하나 싶기도 해요."

"그럼, 이 미사일까지만 해 봅시다."

선봉준이 미사일의 폭발에서 자신을 보호하기 위해 뒤로 쭉 물러났다. 이성순도 뒤로 더 가서 크게 심호흡하고 다시 조준했다.

큰 소리와 함께 어깨에 걸쳐진 장비에서 소형 미사일이 발사됐다. 미사일이 방어막을 정통으로 맞추며 귀를 찢는 파열음과 함께 엄청난 빛이 쏟아졌다.

이성순과 선봉준은 뒤돌아서서 머리를 감싸 쥐었다가 조금 지나서 머리를 들고 뒤를 돌아보았다. 방어막 속에 가만히 서서 자신들을 응시하고 있는 무영의 눈과 마주치자 두 신은 환한 웃음을 지으며 무영에게로 갔다.

"세상에! 듣기는 했어도 이렇게 엄청난 신은 처음 봐요."

"다친 데는 없어요?"

이성순의 걱정에 무영이 싱긋 웃으며 양팔을 벌려 보였다.

"괜찮아요."

"아! 다행이다. 난 쏘면서도 괜한 짓 해서 김 부장 잃을까 봐 엄청나게 조마조마했거든요. 엄청나군요. 신은 빛에 약하기 마련인데 김 부장은 빛이 나서 그런가요? 빛에 전혀 타격을 입지 않는군요"

"그런 거 같아요."

선봉준이 질문했다.

"저승의 무기는 대부분 빛이에요. 신들이 빛에 약하기 때문이죠. 아무리 저승의 무기가 강해도 이승의 태양은 에너지 자체라 차원이 다르지요. 그래서 귀신들은 낮에 못 돌아다니는 거, 아시죠? 혹시 김 부장은 이승의 낮에도 다닐 수 있어요?"

"안 다녀봐서 몰라요. 아! 이승에 갔었네요. 신계로 오고 나서 엄마가 불러서 밤에 갔었고, 아침에 갔었고, 저녁에도 갔었는데 한낮은 없었네요."

"다 어두웠어요? 불빛은요?"

"환한 불빛 아래 있었어도 별로 부담은 없었습니다."

무영의 대답에 두 신은 감탄을 연발했다.

"정말 신이라도 다 같은 신이 아니오. 김 부장은 완전히 다른 세계에 있는 신입니다."

선봉준이 무영을 치켜세우자, 이성순도 거들었다.

"그러게, 말입니다. 우리 영역이 얼마나 발전하려고 그럴까요. 놀라울 따름이에요. 앞으로 우리 영역을 위해서 그 힘을 써 주세요."

"그럴 겁니다."

"방어막 안에서 공격이 가능하다고 들었어요. 저길 보세요."

이성순이 한켠에 줄줄이 세워져 있던 막대기를 가리켰다.

"우리가 옆에서 총을 쏠 겁니다. 그러면 김 부장은 저기 세워져 있는 막대기들을 공격 대상이라고 생각하고 파괴해 보세요."

군신들 훈련용으로 꽤 두꺼운 막대기가 기단에 일렬로 꽂혀 있었다. 무영이 오른팔을 풀면서 휘둘렀다. 방어막 밖으로 세찬 빛줄기가 뻗어나가 막대기 가운데가 꺾이며 날아가 버렸다. 뒤에 있던 막대기들도 줄줄이 꺾여서 부서졌다.

이성순은 군신들이 훈련용으로 쌓아 둔 돌담을 가리켰다.

"저걸 파괴해 보세요."

무영이 고개를 끄덕이며 왼팔을 들어 돌담을 향해 휘둘렀다. 휘두른 팔에서 뻗어나간 기가 바람을 일으키며 돌담을 날려 보냈다. 무너질 거란 생각은 했지만, 돌담이 바닥에 흔적만 남기고 멀리 날아갈 거란 생각까지는 못 했는지 이성순과 지켜보고 있던 선봉준의 눈이 놀라움으로 커졌다.

"저런, 몸 전체가 흉기예요. 조절을 잘하셔야지 자칫하면 다치겠습니다."

이성순이 감탄을 하면서 걱정스러운 표정을 지었다.

"지금은 빛이 아니라 바람만 일으켰어요. 바람도 부릴 줄 아는군요."

선봉준이 놀라서 두 손을 마주 잡고 감탄했고 이성순은 놀란 표정으로 고개를 흔들었다.

"나라신이 걱정하실 만하군요. 절대로 외부로 김 부장을 노출시켜선 안 되겠어요. 됐어요. 그만합시다. 더 했다간 여기가 쑥대밭이 되겠어요."

이성순과 선봉준이 박수를 쳤다.

"나는 김 부장이 그저 나라신만 되더라도 이 영역에 엄청난 영화를 가져다 줄 거라고 믿어 의심치 않습니다."

옆에서 잠자코 듣고 있던 선봉준이 말했다.

"저도 들은 얘기가 있습니다. 대장신! 우리는 도저히 거부할 수 없는 '정화의 숲' 사신들을, 왕신들은 빛 때문에 사신들이 다가갈 수 없다고 하거든요. 그럼, 거의 영원불멸 아닌가요?"

"불멸?"

종교를 믿는 기본적인 바탕이 죽음에 대한 두려움에서 벗어나기 위한 것이라면 왕신들은 죽음이 없어서 윤회에 대한 굴레도 없는 것이다. 이성순이 감탄하며 무영을 보았다.

"오! 그렇군요. 그것만으로도 왕신들은 대단한 존재예요. 그럼, 여기 김 부장도 왕신이 되든 안 되든 사신들이 못 오니까 불멸인가요? 호오~ 영원불멸이라……."

무영이 진저리를 치며 이성순의 말에 거부감을 나타냈지만, 마음속이 복잡해지고 있었다.

"에~이, 제가 어떻게 왕신이 돼요. 농담이라도 나중에 그 뒷감당 어떻게 하시려고요."

"뭐, 내가 있는 동안은 내가 뒷감당할게요. 내가 '정화의 숲'으로 불려 가기 전까진 말이요. 그때까지 열심히 빛의 능력을 끌어올려서 이 영역 전체가 김 부장의 빛으로 둘러싸여 찬란하게 빛났으면 좋겠어요. 그게 내 바람이요. 하하하……."

무영이 질색하는 것을 무시하고 이성순은 기분 좋게, 호탕하게 웃었고 옆에서 선봉준도 흐뭇하게 미소 짓고 있었다.

"근데 영원히 살면 삶에 대한 소중함이나 애착이 떨어지지 않을까요?"

선봉준의 말에 이성순이 무영을 보며 대답했다.

"우리 같은 일반 신들이야 겪어 보지 않아서 모르지요. 아마도 김 부장은 미래에 겪을 것 같은데 어떻게 영원이라는 시간을 쓰실지 그것도 궁금해지는데요."

'영원! 불멸?'

무영은 퍼뜩 떠오른 생각을 이성순에게 질문했다.

"만약에, 만약에 말입니다. 제가 나라신이 되고 자연왕이나 기타 다른 왕신이 된다면, 예를 들어 자연왕이 된다면 지금의 자연왕은 어떻게 될까요?"

이성순과 선봉준이 서로 쳐다보다가 이성순이 대답했다.

"그야…… 일반 신이 되겠지요. 다시 윤회도 시작될 거고요. 아! 그럼, 영원불멸은 없겠네. 하긴 종교의 왕신도 처음부터 왕신은 아니었지요. 중간에 생겨났고 천왕도 자연왕도 계속 바뀌었으니까요. 그럼, 일반 신보다 조금 더 신계에 머무는 시간이 길 뿐 영원불멸은 없는 셈이군요."

"예! 그런 것 같아요. 영원히 살면 얼마나 지겹겠어요. 좀 다이내믹하게 살다가 좀 쉬고 또 신나게 살다가 쉬고 그런 게 나은 거 같아요. 제 생각엔."

무영의 말에 이성순이 재빠르게 수긍했다.

"아, 예! 그렇군요. 그래요."

선봉준이 무영을 바라보며 말했다.

"김 부장의 소재를 아는 신이 있어선 안 되겠습니다. 비밀의 방 홀로그램도 두 비서관을 거쳐서 전달하고 외교부의 두 부장신들도 김 부장의 소재를 몰라야 합니다. 저도, 대장신도 몰라야 하고 오로지 김 부장을 돕는 두 비서관과 나라신만이 김 부장의 소재를 알 수 있을 겁니다."

"그게 좋겠군요. 김 부장이 어디 있는지 아는 신이 적을수록 안전하니까요."

이후 이성순과 선봉준은 더 이상 무영의 빛의 능력에 대해 이야기하지 않았다.

開壁 2上

초판 1쇄 인쇄 2024년 09월 06일
초판 1쇄 발행 2024년 09월 12일
지은이 박모은

펴낸이 김양수
책임편집 이정은
교정교열 연유나

펴낸곳 도서출판 맑은샘
출판등록 제2012-000035
주소 경기도 고양시 일산서구 중앙로 1456 서현프라자 604호
전화 031) 906-5006
팩스 031) 906-5079
홈페이지 www.booksam.kr
블로그 http://blog.naver.com/okbook1234
페이스북 facebook.com/booksam.kr
이메일 okbook1234@naver.com
ISBN 979-11-5778-662-6 (04800)
　　　　979-11-5778-650-3 (SET)

* 이 도서의 판매 수익금 일부를 한국심장재단에 기부합니다.

맑은샘, 휴앤스토리 브랜드와 함께하는 출판사입니다.